Asas sobre a América
Wings over America

Asas sobre a América
Wings over America

COORDENAÇÃO, EDIÇÃO E PREFÁCIO
Filipa Melo

2011

ASAS SOBRE A AMÉRICA
WINGS OVER AMERICA
EDITOR
EDIÇÕES ALMEDINA, S.A.
Rua Fernandes Tomás, n.ᵒˢ 76, 78 e 80
3000-167 Coimbra – Tel.: 239 851 904 · Fax: 239 851 901
www.almedina.net · editora@almedina.net
DESIGN DE CAPA
FBA.
COORDENAÇÃO, EDIÇÃO E PREFÁCIO
Filipa Melo
ILUSTRAÇÕES
Cristina Sampaio
REVISÃO DE TEXTO
Filipa Melo
PRÉ-IMPRESSÃO
Jorge Sêco
IMPRESSÃO E ACABAMENTO
PAPELMUNDE, SMG, LDA.
V. N. de Famalicão

Dezembro, 2011
DEPÓSITO LEGAL
337537/11

Os textos proferidos no âmbito das conferências Asas sobre a América-*Wings over America* e aqui reproduzidos, embora posteriormente revistos pelos respetivos autores, preservam o registo original de oralidade.

Os textos de Filipa Melo presentes neste volume reproduzem parcialmente textos críticos da sua autoria anteriormente publicados na imprensa.

Salvo indicação em contrário [N. Autor], todas as notas são da responsabilidade do Editor.

Esta obra contou com o apoio da Fundação Luso-Americana para o Desenvolvimento.

Toda a reprodução desta obra, por fotocópia ou outro qualquer processo, sem prévia autorização escrita do Editor, é ilícita e passível de procedimento judicial contra o infrator.

 GRUPOALMEDINA

BIBLIOTECA NACIONAL DE PORTUGAL – CATALOGAÇÃO NA PUBLICAÇÃO
ASAS SOBRE A AMÉRICA
Asas sobre a América/coord. Filipa Melo
ISBN 978-972-40-4720-1

I – MELO, Filipa, 1972-

CDU 821.111(73)A/Z"18/20(042)
      061.3

Prefácio
FILIPA MELO

Filipa Melo – Jornalista e escritora, nasceu em Abril de 1972. Desde 1990, como jornalista especializada na área de Cultura/Literatura, trabalhou como repórter (*Visão, Expresso, Grande Reportagem, Ler, JL, O Independente, Escrita em Dia/* SIC), editora (*Livros de Portugal*/APEL, *Mil Folhas*/Público, *Oriente*/ SIC Notícias, *Magazine* e *Magazine Livros*/RTP2), crítica e comentadora (*Acontece* e *Jornal2*, RTP2) e consultora (*Câmara Clara*, RTP2). Em 2011, assinou a autoria, edição e apresentação do programa «Nós e os Clássicos», exibido pela SIC Notícias. Atualmente, assina crítica literária no jornal *Sol* e na revista *Ler*, é coordenadora da programação cultural da Livraria Almedina do Atrium Saldanha e orienta as Comunidades de Leitura Almedina/Atrium. Recebeu o Prémio Nacional de Cultura Sampaio Bruno em 1996. O seu primeiro romance, *Este É o Meu Corpo* (Temas e Debates/Sextante), data de 2001 e foi publicado em Espanha, França, Itália, Polónia, Croácia, Eslovénia, Sérvia e Brasil. Os seus contos encontram-se publicados em diversas publicações e antologias portuguesas e internacionais.

Um encontro transatlântico entre irmãos em universo

Portugal Infinito, onze de Junho de mil novecentos e quinze... Hé-lá-á-á-á-á-á!
Álvaro de Campos, heterónimo de Fernando Pessoa, dirige-se em saudação a Walt Whitman, seu "irmão em Universo". Enquanto tira a gravata e o colarinho, porque "não se pode ter muita energia com a civilização à roda do pescoço", garante-lhe:

Sou dos teus, tu bem sabes, e compreendo-te e amo-te,
E embora te não conhecesse, nascido pelo ano em que morrias,
Sei que me amaste também, que me conheceste, e estou contente.
Sei que me conheceste, que me contemplaste e me explicaste,
Sei que é isso que eu sou, quer em Brooklyn Ferry dez anos antes de eu nascer,
Quer pela Rua do Ouro acima pensando em tudo que não é a Rua do Ouro,
E conforme tu sentiste tudo, sinto tudo, e cá estamos de mãos dadas,
De mãos dadas, Walt, de mãos dadas, dançando o universo na alma.

Os mais de duzentos versos de *Saudação a Walt Whitman*[1] são talvez o testemunho mais efusivo de ligação decisiva de um autor português a um autor norte-americano. É simbólico também o facto de Fernando Pessoa ter nascido poucos anos antes (1888) da morte de Whitman (1892), as duas obras unindo assim dois séculos de criação poética dos dois lados do Atlântico. E é pela carga simbólica da união criativa entre a dupla de poetas que esta foi escolhida como matriz tutelar para o ciclo **Asas sobre a América-Wings over America**, que

---

[1] *In* Álvaro de Campos (Fernando Pessoa), *Poesia*, ed. Teresa Rita Lopes. Assírio & Alvim, 2002. p. 161.

decorreu ao longo de 2008 na sede da Fundação Luso-Americana para o Desenvolvimento, em Lisboa.

A ideia inicial foi de Mário Mesquita, administrador da Fundação que tem a seu cargo a área cultural, abrangendo as Humanidades e as Artes. **Asas sobre a América-Wings over America** foi pensado primeiro como proposta de reflexão sobre as possíveis pontes entre a literatura portuguesa e a literatura norte-americana, o modo como se manifestaram no passado e se manifestam no presente. A abordagem queria-se não exaustiva, mas antes particular e criativa, e daí o objetivo de interpelar autores portugueses para que dissertassem sobre os laços afetivos, intelectuais, formativos, até mesmo técnicos, que os uniram e unem ao seu autor (ou um dos seus autores) norte-americano e obra ou conjunto de obra de eleição e possíveis influências destes sobre as suas próprias criações.

Ana Luísa Amaral, Francisco José Viegas, Gonçalo M. Tavares, Inês Pedrosa, Lídia Jorge, Manuel António Pina, Pedro Mexia e Rui Zink, os autores convidados, representam várias gerações e várias expressões distintas da prosa e da poesia contemporâneas e relativamente a todos é manifesto o reconhecimento da qualidade das suas obras. O convite teve em conta uma provável experiência estética de ligação à literatura norte-americana. Em alguns casos, foi endereçado a partir do conhecimento prévio da escolha mais provável de um determinado autor norte-americano, como por exemplo para o ficcionista Rui Zink, tradutor de obras de Saul Bellow, ou para a poeta Ana Luísa Amaral, doutorada em Literatura Norte-Americana com uma tese sobre Emily Dickinson e tradutora da poeta norte-americana para português. Noutros casos, foi feita uma sugestão inicial que depois correspondeu, ou não, ao conjunto de preferências de cada autor português, procurando ajustar-se a opção final dentro dessas preferências a um conjunto coerente de referências a autores que representassem uma parte da melhor literatura norte-americana, desde o século XIX até à atualidade: Ezra Pound, Emily Dickinson, William Faulkner, Raymond Chandler, Carson McCullers, Flannery O'Connor, Saul Bellow e Philip Roth.

Asas sobre a América-Wings over America serviu também uma abordagem à edição e ao ensino da literatura norte-americana em Portugal, não só através da realização de dois debates sobre o tema e do convite a várias editoras para a exposição e venda das suas traduções em paralelo a cada sessão do ciclo, como também através de parcerias entre a Fundação e várias universidades para a deslocação de estudantes com o objetivo de assistirem às sessões. Vários docentes dessas universidades foram também convidados a intervir nas sessões do ciclo, nomeadamente participando na condução do debate com o público. A relação entre Fernando Pessoa e Walt Whitman foi, por sua vez, analisada por Richard Zenith, tradutor e ensaísta norte-americano e importante investigador pessoano há anos a residir em Portugal.

Asas sobre a América-Wings over America acompanhou um esforço recente de edição em língua portuguesa de inúmeras obras fundamentais da literatura norte-americana. O ciclo afirmou-se como incentivo ao debate criativo sobre o que poderá unir a ficção e a poesia portuguesas contemporâneas a um legado da literatura norte-americana. Serviu também de incitação para um entendimento daquele que, na sessão inaugural, o filósofo e ensaísta Eduardo Lourenço definiu como "um continente futurante", referindo-se sobretudo ao contributo dos Estados Unidos para uma mitologia planetária.

Ao longo de um ano, a América como "uma espécie de realidade objetiva incontornável" surgiu refletida no olhar subjetivo de criadores que, do lado de cá do Atlântico, colheram na melhor literatura norte-americana noções, inquietações, memórias e fascínios vários. Agora reunidos na presente antologia, os seus diversos contributos permitem que, através do dinamismo desses trânsitos literários, se continue a saudar possíveis irmandades, como a que levou o engenheiro e poeta sensacionista Álvaro de Campos a meter esporas e a convidar Whitman, "lá do outro mundo", para uma dança furiosa, exclamando: *Meu velho Walt, meu grande Camarada, evohé!*

Imagens da América

EDUARDO LOURENÇO

EDUARDO LOURENÇO – Nasceu a 23 de Maio de 1923, em São Pedro do Rio Seco. É o mais importante filósofo e ensaísta português e um dos pensadores europeus mais importantes da atualidade. É licenciado em Ciências Histórico-Filosóficas pela Faculdade de Letras da Universidade de Coimbra, onde lecionou durante vários anos. Foi leitor de Cultura Portuguesa em diversas universidades europeias, como as de Hamburgo, Heidelberg, Montpellier, Grenoble e Nice. Passou a viver em França a partir de 1960, fixando residência em Vence, em 1965. Influenciado por autores como Husserl, Kierkegaard, Nietzsche, Heidegger, Sartre, ou pelo conhecimento das obras de Dostoiévski, Franz Kafka ou Albert Camus, foi associado ao existencialismo na década de 50. Contudo, sempre manteve uma atitude crítica e nunca se deixou enfeudar a qualquer escola de pensamento em particular. Foi galardoado com o Prémio Europeu do Ensaio Charles Veillon (1988) e com o grau de Grande Oficial da Ordem do Infante D. Henrique (1992). Recebeu o Prémio António Sérgio (1992), o Prémio Camões (1996), o Prémio Vergílio Ferreira (2001) e o Prémio Extremadura para a Criação (2006), tendo sido dedicado à sua obra um congresso internacional, realizado na Fundação Calouste Gulbenkian, em 2008. Em França, foram-lhe atribuídas as distinções de Officier de l'Ordre de Mérite (1996) e Chevalier de L'Ordre des Arts et des Lettres (2000) e a Légion d'Honneur (2002). É Doutor *Honoris Causa* pela Universidade de Coimbra (1996), pela Universidade Nova de Lisboa (1998) e pela Universidade de Bolonha (2007), onde foi criada a cátedra Eduardo Lourenço de História da Cultura Portuguesa. Ocupa o cargo de membro (não executivo) do Conselho de Administração da Fundação Calouste Gulbenkian.

Imagens da América

EDUARDO LOURENÇO

> Hoje é absolutamente impossível ter um discurso acerca do nosso mundo que possa passar à margem daquilo que a América é, daquilo que ela representa.

EU ESTOU AQUI por um erro de *casting*, para falar sobre essa entidade quase estranha, paradoxal, complexa, chamada América. Erro de *casting* porque não sou americanista, no sentido francês do termo. Mas, mesmo antes de ser o centro, o núcleo da nova mitologia planetária que ela fabricou através do cinema já lá vai quase um século, a América é uma entidade histórico-política que está presente, que não podemos deixar de ver. Não podemos deixar de ser influenciados por ela, de girar na sua órbita, de nos apaixonarmos ou de relacionar tudo o que se passa no mundo com esse continente que foi a primeira grande expressão do *Novo Mundo* e que ficou com essa marca até hoje.

É um erro de *casting*, repito, porque de facto não tenho um conhecimento muito profundo e pessoal da América – estive lá poucas vezes. Conhecimento da sua literatura tenho algum, naturalmente, mas nada justifica que esteja aqui a abrir esta série de palestras dedicadas à cultura americana. Dito isto, a ideia destas palestras parece-me não só óbvia como urgente. Contudo, houve um tempo em que no Ocidente (até aos princípios do século XX, em todo o caso) se podia pensar, ou se imaginava pensar, ele mesmo e o Mundo em termos e em função de um discurso criado pelo mesmo Ocidente, quer dizer, a Europa. Hoje é absolutamente impossível ter um discurso acerca do nosso mundo que possa passar à margem daquilo que a América é, daquilo que ela representa. Ainda neste momento, a opinião pública europeia está a votar, antecipadamente, pelo Presidente dos Estados Unidos[1] com mais paixão e com mais entusiasmo do que por qualquer herói cívico e político desta nossa Europa. De maneira que a América é uma espécie de realidade objetiva incontornável.

A América é um incontornável histórico. É aquele continente, aquela nação, nação estranha de nações, um pouco *Frankenstein*, mas com uma unidade profunda que lhe é dada pela sua pulsão conquistadora e épica em relação ao futuro, dela e através dela, da Humanidade. Nós podemos fazer a economia dessa América e, portanto, pensá-la, através de uma visita, ou revisitação, da sua cultura e particularmente, porque é mais acessível, da sua literatura. Esta parece-me a melhor maneira de estarmos, enquanto europeus, no nosso tempo e mesmo num tempo adiante do nosso. A América tem essa componente de continente futurante por excelência quase desde o princípio, desde o seu nascimento, mas sobretudo depois da sua independência e após o papel que desempenhou no século passado. Se nós estamos nalguma parte no futuro, estamos lá naturalmente como europeus em relação à nossa memória, mas estamos mais como americanos, os quais vivem já por procuração fora desta terra. Estamos no futuro através deles e dos sonhos que eles fabricam e exportam, através dos quais fazem, ao mesmo tempo, a sua psicanálise e dão cumprimento a uma série de sonhos que a Humanidade sempre teve e que eles reciclam em função da sua própria pulsão vital e da sua estratégia histórica, ideológica, política, de conquistadores do futuro. Portanto, pensar a América é pensar aquilo que é mais futurante em nós próprios enquanto europeus. A América não é apenas uma nação entre outras. Atualmente, é a mais poderosa nação, aquela de que depende o nosso futuro na ordem da economia, na ordem das conquistas científicas, na ordem da organização da paz, da guerra, das utopias sociais, que ela experimenta muitas vezes antes dos outros, etc.

O que torna original a América, verdadeiramente original, é o facto de a sua imagem se condensar miticamente numa *arte*, a famosa *Sétima Arte*. Essa arte de invenção europeia, apenas com pouco mais de um século de existência, converteu-se na América num objeto mágico, numa espécie de "duplo"

---

[1] Barack Obama venceu as eleições presidenciais em 2008 e foi empossado como Presidente dos Estados Unidos da América em Janeiro de 2009.

da realidade. Através de uma expressão artística de tipo novo – isso a que chamamos cinema – a América construiu uma imagem, produziu imagens de si própria que tiveram este destino extraordinário de se tornarem imagens participadas por quase todas as outras culturas do mundo, se não todas. Por mais universalidade que tivessem certas expressões da cultura ocidental, até à invenção do cinema as expressões dessa cultura eram relativamente difíceis de comunicar a outras culturas ou pessoas, só a certas elites. Com o cinema surgiu uma nova maneira de reciclar, de continuar, de interpretar e de reler essa cultura ocidental de que eles também são filhos, ícones criados pelos novos meios técnicos. Com o cinema nasceu uma espécie de comunicação imediatamente acessível a todo o espectador, a toda a gente em qualquer parte do mundo. Primeiro, ainda no famoso cinema mudo, mais universal do que as suas versões sonoras, porque o paradoxo com o sonoro é que vai ser necessário traduzir aquilo que se conta, as histórias que o cinema quer fazer passar, enquanto que o cinema mudo era uma espécie de mensagem com uma visibilidade universal, imediatamente acessível.

Eu não sou da geração que nasceu com o cinema, mas quase. Nasci em 1923, num momento em que o cinema já tinha uma expressão muito importante (que era ainda o cinema mudo) e mesmo na aldeia quase incógnita onde eu nasci, vi pela primeira vez o cinema, teria talvez sete anos. É claro que as primeiras coisas que se veem deste género são uma espécie de revelação opaca. Eu não sabia bem o que estava a ver. Estava numa espécie de adega do senhor mais importante da minha terra. Tinham estendido um lençol no fundo da parede e de uma cabine manhosa, atrás do espectador, saía uma espécie de foco que projetava nesse lençol umas imagens que contavam, nada mais, nada menos, que a vida de Cristo. Mas a projeção devia ser de tal natureza – a não ser que fosse do próprio tecido do lençol – que eu só via riscos que atravessavam o personagem e atravessavam os diversos personagens da gesta evangélica. Então, eu tirei dali a conclusão de que durante toda a vida de Cristo tinha chovido sempre. Este foi o meu primeiro contacto com esse mundo, que mais tarde se tornaria o mundo mágico, realmente mágico, do cinema.

Uma iniciação um pouco mais consequente teve lugar na Guarda, teria eu uns oito anos. Era uma daquelas sessões grátis, oferecidas não sei se pelo Diário de Notícias – não lhe quero fazer propaganda *a posteriori*. Foi aí que vi pela primeira vez um filme de *cowboys*, cujo título, *Tom Mix*[2], *o Rei dos Cavaleiros*, era a revelação de um género, o famoso *western*, destinado a converter-se no mais

---

[2] Thomas Edwin "Tom" Mix (1880-1940), ator norte-americano, primeira megaestrela do *western*.

popular, senão o mais popular dos géneros, em todo o caso, o mais caraterístico do imaginário cinematográfico propriamente americano. É que o *western* fala – ou, melhor, mostra como realidade viva – uma América épica da gesta da conquista do Oeste. Mas, naquela altura, esses primeiros filmes de *cowboys* tinham um caráter puramente lúdico, estavam entre a comédia e alguma dramaticidade. A única coisa que interessava era uma história amorosa... um cavalo, o rapaz e a rapariga. Mas era já um espetáculo eminentemente popular no qual o público participava, fazendo parte do filme – e mesmo este era fundamentalmente a relação entre o público e o que se passava no ecrã. Só mais tarde é que o cinema se converteu, para mim, numa espécie de mundo com as suas leis próprias, com o seu fascínio, com o seu encanto, uma espécie de duplo do mundo mais fascinante que o mesmo mundo, a mesma realidade.

Só mais tarde eu fui ficando um pouco em relação ao cinema como a heroína de *Rosa Púrpura do Cairo*[3] – a Mia Farrow – alguém que passou, ou passa, sempre facilmente, para o outro lado do ecrã, participando em todas as aventuras, as mais absconsas, as mais estranhas, as mais subtis, as mais sublimes daquilo que se passa nesse espaço que não é um espaço, é realmente o ecrã. Só então é que me comecei a tornar um fã de cinema, não na Guarda, desta vez já em Lisboa. Foi aqui, e sobretudo entre os 11 e os 17 anos, que sem saber comecei a ser americano, a sê-lo por dentro. A ser formado, ou deformado em todo o caso, por essa segunda dimensão da vida, através de uma arte particular cuja finalidade é a de representar a vida o mais próximo possível, uma espécie de um duplo da realidade. Na pintura o caráter da imagem permanece fixo; o tempo realmente não passa. Mas no cinema, pela primeira vez, imita-se a vida tal como nós a vemos através da perceção do que se passa à nossa volta – uma espécie de vida de segundo grau. O paradoxo é que essa vida se impõe como mais interessante, mais fascinante, com uma capacidade de emoção possível superior à da própria vida. De resto, foi sempre essa a função da arte, não é outra. A arte é uma quinta-essência daquilo que a realidade é realmente para nós. Curiosamente, nessa primeira fase da descoberta do cinema americano, não foi tanto o *western* que me interessou ou impressionou, mas sim todas as outras expressões do cinema americano que são, todas elas, *pontes* e fazem parte dessa construção que é, ao mesmo tempo, construção do cinema e construção das imagens da própria América.

---

[3] *Rosa Púrpura do Cairo* (*The Purple Rose of Cairo*), longa-metragem de 1985, argumento e realização de Woody Allen. A heroína, Cecilia, foi interpretada por Mia Farrow.

Provavelmente, um dos filmes que mais me surpreendeu, ou apaixonou quando o vi pela primeira vez, foi *Tarzan*[4]. O Tarzan era já, na ordem literária, uma criação da literatura americana, mas, na ordem cinematográfica, *Tarzan* é talvez uma das expressões mais originais da mitologia, não só americana, mas da mitologia universal. *Tarzan* é a invenção de um herói, de um ícone que não tem precedentes no imaginário europeu. Provavelmente, representa o sonho mais profundo da Humanidade: o da encarnação da ideia do Homem como dominador da natureza, não através de instrumentos da sua ciência, mas enquanto espécie de Adão que tem a capacidade de dominar, efetivamente, todo o Reino Animal. Quer dizer, ele é a encarnação não de uma heroicidade que é medida pela relação com os outros Homens, mas como a coisa mais primitiva, realmente o Homem como o Senhor potencial do Mundo, enquanto vontade de domínio desse mundo e a título, por assim dizer, visceral. O sonho mais profundo da Humanidade é ser o primeiro dos Seres e poder vencer um leão numa luta, chamar os animais que acorrem como talvez acontecesse no Paraíso, onde os Homens estavam, ao mesmo tempo, em paz e num mundo de luta implacável. No fundo, uma espécie de visão darwinista da cultura, da civilização e isso parece-me muito interessante porque é também uma coisa muito própria da América.

Embora os primeiros filmes americanos fossem uma interrogação da memória recente dessa mesma América na "guerra civil", continente dividido entre Norte e Sul, a verdade é que a América arrasta com ela qualquer coisa de mais profundo que é uma nostalgia numa espécie de origem absoluta de si mesma. Uma América outra, e não a filha de uma América vinda de algures, que é herdeira, que veio de outro sítio, não nasceu de si mesma porque é filha, ou vem, de outro planeta chamado Europa. A América vem de outro sítio para inventar uma nova criação, correspondente ao mito do *Novo Mundo*. Mas essa América, na verdade, quereria estar na origem da Civilização, do próprio mundo.

Burroughs[5] é um dos autores que exprime muito bem esta *rêverie* da América como continente em que a natureza ainda está presente por toda a parte, em que há um seu contacto imediato com o Homem, contacto que na Europa passou a ser uma nostalgia, um sonho meramente utópico sem nenhuma espécie de realidade. Em todos os filmes americanos há sempre esta nostalgia de regresso a qualquer coisa, como se fosse a criação de um mundo

---

[4] A personagem Tarzan é uma criação literária de Edgar Rice Burroughs, surgida primeiro no romance *Tarzan of The Apes* (1912, versão magazine; 1914, versão livro) e depois protagonista de várias dezenas de livros e adaptações cinematográficas.
[5] Edgar Rice Burroughs (1975-1980), escritor norte-americano.

por si mesmo. Burroughs seria, nesse sentido, provavelmente o autor mais americano, criador do mito de Tarzan, uma espécie de filho de Rousseau, mas americano. Por isso esse mito foi alguma coisa que me pareceu importante nesta definição de uma mitologia própria da América.

A primeira grande expressão dessa magia que exporta a substância americana para o mundo inteiro foi, sem dúvida, toda a criação cinematográfica dos primeiros vinte anos do cinema americano no que nós chamamos o burlesco ou o cómico, uma espécie de Idade de Ouro dessa expressão. Naturalmente, havia uma tradição amplamente cómica na Europa, de que essa tradição é herdeira. De resto, aquele que vai representar com génio essa nova faceta do cinema americano – e o mais universal – é um inglês que foi para a América: Charles Chaplin, Charlot. Ele é o cinema na sua *Idade de Ouro*, o que eu chamaria a *Idade da Inocência* do cinema e ainda um pouco *Idade da Inocência* da América. Charlot representa a expressão de uma universalidade imediata e absoluta, cujo sucesso, efetivamente, foi universal e ainda hoje o é na memória, em todo o caso. Charlot como criação do cinema americano é tão importante que se transformou num mito dentro do imaginário moderno, como Dom Quixote o é para nós.

Esta *Idade da Inocência* do cinema americano não impede que ele venha a reciclar ainda todos os géneros de que a História Ocidental podia virtualmente estar grávida – o Drama, a Tragédia, a Epopeia, etc. A sua primeira manifestação – não é só por acaso que ela seja desse género – incide na vida americana, a vida como os americanos a concebem, como eles a exprimiram historicamente, a sua história de jovem nação, uma vida ainda naturalmente *épica*. O que nela se torna mais importante é a ação. Não só os que chegaram primeiro, os peregrinos, como todas as vagas sucessivas de imigrantes que vão constituir e fabricar a nova América, todos eles têm de conquistar o seu próprio espaço, têm de sobreviver – no sentido mais primário do termo. A toda essa gente nada lhes é dado, têm de inventar, têm de construir, têm de fabricar, não podem repousar sobre o que durante séculos já estava feito, ou sobre cidades que os esperam. Têm de inventar tudo. Portanto, o seu comportamento é, desde o princípio, naturalmente e ontologicamente épico, mas também o é em termos de imaginário.

A primeira grande criação americana, já formalmente épica ao lado do cinema como "divertimento", foi dedicada à memória e à invenção da sua própria História, à história mais recente. É *O Nascimento de uma Nação*, de Griffith[6]. Em 1916, esse famoso filme, no qual praticamente já está anunciado

---

[6] *David Wark Griffith*, (1875-1948).

quase todo o futuro do cinema americano, é uma recriação do grande drama de onde nasceu efetivamente a Nação americana tal como a conhecemos hoje. Refiro-me à guerra civil entre o Norte e o Sul. Uma guerra civil diferente do sentido europeu do termo, porque a História da Europa não é outra coisa senão uma guerra civil permanente. Na Europa estamos pela primeira vez entre parêntesis nesse capítulo, em paz, mas a América não está ainda em paz. Talvez a América tenha nascido, ela própria, com a ideia de que aquele espaço para onde os primeiros peregrinos emigraram seria uma espécie de nova Canaã, novo Paraíso. Mas eles tiveram primeiro de conquistar esse Paraíso, tiveram de o inventar, de o colonizar de uma forma que nunca perceberam como tal – daí haver essa espécie de boa consciência que lhes é natural. Nós, europeus, pecámos colonizando, escravizando. Eles, os americanos, também participaram, de algum modo, numa deriva desse Drama que é o pecado original da Civilização Ocidental, o de reinventar uma coisa que era desconhecida desde o Mundo Antigo: a escravidão. Portanto, essa América está dividida entre uma parte de homens livres que saem da nação – considerada a mais democrática que existia – e uma outra que está ali ao lado, a dos escravos, daqueles que lhe forneciam o trabalho – pelo menos grande parte dele. Esse era, digamos, o grande drama, a grande tragédia íntima americana que, provavelmente, neste momento, se está mais ou menos resolvendo, em todo o caso, em termos internos. *O Nascimento de uma Nação* é o primeiro filme com essa temática, que depois *E Tudo o Vento Levou*[7] – provavelmente o filme mais mítico da História do Cinema – reaperfeiçoará e reescreverá de outra maneira, como uma nova reforma.

No filme de Griffith, não existe só o confronto entre o Norte e o Sul, como se fossem realmente dois países diferentes, irmãos e rivais ao mesmo tempo. O problema é que o Norte, de uma maneira ou de outra, tem de se servir desses mesmos escravos que, no fundo, ainda não são capazes nem de compreender nem de suportar, mesmo se querem libertá-los numa parte desses Estados Unidos. Em *O Nascimento de uma Nação*, a mitologia propriamente sulista dos Estados Unidos é superior e mais importante do que a nortista, sendo esta, de algum modo, mais de influência europeia. No famoso *E Tudo o Vento Levou*, quarenta anos mais tarde, encontramos já uma outra América. Estes são filmes que a América não faz então para exportar para o mundo inteiro.

[7] *E Tudo o Vento Levou* (*Gone With the Wind*, 1939), filme épico adaptado do romance homónimo de Margaret Mitchell (1900-1949), datado de 1937. Produzido por David O. Selznick, com realização de Victor Fleming, argumento de Sidney Howard e interpretações, entre outros, de Clark Gable, Vivien Leigh, Leslie Howard e Olivia de Havilland. Distinguido com dez Óscares.

Se os exportam, é porque há imediatamente, de facto, um mundo exterior recetivo aos filmes feitos na América, mas esta é ainda uma América que não tinha saído dela própria.

A Europa é que vai ser a causadora dessa saída, pois ela própria se encarregou de sair mais cedo, não em relação a este Ocidente, mas ao Oriente. Nós esquecemo-nos de que enquanto a Europa se dilacerava desde os finais do século XIX até 14 ou 18 e depois de 40 a 45, os Estados Unidos tinham o seu projeto histórico que não era o de um confronto com a Europa de onde tinham partido. Tinham o seu próprio espaço, a sua própria estratégia imperialista, inocente – como sempre à maneira americana – uma boa consciência absoluta. Primeiro impondo a sua lei, a sua superioridade económica, guerreira, ao grande vizinho do sul, ou seja, ao México, que também faz parte do imaginário americano. Segundo, conquistando e roubando uma parte do México, nada mais, nada menos, do que o Texas, mesmo ainda sem petróleo. Foi o Deus propriamente americano que fez essa oferta à futura América.

Impossível esquecer em relação àquilo que é o futuro do cinema o facto de o cinema americano acompanhar as evoluções, as metamorfoses da sociedade como um comentário perpétuo. Não há nenhum outro exemplo pois em nenhum dos outros países o cinema é, como neste, uma espécie de segunda voz, voz contínua, um comentário, uma dialética constante. É um cinema que está em cima do acontecimento. É, sem cessar, um cinema do presente e também do futuro.

Quando os Estados Unidos conhecem a famosa crise da Grande Depressão, o cinema deixa de ser eufórico e épico, absoluto, como era até esse momento, e passa a ser um cinema de grandes tensões sociais, mais crítico e pessimista. É o período dos grandes filmes em que a América se torna adulta, por assim dizer. Perde a inocência e tem de encontrar uma saída, que o *New Deal* irá propor.

Entretanto, o outro mundo exterior que continua com os seus conflitos, com as suas contradições profundas, vai solicitar ou obrigar a América a regressar para aquele continente de onde ela tinha saído – a Europa. Os filhos dos que fundaram a América e de todos os emigrantes sucessivos que procuraram na América uma nova pátria, toda essa gente vai regressar simbolicamente à Europa. Porque a Europa atravessa uma crise profunda – autodestrói-se desde 14/18. E os europeus alegram-se com o desembarque dos americanos que não vêm para ficar mas que vêm resolver um problema. Deste modo, o mito americano torna-se componente da nossa própria história europeia. Desembarcam para ficar depois, tranquilamente, quer no plano cultural, quer no ideológico, quer no plano da sua influência. Nós precisamos de ressuscitar dos desastres sem nome que são os da Segunda Guerra Mundial e a América reconquista a Europa, desta vez a nosso pedido, aproveitando-se da forma de socorrer a fraqueza interna existente para a tutelar com o famoso Plano Marshall. A partir deste momento a nossa história e a da América começaram-se a misturar praticamente até ao dia de hoje. Então, o cinema americano muda a pouco e pouco de estratégia, de intenção, ele acompanha esta nova expressão de domínio, de vontade e de afirmação da América, em todos os campos.

Entre outras coisas, o cinema americano é a mais prodigiosa máquina de propaganda que já alguma vez foi inventada. Propaganda não só no sentido pejorativo do termo, mas também de afirmação da sua vontade de poder a nível simbólico. Um poder que se afirma não apenas, nem essencialmente, com o poder político, das armas e da força, mas pelo fascínio que essa cultura é, cujos modelos se impõem (cinema, música, etc.) e nos começam a americanizar. Já depois da Primeira Guerra Mundial – vinte anos eufóricos, em que se espera qualquer coisa de trágico e que acaba por acontecer – a Europa, a pouco e pouco, americaniza-se e o cinema americano passa a ter uma componente que até aí não possuía. É nessa época – quero dizer, na segunda metade dos anos 40, primeiros anos da década de 50 – que o cinema americano se impõe ao mundo inteiro como o lugar mitológico por excelência. Todos os grandes ícones, todos os nossos amores, todas as nossas paixões se reconhecem e se cruzam nesse *espaço celeste* criado pelos heróis de Hollywood.

Eu, em todo o caso, pertenço a essa geração para quem os heróis e as heroínas eram os indispensáveis comparsas dos dramas, dos ciúmes, das vinganças, das lutas pessoais ou coletivas dessa gesta americana: os Spencer Tracy, os Gary Cooper, os Clark Gable, as Katherine Hepburn. Toda essa galeria de gente está viva, ou está hoje ainda mais viva no imaginário universal e dos Estados Unidos do que aquela mitologia propriamente mitológica e literária, de uma memória fabricada por nós mesmos, enquanto atores da nossa própria cultura, a latina, a grega e um pouco também aquela que nos vem da mesma matriz que a americana e cujo fundamento é a cultura bíblica.

A diferença profunda existente entre a nossa mitologia e a mitologia que o cinema americano reflete é que a americana, na ordem do simbólico e, sobretudo, na ordem metafísica-religiosa, está profundamente impregnada pela cultura e pelo imaginário literário e mítico da *Bíblia*, sobretudo do *Antigo Testamento*. É preciso pensar que o cinema americano foi uma criação de quatro ou cinco "comerciantes" de génio, digamos mais exatamente, produtores de cinema, quase todos judeus. A dramaticidade da maioria dos filmes americanos era sempre uma glosa de um tema ligado ao *Antigo Testamento*, mas também a literatura o é muitas vezes. Uma obra literária como a de William Faulkner é incompreensível sem esse pano de fundo que lhe permite reatualizar o antigo mundo dos profetas em termos modernos. Todo o texto imaginário bíblico impregna a cultura americana. Essa componente está também na mitologia europeia mas em conflito ou em concorrência com outra, de fundo grego ou romano. No momento em que a América produz *O Nascimento de uma Nação*, a Europa (a Itália), com um ano de diferença, produz o primeiro grande filme épico: *Cabíria*[8]. E é muito curioso que este filme extraordinário, cheio de episódios de reconstituição histórica – a mais antiga possível – seja uma ação passada no século III a.C. e que evoca o conflito entre Roma e Cartago, um passado mais que passado, um passado já há muito tempo inscrito na memória da cultura europeia.

Na verdade, a mitologia dos Estados Unidos é a de uma história *próxima*. Todavia, a pouco e pouco, o cinema americano apropria-se e recicla todas as mitologias de diferentes heranças culturais, não como forma de se apropriar imperialisticamente da cultura e dos mitos dos outros, mas apenas porque uma parte do mundo está na América e, se ressuscitam certos períodos da Humanidade, é porque eles são significativos do que a América é, deseja ser e vai ser. Não é por acaso que uma das temáticas mais insistentes nessa maneira épica de reconstituir o passado toca tudo quanto se relaciona com o Império Romano. O cinema americano irá reintegrar, também, mas de uma maneira particular, alguma coisa que no cinema europeu estava latente – é o caso de *Cleópatra*[9], com Elizabeth Taylor e Richard Burton.

Nota final: provavelmente para mim o maior orgulho do cinema americano deve-se a uma criação que não é comparável a nenhuma outra no cinema mundial – falo dos filmes de *music-hall*, a comédia musical. Já na Antiguidade se sabia até que ponto a comédia, mesmo sem ser musical, é o género mais difícil de todos. Ora, a comédia americana é uma invenção total em termos de graça e ligeireza, o género mais aéreo de todos, quase um grafismo abstrato. Basta lembrar alguns filmes de Fred Astaire, lembrá-lo dançando num teto, para termos a ideia do sonho do Homem em ser mais alguma coisa do que aquilo que a terra puxa sempre para baixo. O sonho de voar é um sonho explícito num passo de dança do nosso Fred Astaire europeu. Europeu, sim, porque ele era europeu como tantos outros ícones do cinema americano que

---

[8] *Cabíria* (1914), filme mudo realizado pelo italiano Giovanni Pastrone.
[9] *Cleópatra* (*Cleopatra*, 1963), megaprodução suíça-britânica-americana, com realização de Joseph L. Mankiewicz.

só nele puderam encontrar a sua expressão própria, com a qual se impuseram no mundo.

Tenho de acabar... mas termino falando ainda na versão futurante do cinema americano que, a partir de Hollywood, propôs ao mundo inteiro filmes que são não apenas da ordem terrestre mas também da conquista do mundo inteiro, tal como na ordem da realidade entre eles e a União Soviética se disputaram a posse dos espaços mais próximos e habitáveis, possivelmente, na ordem do imaginário. Realmente, é como se tivessem uma consciência de que só se podiam salvar – ou só nos podíamos todos salvar – emigrando desta espécie de planeta que não conseguimos pacificar para outros mundos, começando uma espécie de vida nova como era aquela que eles, os primeiros americanos, pensaram encontrar e viver, inventando-se americanos como tal pela conquista, a posse, a fruição e a invenção desse *Novo Mundo* que é a América.

O chamado sonho americano não é apenas o de uma sociedade de bem-estar superior ao das sociedades que foram deixadas para trás. É sim esse sonho quase messiânico – tão caraterístico da América – de um outro mundo, de qualquer coisa de outro. Todavia, nunca inventarão um planeta mais futurante, mais fascinante do que aquilo que o próprio cinema é capaz de criar. Essa é a América, é a vida como cinema e, sobretudo, como cinema americano.

Fernando Pessoa e Walt Whitman

RICHARD ZENITH

RICHARD ZENITH – Norte-americano de origem e português por adoção, Richard Zenith é um *free-lancer* que se dedica à escrita, à investigação e à tradução. Especialista em Fernando Pessoa, organizou numerosas edições da sua obra, entre as quais o *Livro do Desassossego* e *Obra Essencial* (em sete volumes). Do seu trabalho como tradutor de português para inglês destacam-se seis livros de Pessoa, a lírica de Camões e antologias da poesia de Sophia de Mello Breyner, João Cabral de Melo Neto e Nuno Júdice. É ainda autor de poesia dispersa, de um livro de contos, *Terceiras Pessoas* (2003), e de *Fotobiografias – Século XX: Fernando Pessoa* (2008). Co-curador da exposição *Fernando Pessoa: Plural como o Universo* (São Paulo, 2010; Rio de Janeiro, 2011; Lisboa, 2012), dedica-se atualmente a escrever uma biografia do poeta.

Fernando Dança com Walt:
O encontro de Pessoa com Whitman

RICHARD ZENITH

> Walt Whitman, autor de *Canto de Mim Mesmo*, ajudou Pessoa a libertar-se **de** si próprio e **para** si próprio.

Tomando "Saudação a Walt Whitman"[1] como porta de entrada para falar sobre o dito poeta na obra de Fernando Pessoa, quero referir, em primeiro lugar, que ela não se assemelha a nenhuma composição do poeta saudado. Tem numerosas alusões à poesia deste, começando pelo título, que lembra o whitmaniano *Salut au monde!*; explora alguns dos mesmos tópicos; faz o mesmo uso encantatório de estruturas sintáticas que se repetem; também inclui listas de objetos ou conceitos e o verso é igualmente livre, sem rima ou métrica regulares. Mas o tom não é o mesmo e a velocidade é outra – bem mais rápida. Álvaro de Campos, pretenso autor da "Saudação", é frenético, histérico, desassossegado. Whitman nunca é nada disto. Só quem não conhece as respectivas poesias pode achar que Campos é um mero decalque de Whitman.

Se a longa e estrondosa "Saudação a Walt Whitman" enaltece o poeta americano, também o parodia, e subverte a sua poética. No poema "Salut au monde!", o uso do francês no título realça o amplo alcance da saudação, destinada ao mundo inteiro. Pessoa, pelo contrário, dirige a sua saudação a uma só pessoa – Whitman –, deixando o Universo de todos nós a dançar na alma dos

---

[1] *In* Álvaro de Campos (Fernando Pessoa), *Poesia*, ed. Teresa Rita Lopes. Assírio & Alvim, 2002. p. 161.

dois ("De mãos dadas, Walt, de mãos dadas, dançando o universo na alma"). Ao invés de reconhecer o poeta mais velho como pai espiritual, chama-lhe irmão – não o irmão de si próprio, Fernando Pessoa, mas antes e apenas o irmão de Álvaro de Campos, que não existe. Este heterónimo, supostamente nascido dois anos antes de Walt Whitman morrer (em 1892), alega que o poeta anterior já o conhecia e o amava. "Sei que me conheceste, que me contemplaste e me explicaste", reza um dos seus versos, enquanto outro afirma que Campos estava com Walt no *ferry* de Brooklyn. Estabelecida esta união poético-mística, o narrador da saudação ousa afirmar que "cá estamos de mãos dadas".

Pessoa faz um *pastiche*, conforme aos seus próprios gostos e em prol do seu próprio projeto. Recria Walt Whitman na pessoa imaginária de Campos e em tudo o que este diz sobre o poeta americano, ou então sobre os dois, já que são "irmãos". Álvaro de Campos elabora uma autocrítica que vale para ambos, classificados como incuráveis decadentes. A poesia, diagnostica, "foi a da nossa incompetência para agir...". E continua, apontando agora o dedo diretamente a Whitman:

> *Tu, cantador de profissões enérgicas, Tu o Poeta do Extremo, do Forte,*
> *Tu, músculo da inspiração, com musas masculinas por destaque,*
> *Tu, afinal, inocente em viva histeria,*
> *Afinal apenas "acariciador da vida".*

Nestes e noutros versos da "Saudação", Campos insinua que Walt Whitman – tal como ele próprio – foi fundamentalmente passivo, um espectador da vida, pouco ou nada ativo. É um retrato que os dados biográficos não corroboram. Whitman, nascido em 1819, em Long Island, mudou constantemente de lugar – Brooklyn, Nova Orleães, St. Louis, Michigan, Chicago, Virgínia, Washington, New Jersey – e de profissão: *office boy*, tipógrafo, mestre de escola, jornalista, diretor de jornal, empreiteiro, funcionário público. Adepto do partido Free Soil[2], que se opunha à expansão da escravatura, Whitman trabalhou como enfermeiro voluntário durante a Guerra de Secessão. Este homem era tudo menos um observador passivo. O próprio Pessoa, aliás, num texto inédito a que voltarei mais adiante, definiu Whitman como um "poeta de ação".

Foi em 1855, com 36 anos de idade, que Walt Whitman publicou a primeira edição do livro *Folhas de Erva*[3], que sofreria muitas modificações ao longo da sua vida. A edição *princeps* consistia em apenas doze poemas sem título. Na

---

[2] Free Soil Party (Partido Terra Livre), coligação partidária norte-americana, ativa nas campanhas presidenciais de 1848 e 1852 e em algumas eleições estaduais, até à dissolução, em 1854.
[3] Walt Whitman, *Folhas de Erva* [*Leaves of Grass*, 1855]: trad. Maria de Lourdes Guimarães, Relógio d'Água, 2002; trad. José Agostinho Baptista, Assírio & Alvim, 2003.

capa aparecia uma fotografia de Walt Whitman, mas não o seu nome, embora se lesse algures "*copyright* Walt Whitman". Num dos poemas, que mais tarde ganharia o título "Canto de Mim Mesmo"[4], encontramos outra referência explícita ao autor, no verso "Walt Whitman, um Cosmos, de Manhattan o filho".

Whitman enviou um exemplar desta primeira edição, publicada com recursos próprios, ao já célebre transcendentalista Ralph Waldo Emerson[5], que, favoravelmente impressionado com o livro, lhe enviou uma carta dizendo: "Saúdo-o no início de uma grande carreira." Um ano depois, numa segunda edição, o poeta incluiria essa indicação na capa. Também redigiu recensões anónimas que elogiavam o seu livro, talvez para compensar as muitas críticas adversas que este recebia.

Com efeito, as primeiras edições de *Folhas de Erva* provocaram alguma troça e censura. Whitman achava que, para cantar um novo mundo, era necessário criar um novo tipo de poesia, e foi isso que fez. Dispensou a rima e a métrica fixa, empregando versos de variadíssima extensão que abordavam alguns tópicos tidos até então como não-poéticos. O espaço do canto whitmaniano alternava entre o campo e a cidade, facto que faz lembrar Cesário Verde, seu contemporâneo. Pessoa, de algum modo herdeiro dos dois, vai distribuir esta alternância ambiental entre heterónimos diversos, fazendo de Alberto Caeiro um poeta da natureza, enquanto Campos era resolutamente urbano.

A sexualidade, muito presente na obra de Walt Whitman, foi também marca de novidade e especial motivo de escândalo. O erotismo não foi facilmente tolerado na arte e literatura dos Estados Unidos do século XIX e versos como os seguintes, tirados do conjunto de poemas *Children of Adam* (*Filhos de Adão*), foram vistos com maus olhos por alguns:

Aqui estou, mulheres, abro caminho,
Sou firme, cáustico, enorme, inflexível, mas amo-vos,
Não vos magoo mais do que o necessário,
Dou-vos aquilo que gera filhos e filhas dignos destes Estados, aperto-vos com rudes
e lentos músculos,
Fortaleço-me, não vos dou ouvidos,
Não me atrevo a retirar-me até depositar o que durante tanto tempo acumulei em
mim.[6]

---

[4] Walt Whitman, *Canto de Mim Mesmo* [*Song of Myself*], trad. José Agostinho Baptista. Assírio & Alvim, 1992.
[5] Ralph Waldo Emerson (1803-1882), ensaísta e poeta norte-americano.
[6] Do poema "Uma mulher espera-me", trad. José Agostinho Baptista.

Na Inglaterra vitoriana, a poesia de Whitman também suscitou algum escândalo e, claro, muito interesse. Fernando Pessoa possuía dois livros de Walt Whitman. O mais antigo, *Poems by Walt Whitman*, foi publicado em Londres e, embora não ostente uma data, sabe-se que a edição é de 1895. Trata-se de uma antologia, cuja primeira secção apresenta "Song of Myself" ["Canto de Mim Mesmo"]. A segunda, curiosamente, tem por título *Songs of Sex*.

As novidades temáticas de Whitman são, todas elas, filhas de uma inédita abertura poética. É como se o poeta procurasse incluir o mundo inteiro nos seus versos. Autodidata, Whitman gostava de conviver com as mais diversas pessoas imagináveis, de preferência com indivíduos simples, pouco instruídos. Incorporava impressões gerais e pequenos pormenores desses encontros na sua poesia, juntamente com descrições das paisagens urbanas e rurais que ia conhecendo. Esta grande abrangência foi inspiradora para Pessoa, que a referiu no seu inacabado "Heróstrato", um ensaio de c. 1930 (escrito em inglês) sobre as causas e variedades da imortalidade, entendida como celebridade póstuma. Como seria de esperar, os escritores são os seres humanos que, segundo a análise pessoana, têm mais hipótese de perdurar na história humana. Menos previsível é um comentário do ensaio que reza assim: "Devemos colher com os nossos corações todo o sol da experiência. Podemos dizer, como Whitman: 'Não te excluirei, até que o sol te exclua'."

O verso citado por Pessoa é de um pequeno poema de Whitman intitulado "To a Common Prostitute" [A uma prostituta comum]. Na mesma ordem de ideias, o poeta americano também escreveu, na XIII secção de "Canto de Mim Mesmo": "E não considero desprezível a tartaruga por ela não ser outra coisa". Pessoa sublinhou este verso, no mais antigo dos seus dois livros de Whitman, e escreveu "*great*" na margem. A vontade de incluir (se fosse possível) a vida em todas as suas manifestações, tão patente no poeta americano, tornar-se-ia ainda mais pronunciada em Fernando Pessoa, nomeadamente em poemas de Álvaro de Campos como "A Passagem das Horas".

A sua propensão inclusiva não é, no entanto, o principal ponto de interesse da poesia de Whitman. A apresentação dos conteúdos, o *como* o poeta diz o que diz, tem maiores consequências para a história da poesia. Whitman criou um estilo de fazer versos que podemos chamar, sem muito exagero, de cinematográfico. Numa época em que o cinema ainda não existia, desenvolveu uma técnica de captação e montagem de imagens para as apresentar de forma direta e imediata, por vezes mesmo crua. Por outro lado, o poeta americano era um aficionado da ópera italiana, tendo escrito várias críticas e recensões de espetáculos no início da sua carreira. Existem estudos que analisam o modo como a ópera terá afectado o ritmo da sua poesia.

Whitman tinha uma invulgar capacidade para compor frases longas, o que é bem mais difícil de fazer em inglês do que em português. "Dos dolentes rios contidos", por exemplo, contém 57 longos versos, alguns dos quais ocupam duas ou três linhas, e o poema todo consiste numa única frase. Whitman não faz "batota", como certos escritores dos nossos dias que juntam, num único período, o que na verdade são cinco ou oito ou dez frases autónomas, separadas por vírgulas em vez de pontos. Em "Dos dolentes rios contidos", o verbo principal só aparece no penúltimo dos 57 versos.

Se exceptuarmos o próprio Fernando Pessoa, a pessoa que primeiro e melhor escreveu sobre a influência que Whitman nele exerceu é Eduardo Lourenço. No seu sempre atualíssimo *Pessoa Revisitado*[7] – um livro que, muito antes de existirem Estudos de Género e leituras *queer*, já fazia abordagens desse tipo –, Lourenço afirma que o encontro entre Pessoa e Whitman "não é exclusiva, nem mesmo essencialmente, da ordem literária ou estética"; é um encontro "ao nível mais secreto". Walt Whitman serve-lhe como exemplo de liberdade e auto-libertação no plano erótico – erótico no sentido mais amplo, significando a sensualidade de cheirar, saborear, ver, ouvir e tocar, como também erótico no referente à sexualidade. Pessoa, não realizando esta libertação em carne e osso, realiza-a em Álvaro de Campos, no que Eduardo Lourenço designa como "a libertação irreal" de Pessoa.

Quase todas as grandes odes assinadas por Campos ("Ode Triunfal", "Ode Marítima", "Saudação a Walt Whitman" ou "A Passagem das Horas") contêm referências sexuais explícitas, sobretudo através de figuras de passividade erótica. Vejam-se os seguintes versos da "Saudação":

> *Quero ser pisado nas estradas largas, como as pedras,*
> *Quero ir, como as cousas pesadas, para o fundo dos mares.*
> *[...]*
> *Quero intercalar-me, imiscuir-me, ser levado,*
> *Quero que me façam pertença doida de qualquer outro,*
> *Que me despejem dos caixotes,*
> *Que me atirem aos mares,*
> *Que me vão buscar a casa com fins obscenos,*
> *[...]*

---

[7] Eduardo Lourenço, *Pessoa Revisitado* [1ª ed.: 1973]. Gradiva, 2003.

> *Quero voar e cair de muito alto!*
> *Ser arremessado como uma granada!*
> *[...]*
> *Ponham-me grilhetas só para eu as partir!*
> *Só para eu as partir com os dentes, e que os dentes sangrem*
> *Gozo masoquista, espasmódico a sangue, da vida!*
>
> *Os marinheiros levaram-me preso.*
> *As mãos apertaram-me no escuro.*
> *Morri temporariamente de senti-lo.*
> *Seguiu-se a minh'alma a lamber o chão do cárcere privado*

Ao ler estes e outros versos de Campos igualmente reveladores – sejam as "revelações" expressivas do que o autor real (Pessoa) sentia, sejam elas pura encenação –, afigura-se curioso que João Gaspar Simões, primeiro biógrafo de Fernando Pessoa, pudesse imaginar que discernia lados ocultos do seu sujeito biográfico que o próprio não quis ou não pôde perceber. Apesar de criticar o biógrafo precisamente por essa presunção, Eduardo Lourenço fala-nos, por sua vez, da "ingenuidade espantosa" com que Pessoa denominou Álvaro de Campos o "cantor da Máquina, da Eletricidade e outras realidades concretas" – como se Pessoa-qua-Campos não tivesse noção de que era, no fundo, o "des-cantor", como lhe chama o insigne ensaísta numa passagem em que denuncia o desinteresse do poeta em apropriar-se do que era verdadeiramente moderno. Campos, de facto, exalta a idade moderna em voz estridente, mas não mostra nenhuma curiosidade real na esfera do progresso tecnológico, sendo "Máquina" uma metáfora para "a exterioridade pura, a irresponsabilidade pura junta à eficácia suprema, o ato ideal sem sujeito [...]", que lhe permite "*voar outro* sem sair do mesmo sítio". A máquina acaba por ser um dispositivo, ou um disfarce, pelo qual Campos consegue ficar completamente passivo.

Estou inteiramente de acordo com a arguta leitura de Eduardo Lourenço. Penso, no entanto, que Pessoa não se enganava a este respeito; não havia ingenuidade nenhuma. Em "Saudação", Campos reconhece claramente que o seu culto de poesia é como que um corolário da sua inaptidão para a vida ativa: "a Poesia foi a da nossa incompetência de agir". Noutro verso do mesmo poema, o suposto "cantor da Máquina" confessa: "Escrevemos versos, cantamos as coisas – falhámos; não as vivemos".

A máquina também serve para metaforizar a pulsão erótica de Campos-Pessoa, segundo o estudo de Eduardo Lourenço, que cita um bom número de versos da "Ode Triunfal" em abono desta ideia. De novo, não me parece (e creio que a Eduardo Lourenço também não) que isto tenha sido inconsciente da parte de Pessoa. A pulsão sexual, aliás, umas vezes metaforizada e outras vezes direta e literalmente posta em evidência, está presente em muita da sua poesia da década de 1910, e não apenas nas produções de Álvaro de Campos.

Em 1977, Eduardo Lourenço publicou um ensaio intitulado "Walt Whitman e Pessoa"[8], no qual sustenta que o encontro entre eles não levou a uma simples influência do poeta americano sobre Pessoa, mas sim a uma "perturbação absoluta". Argumenta que Alberto Caeiro e Álvaro de Campos surgiram como consequência direta da "deflagração do universo de Pessoa confrontado com o universo de Walt Whitman" e chama aos dois heterónimos "filhos de Walt Whitman". Caeiro e Campos representariam um whitmanismo negativo, sem fé. Os dois heterónimos nascem de Whitman, ou do encontro de Pessoa com ele, mas, como é costume com os filhos, irão matar o pai. Negam, ou subvertem, a sua herança paterna. Campos, em poemas como "Saudação", pode ser visto como uma manifestação hipertrófica e desnaturada de Whitman. Em Caeiro, pelo contrário, a filiação em relação a Whitman terá sido rasurada.

Nos dois livros de poesia de Whitman que possuía, Pessoa sublinhou frases que reaparecerão, de forma algo alterada, em *O Guardador de Rebanhos*. No entanto, a relação sensorial e sensual com o mundo, que encontramos no sujeito poético das *Folhas de Erva*, desaparece em Caeiro. Este heterónimo, para Eduardo Lourenço, é um Whitman desencarnado. A celebração do mundo tal como é, em Caeiro, reduz-se a um princípio como que filosófico. O *ver* em que tanto insiste é um ver abstrato, sem necessidade de envolver-se com o objeto visto. Caeiro preconiza a realidade genérica, a realidade enquanto conceito.

Se Caeiro é um não-Whitman ou um Whitman branqueado, desvitalizado, Campos é um anti-Whitman, pois as alusões corporais na sua poesia não significam, como no poeta norte-americano, o corpo glorioso, mas antes o corpo mutilado. Campos aderiu à realidade exterior, mas é "uma aderência histerizada, doente, frenética, paralisada no seu imaginário excesso, deboche prodigioso de um sedento sem sede verdadeira". A este respeito, recorde-se que, em "A Passagem das Horas", Campos se refere a si próprio como "o indivíduo que fuma ópio, que toma absinto, mas que, enfim,/Prefere pensar em fumar ópio a fumá-lo/E acha mais seu olhar para o absinto a beber que bebê-lo...".

---

[8] Em *Quaderni Portoghesi* (Pisa, Outono de 1977), numa tradução italiana. A versão portuguesa, aqui citada, foi publicada em *Poesia e Metafísica* (Lisboa, Sá da Costa Editora, 1983). [N. Autor]

O sensacionismo militante de Campos – "sentir tudo de todas as maneiras" – manifesta-se no gritar mais do que no gozar.

A passividade, diversamente expressa mas igualmente presente em Caeiro e em Campos, contrasta com a atitude e com a própria vida de Walt Whitman, que realmente andou pelos campos e pelas cidades, sujou as mãos, roçou o corpo contra outros corpos. Walt Whitman sentia tudo; Pessoa "fingia" que sentia tudo. Ponho "fingia" entre aspas, pois o sentir não era falso, ele sentia realmente, embora não com os cinco sentidos. Sentia através da imaginação, do fingimento.

No fundo dos dois heterónimos, Eduardo Lourenço vê uma infelicidade radical, uma consciência dilacerada. Este estado de alma é mesmo assumido em Campos, permanentemente inquieto e insatisfeito. Caeiro, pelo contrário, é talvez o único momento de sossego em Pessoa. É o heterónimo *zen*, se quisermos. A sua calma, contudo, é um prémio de consolação. Fruto do desapego e até da resignação, é uma calma tingida pela melancolia. Para Whitman, a consciência era fonte de grande alegria, já que acentuava, como uma droga, o seu prazer em saborear, cheirar, ouvir e tocar. Para Pessoa, em qualquer dos cantos heteronímicos do seu vasto ser, a consciência é dor. A felicidade possível encontra-se na *in*consciência, no esquecer-se, na ignorância.

Se aceitarmos que Caeiro é um Whitman abstrato, desencarnado, exangue, parece lógico concluir que ele é de algum modo menor, uma versão reduzida do seu antecessor. Fernando Pessoa, todavia, defende exatamente o contrário...

Referi já as recensões anónimas que Whitman publicou para promover a sua própria obra. De modo semelhante, Pessoa redigiu imenso material – em português, inglês e mesmo em francês – para promover Alberto Caeiro em periódicos nacionais e estrangeiros, prevendo para isso a ajuda de amigos jornalistas (embora tenha acabado por não publicar nada). Um desses textos promocionais, escrito em inglês e, até hoje, só parcialmente editado, começa assim (traduzo):

> "As diferenças entre Whitman e Caeiro são claras. Caeiro é claro. Whitman é confuso, atrapalhado. Caeiro é um ritmista mais subtil do que Whitman. Caeiro é muito mais intelectual que Whitman. Estamos convencidos de que não há influência alguma."[9]

---

[9] Este início do texto (doc. 14B/62, no espólio de Pessoa, à guarda da Biblioteca Nacional) foi publicado em "Caeiro Triunfal", texto posfacial *in* Alberto Caeiro (Fernando Pessoa), *Poesia*, Lisboa, Assírio & Alvim, 2001. [N. Autor]

A última frase citada equivale, obviamente, a uma confissão de que há mesmo influência. A enumeração das diferenças entre os dois poetas continua:

"Caeiro é maior do que Whitman enquanto poeta puramente lírico. Esteja ele ativo ou não, Whitman é um poeta de ação. Caeiro é um poeta puramente contemplativo. Caeiro é sempre abstrato, mesmo quando é concreto. Já se notou – que diferente de Whitman! – que nunca nomeia uma árvore ou flor particular. Fala de árvores e de flores apenas no abstrato absoluto."

A descrição de Caeiro como um poeta fundamentalmente abstracto, desinteressado do pormenor e da carne das coisas, concorda com o Caeiro retratado por Eduardo Lourenço quando o põe em confronto com Whitman. Mais adiante no texto de Pessoa, somos informados de que Whitman é sempre democrático, enquanto Caeiro é aristocrático, sendo o único ponto em comum entre os dois poetas "a sua oposição à civilização, à convenção e a pensamentos puros, enquanto pensamentos puros. Tudo o resto é diferente." Concluindo:

"Caeiro é um inimigo radical de todas as crenças; a sua crença, que é nenhuma, dispensa todas. A de Whitman inclui todas. E isto é prova suficiente da atitude eminentemente intelectual de Caeiro. Vê claramente e logicamente. Uma crença que inclui todas as crenças, se maior, é também mais vaga que todas elas."

No meio destas e de outras constatações, encontra-se o seguinte apontamento isolado por desenvolver: "O homem-Whitman-Caeiro afigura-se uma evolução natural." Esta frase, curiosíssima, parece indicar que, para Pessoa, o Caeiro abstracto e desencarnado era um Whitman em fase mais adiantada: um Whitman atualizado, do século XX. Como assim? Dir-se-ia que, no entender de Pessoa, o enorme otimismo e a fé sem limites de Walt Whitman já não servem para o homem desenganado e desencantado de tempos mais recentes. Para este, Alberto Caeiro – pronto a reconhecer que não há grandes verdades, que "a Natureza é partes sem um todo"[10] – talvez seja mais pertinente.

No que respeita a Álvaro de Campos, Pessoa pode ter querido camuflar a influência de Whitman por detrás de Caeiro – o mestre que, no guião do "drama em gente", tinha um grande ascendente sobre Campos, sobre Ricardo Reis e sobre o próprio Pessoa – e por detrás da escola futurista, frequentada durante um certo período pelo autor nominal da "Ode Triunfal". Porém num

---

[10] Em *O Guardador de Rebanhos*, XLVII.

texto sobre o "ritmo paragráfico" (utilizado por Whitman e Campos) posterior a 1925[11], Pessoa diz que "foi Whitman o primeiro que teve o que depois se veio a chamar a sensibilidade futurista – e cantou coisas que se consideravam pouco poéticas, quando é certo que só o prosaico é que é pouco poético, e o prosaico não está nas coisas mas em nós." Mais uma vez, Pessoa refere e elogia a capacidade whitmaniana de incluir tudo na sua poesia. No mesmo texto, o poeta esclarece que Whitman provocou uma desorientação no seu tempo, por ter apresentado duas novidades juntas: o tal ritmo paragráfico e o conteúdo "antipoético" dos seus versos. E continua:

> "O mesmo ahurissement [desnorteamento] produzi eu com a minha 'Ode Triunfal', no Orpheu 1, visto que, embora escrita perto de sessenta anos depois da primeira edição das *Leaves of Grass*, aqui ninguém sabia sequer da existência de Whitman, como não sabem em geral da própria existência das coisas."

Pessoa admite, portanto, que criou consciente e deliberadamente um Whitman português para consumo doméstico, já que não havia nada do género em Portugal – o que não é a mesma coisa que dizer que Campos era um "filho" de Walt Whitman. Eduardo Lourenço supôs que Pessoa descobrira Whitman em fins de 1913, começos de 1914, antes da explosão dos heterónimos, que a tal descoberta teria desencadeado. Sabemos hoje que Pessoa conheceu o poeta americano antes. Terá adquirido o já referido exemplar de *Poemas de Walt Whitman* pouco antes do seu regresso definitivo a Lisboa, em 1905, ou, mais provavelmente, nos dois anos seguintes. O livro, como acontece com muitas obras em inglês adquiridas por Pessoa nesse período, ostenta a assinatura de Alexander Search. Este mesmo pré-heterónimo será comparado a Whitman num apontamento de Pessoa escrito em inglês e datável do final de 1907, início de 1908. Enquanto Walt Whitman é "um puro otimista", Pessoa considera que ele próprio e Alexander Search são "puros pessimistas". Sobre Whitman, escreve ainda que ele "uniu as três tendências, pois uniu a mania da dúvida, a exaltação da personalidade e a euforia do 'ego' físico".[12] Estamos ainda a seis anos de distância do nascimento de Caeiro, Campos e Reis, e o poeta americano já tinha dado entrada no caldeirão de leituras e presenças literárias que foram trabalhando e fervendo dentro do jovem português.

---

[11] Doc. 14E/59-60. Publicado *in* Pessoa, *Poemas Completos de Alberto Caeiro*, Lisboa, Presença 1994, pp. 272-73. [N. Autor]
[12] Doc. 144J/31-32. A frase citada foi publicada pela primeira vez no já referido Caeiro (Pessoa), *Poesia*, p. 254. [N. Autor]

Segundo a leitura de Eduardo Lourenço, Caeiro e Campos nasceram de Walt Whitman e subverteram-no. Parece-me que a origem e a evolução dos dois heterónimos foram mais complicadas. Nasceram de uma amálgama de influências. No caso de Caeiro, estas incluíam Teixeira de Pascoaes, Cesário Verde, Guerra Junqueiro e Francis Jammes[13] – sendo este último um poeta bucólico francês, hoje esquecido. Ainda mais esquecida é Alice Meynell[14], autora dos seguintes versos, publicados numa pequena coletânea que Pessoa possuía: "She walks – the lady of my delight –/A shepherdess of sheep./Her flocks are thoughts." Comparando-os com o início do nono poema de *O Guardador de Rebanhos* – "Sou um guardador de rebanhos./O rebanho é os meus pensamentos." –, dificilmente podemos negar que o pseudopastor terá pilhado o seu rebanho de pensamentos da pastora inglesa. No caso de Campos, podemos apontar como influências (para além de Whitman) Cesário Verde, Blake[15], Nietzsche, os futuristas, e decadentes como Oscar Wilde.

Maria Irene Ramalho de Sousa Santos tem-se debruçado sobre um outro aspeto da influência whitmaniana em Pessoa que não tem a ver diretamente com os heterónimos.[16] Prende-se com o "Atlantismo", doutrina pessoana estreitamente ligada à do Quinto Império. Recorde-se que a noção de um poderoso Quinto Império português, teorizado por António Vieira, foi "espiritualizada" por Pessoa, que visionava Portugal à frente de um renascimento cultural europeu, a liderar um "império de poetas" ou mesmo "de gramáticos", segundo diz num apontamento seu. O Atlantismo representa, no fundo, a mesma noção, a mesma esperança, mas com o olhar virado para ocidente – para o Atlântico e as terras que o ladeiam.

Numa lista de tópicos ou secções contemplados para um manifesto sobre o Atlantismo[17], Pessoa refere o "alto espírito atlântico do Walt Whitman". A referência surge no contexto de uma prevista "Expansão atlântica – Ibéria, Irlanda, Ultramar americano". Mas atenção: o mesmo esboço de manifesto adverte: "Foi pelo Atlântico que fomos à procura da glória, à criação da Civilização Maior. É pelo Atlântico, mas em alma e espiritualização, que devemos

---

[13] Francis Jammes (1868-1938).
[14] Alice Meynell (1847-1922), escritora, editora, crítica e sufragista inglesa.
[15] William Blake (1757-1827), poeta, tipógrafo e pintor inglês, autor de *Songs of Innocence and of Experience* (*Canções da Inocência e da Experiência*).
[16] Ver o seu livro *Poetas do Atlântico: Fernando Pessoa e o modernismo anglo-americano*, Porto, Afrontamento, 2007 (publicado inicialmente em inglês como *Atlantic Poets*, Hanover, University Press of New England, 2003). [N. Autor]
[17] Em Pessoa, *Sobre Portugal*, Lisboa, Ática, 1978, p. 224. [N. Autor]

ir em demanda da Civilização máxima!" A expansão ansiada por Pessoa é "espiritual", ou cultural, não tendo nada a ver com o domínio militar e político.

Ao que parece, Pessoa via em Whitman – como muito bem reparou Maria Irene Ramalho – um irmão profeta, cujo canto não era apenas de si mesmo mas também do seu país. Duvido que tenha havido uma influência decisiva do poeta da democracia sobre o poeta quinto-imperialista que escreveu a *Mensagem*, e a citada ensaísta também não parece sugeri-lo, mas sublinha notáveis afinidades entre os dois poetas naquilo que podemos designar – recorrendo à terminologia de Pessoa – de plano "nacional-místico".

Na última secção do seu poema "Viagem para a Índia", Walt Whitman propõe uma viagem para "mais do que a Índia", à semelhança de Pessoa quando este propõe, para "a nossa grande Raça", a "busca de uma Índia nova, que não existe no espaço".[18] É possível que a extrapolação do patriotismo de Pessoa para esferas mais amplas, menos ligadas à geografia, deva alguma coisa à América whitmaniana, um conceito que ultrapassava quaisquer fronteiras geográficas. Num poema intitulado precisamente "América", Whitman concebe a nação como "uma grande e saudável, elevada mãe".

Qual foi, então, a influência de Walt Whitman em Fernando Pessoa? Superficialmente fortíssima nos heterónimos Caeiro e Campos, ela percorre, de maneira subtil, quase toda a produção literária do grande modernista português, na medida em que "perturbou" a própria alma da sua escrita (alma que não corresponde, necessariamente, à do escritor enquanto homem civil). Vejo Whitman como um catalisador, um ingrediente presente em Pessoa desde 1907 ou 1908, mas cuja reação com todos os outros elementos que contribuíram para a sua formação intelectual e artística se realizou mais intensamente por volta de 1913 e 1914.

Walt Whitman libertou Pessoa **de** si mesmo, e **para** si mesmo. **Para** si mesmo, graças ao exemplo ousado do americano, que cantava o seu próprio ser sem desculpa e sem freio, sem limites. No "Canto de Mim Mesmo", secção 51, lemos:

> *Contradigo-me?*
> *Muito bem, então contradigo-me,*
> *(Sou imenso, contenho multidões).*[19]

---

[18] No final do ensaio "A Nova Poesia Portuguesa no Seu Aspeto Psicológico", publicado em 1912. [N. Autor]

[19] Trad. José Agostinho Baptista.

Poderiam ser versos de Pessoa, mas não foi Walt Whitman que o ensinou a contradizer-se e a conter em si mesmo multidões de personagens e tendências diversas. Libertou-o, sim, para ser e dar expressão àquilo que já era.

Numa aparente contradição com o que acabo de dizer, podemos afirmar que, num certo sentido, Pessoa tomou Walt Whitman como um modelo a imitar. Foi este ato imitativo, aliás, que ajudou a libertar o poeta português de si próprio. Na verdade, o autor de "Autopsicografia" aplicou a poética de fingimento – adotada já na adolescência, décadas antes de escrever o referido poema – à *figura* de Walt Whitman, tomada de empréstimo. Ao invés de ser passiva e involuntariamente influenciado por Whitman, Pessoa ativamente co-optou a pessoa poética que o nome "Whitman" encerra, usando-a e moldando-a para os seus próprios fins. Mais do que influência, deveríamos falar de aproveitamento, de abuso, de estupro. Pessoa pegou em Whitman e obrigou-o a ser ele próprio. Assumindo a identidade do outro – um outro que ele transformara na sua própria imagem –, converteu-se não num filho, mas sim num irmão de Whitman, um irmão chamado Álvaro de Campos.

Se Campos é uma versão algo negativa de Whitman, não será por incapacidade criativa de Pessoa mas, sim, por uma questão de viabilidade. A positividade do poeta americano parecia-lhe ingénua, pelo menos quando transposta para o século XX. Havia pessoas que ainda acreditavam na democracia americana tal como Whitman a cantara nos seus versos; Pessoa não era uma delas. Não podia identificar-se, no "Canto de Mim Mesmo", com o poeta das secções 44 e 45 que se sente fraternalmente ajudado e apoiado pelos outros, que se sente parte da Humanidade, como se esta fosse uma grande irmandade. Álvaro de Campos está sozinho, ou então vê-se parte da Humanidade mas uma desconsolada parte. Na secção 50 do célebre poema de Whitman, o cantor afirma a sua crença num plano cósmico, numa ordem, num destino amigável. Para ele toda a existência é bela. Para Pessoa, sobretudo na *persona* de Campos, o mistério da existência é assustador. Provoca-lhe horror. Apesar da sua exuberância esporádica, Campos é saturnino, cético, vagamente desesperado. Sente que mesmo "tudo" é pouco, não basta, e por isso é o *sentir* tudo – seja lá o que "tudo" for, positivo ou negativo – que lhe importa mais do que o tudo em si. Eis uma lição quase prática para homens e mulheres sem a fé de Whitman.

Há uma outra, mais importante *lição* de Pessoa para seres desencantados com a vida tal como é: a possibilidade de viver gloriosamente através da imaginação. Esta faculdade, para quem a desenvolva bem, é uma espécie de atalho, ou via rápida, que elimina a necessidade de fazer ou de se envolver.

Basta ver, visualizar. No "Canto de Mim Mesmo", secção 13, lemos: "Dentro de mim, o acariciador da vida.../Absorvendo tudo para mim próprio". Ora Pessoa, enquanto Campos ou enquanto Caeiro, ou enquanto ele próprio, não absorve porque nem toca. Enche-se daquilo que imagina. Em vez de acariciadores, são *voyeurs*. E até mesmo esse voyeurismo é imaginário. Bernardo Soares, Álvaro de Campos, Maria José, o Barão de Teive e o próprio Alberto Caeiro, todos eles, nos seus poemas e prosas, encontram-se com frequência perante uma janela. Fernando Pessoa, certamente, não. Literariamente, através dos seus outros eus, punha-se a olhar por uma janela. Da mesma maneira, as supracitadas máquinas das grandes odes de Campos não voavam, é certo, mas Campos (e Pessoa através dele) voava pelos versos que as concebiam e as cantavam. Pessoa *criava* realidade, à moda de Shakespeare.

Foi com justeza que o heteronimizador se comparou ao "supremo despersonalizado" que criou Hamlet. E a seguinte frase atribuída a Álvaro de Campos (publicada numa "Nota ao Acaso", em 1935) valeria para Pessoa como vale para o dramaturgo isabelino: "Shakespeare era essencial e estruturalmente factício; e por isso a sua constante insinceridade chega a ser uma constante sinceridade, de onde a sua grande grandeza".

Se quisermos encontrar um verdadeiro modelo e inspiração para a poética de Pessoa, não é em Walt Whitman que devemos procurar mas sim, em Shakespeare, que nos inventou, segundo defende Harold Bloom[20], na medida em que revelou e deu forma verbal a recantos e escaninhos da psicologia humana até então envoltos em trevas e, portanto, efetivamente inexistentes. Fernando Pessoa, de um modo análogo, inventou um pouco daquilo que nós somos hoje.

---

[20] Harold Bloom (n. 1930), escritor, crítico literário e cultural norte-americano.

PHILIP ROTH
(n. 1933)

Philip Milton Roth nasceu a 19 de Março de 1933 no bairro de Weequahic (Newark, estado de Nova Jérsia), onde, à época, a comunidade judaica de classe média vivia ainda com um pé na ascendência centro-europeia e no fantasma da História e outro na identidade americana de primeira geração e numa concreta assimilação. Newark, que o escritor, eterno candidato ao Nobel, referiu como "a minha Estocolmo", está presente como cenário evocativo em muitos dos seus livros – *O Complexo de Portnoy*[1], *Pastoral Americana*[2], *Casei com um Comunista*[3], sobretudo, no romance mais recente, *Némesis*[4]. "Quero que estes sítios sejam verosímeis e quero ser o mais preciso possível na cartografia da paisagem social"[5], disse.

Das pretensões realistas do autor nascerá, em 1969, uma essência americana para um novo herói hebreu – o judeu que aspira a ser um americano genuíno durante os anos patrióticos da guerra e que depois se liberta pelo sexo. É Alexander Portnoy, contraponto desbragado à trágica condição de *schlemiel*[6], transformada em sátira delirante. Sem freios, Portnoy/Roth responde com fúria masturbatória ao condicionamento familiar, centrado na moral e na culpa, na chantagem afetiva, na típica conjugação judia de orgulho e autodepreciação, obstinação e vitimização. Grita: "Sou o filho da anedota de judeus – *só que não é anedota nenhuma!*" Entalado entre a consciência e a libido, descreve, com indecorosa coloquialidade, a infância e adolescência (as manobras da *mãe judia* manipuladora, as somatizações do pai), a rejeição dos códigos religiosos e da herança da diáspora, as aventuras eróticas adultas. Escudado na afirmação psicanalítica do poder do Id, Roth explode em sarcasmo e agressividade sexual, como, mais tarde, em 1995, Mickey Sabbath[7] explodirá sobre a campa da amante.

---

[1] Philip Roth, *O Complexo de Portnoy* [*Portnoy's Complaint*, 1969], trad. Ana Luísa Faria. Publicações D. Quixote, 2010.
[2] Philip Roth, *Pastoral Americana* [*American Pastoral*, 1997], trad. Maria Luísa Delgado e Luísa Feijó. Publicações D. Quixote, 1999.
[3] Philip Roth, *Casei Com um Comunista* [*I Married A Communist*, 1998], trad. Ana Maria Chaves. Publicações D. Quixote, 1999.
[4] Philip Roth, *Némesis* [*Nemesis*, 2010], trad. Francisco Agarez. Publicações D. Quixote, 2011.
[5] In *Footsteps – Philip Roth Newark; Walking the Streets of a Writer's Memory*, David Carr, *The New York Times*, 15/10/2004.
[6] De *shimil* (iídiche); falhado, desastrado, inepto.
[7] Protagonista de *Teatro de Sabbath* [*Sabbath's Theater*, 1995], trad. Fernanda Pinto Rodrigues. Publicações D. Quixote, 2000.

O ético *bom rapaz judeu* (ainda vislumbrado em *Letting Go*, de 1962, o primeiro romance, recém-recuperado para a edição completa e definitiva da obra toda pela Library of America, em oito volumes e até 2013) embarcara numa senda histórica de liberdade moral e erótica. David Kepesh, o kafkiano, representa o corpo físico, escandalosamente sexuado. Nathan Zuckerman, o verdadeiro *alter ego*, surge em seguida, introspetivo, como "o grande sancionador", o "satirista selvagem das letras americanas". Em ambos, a tenacidade transgressiva vibra à mistura com uma curiosidade e um espanto pueris. A vertigem do discurso das personagens faz parte do movimento de afirmação: "[Aos nossos pais] não lhes passava pela cabeça quanto, ao incentivarem-nos a sermos tão espertos e *yeshiva buchers*[8], estavam a preparar-nos para os deixar isolados e confusos perante toda a nossa convincente verbosidade."[9]

No início dos anos 90, Roth, talvez o romancista norte-americano mais autobiográfico, interna-se num hospital psiquiátrico. À depressão sucede-se um novo ciclo, curiosamente o mais afastado dos "cansativos jogos de autor ao espelho"[10], e uma produção com a regularidade de um metrónomo. A curiosidade é agora documental e documentada e o escritor escava os grandes acontecimentos do século XX americano – a Depressão, a Segunda Guerra, o maccartismo, Nixon e o Vietname. Nesta pesquisa entre factos e ficção, consuma o seu retrato: "O epíteto judeu-americano não tem qualquer significado para mim. Se eu não sou Americano, não sou ninguém." *Pastoral Americana* permanecerá como vertiginoso retrato do idealismo americano do pós-Guerra.

No autobiográfico *Património*[11], de 1991, o escritor revela a "cota de armas" do seu pai: "Não podes esquecer nada. [...] Se um homem não é feito de memória, não é feito de nada." A máxima torna-se uma obsessão após 2001 e *O Animal Moribundo*[12]. À morte dos pais sucedera-se a morte dos amigos (Bellow incluído) e, por fim, a consciência lúcida da progressiva degradação física. Roth transfere primeiro a angústia para os fantasmas-alter-ego Kepesh e Zuckerman, expulsando-os para fora de cena. Depois, em 2006, surge *Némesis*, quadrilogia de novelas e espécie de estudo retrospetivo da velhice, da doença, da dor, do destino e da moral, finalizada em 2010 com o título homónimo, uma parábola sobre culpa, acaso e Deus, e o regresso a Newark.

Na verdade, Roth nunca abandonou Weequahic, tal como nunca abandonou a auto-reflexão sobre culpa e livre arbítrio, o dilema entre pertença ou auto-exclusão. Após dois National Book, dois National Book Critics Circle, dois PEN/Faulkner, um Pulitzer e o Man Booker International Prize, ele é, para muitos, o detentor do título de melhor escritor de língua inglesa vivo, digno sucessor dos seus mestres William Faulkner e Saul Bellow.

FILIPA MELO

---

[8] *Yeshiva buchers*: estudantes do Talmude.
[9] In *Património*, p. 144.
[10] Como a crítica norte-americana Michiko Kakutani definiu *Operação Shylock*, de 1993.
[11] Philip Roth, *Património [Patrimony*, 1991], trad. Fernanda Pinto Rodrigues. Publicações D. Quixote, 2008.
[12] Philip Roth, *O Animal Moribundo [The Dying Animal*, 2001], trad. Fernanda Pinto Rodrigues. Publicações D. Quixote, 2006.

GONÇALO M. TAVARES – Escritor e professor universitário, nasceu em 1970 e publicou a sua primeira obra em 2001 (*Livro de Dança*). Atualmente, estão em curso cerca de 210 traduções da sua obra, com edição em 44 países. Os seus livros deram origem, em diversos países, a peças de teatro, peças radiofónicas, curtas metragens e objetos de artes plásticas, vídeos de arte, ópera, performances, projetos de arquitetura ou teses académicas. Em Portugal, recebeu diversos prémios, entre os quais o Prémio José Saramago 2005 e o Prémio LER/Millennium BCP 2004, ambos para o romance *Jerusalém*, o Grande Prémio de Conto APE 2007, com *água, cão, cavalo, cabeça*, o Prémio Branquinho da Fonseca/Fundação Calouste Gulbenkian 2002, com *O Senhor Valéry*, e o Prémio Revelação de Poesia APE 2002, com *Investigação Novalis*. Com *Uma Viagem à Índia*, de 2010, foi distinguido com o Prémio Melhor Narrativa de Ficção da SPA, o Prémio Especial de Imprensa-Melhor Livro Ler/Booktailors, o Grande Prémio Romance e Novela APE e o Prémio Melhor Livro de Ficção-Fernando Namora/Casino Estoril. Recebeu as seguintes distinções internacionais: Prémio Portugal Telecom 2007 (Brasil), Prémio Internazionale Trieste 2008 (Itália), Prémio Belgrado Poesia 2009 (Sérvia), Prix du Meilleur Livre Étranger 2010 (França) e Grand Prix Littéraire du Web-Culture 2010 (França). Foi nomeado para o Prix Cévennes 2009 (França) para o melhor romance europeu, com *Jerusalém*. Em 2010, foi finalista dos prémios internacionais franceses Prix Femina e Prix Médicis, com *Aprender a Rezar na Era da Técnica*. Recebeu o Prix Littéraire Européen 2011/Étudiants Francophones, com *O Senhor Kraus e a Política*.

Sobre Roth

GONÇALO M. TAVARES

Philip Roth pinta um quadro geral, mas não esquece os pormenores. Os grandes e os pequenos movimentos da mão. Como falar do organismo e ainda da História, eis duas das tarefas de Roth. Ligadas de modo improvável.

A MINHA LEITURA do Philip Roth é uma leitura perfeitamente pessoal: a de um escritor que lê. Será este o ponto de partida.

Estou neste momento a ler uma história dos ciganos, muito bem escrita, onde se conta uma tradição cigana que é a de deixar nos cruzamentos pequenas marcas (galhos ou restos de frutos), sinalizando com esses vestígios a rua pela qual se optou. Esses vestígios são marcas deixadas intencionalmente para que os seus iguais as reconheçam. São marcas que os não-ciganos não reconhecem. Para um não cigano, essa marca não é uma marca porque faz parte da paisagem; para um cigano ela é algo que se destaca da paisagem. Indispensáveis, essas marcas distinguem, junto de um companheiro, um caminho, um determinado percurso que uma família seguiu.

De certa maneira, quando se tem a precipitação de falar sobre um autor, a tentação é a de procurar estas marcas, estes vestígios nos cruzamentos, para tentar seguir o percurso do autor. É evidente que muitas vezes o autor deixa marcas intencionalmente falsas. É evidente que o observador é, muitas vezes, enganado, por falta de habilidade ou por má qualidade dos seus olhos e do seu olhar. Mas o que julgo que faz sentido neste caso é, em primeiro lugar, procurar uma espécie de semelhanças ou de marcas nos vários livros de Philip Roth. Procurar aquilo que alguns filósofos chamam a história do mesmo, ou seja, a história da identidade, das taxonomias; uma história que é, simultaneamente, e por oposição, a história do diferente. Começarei, portanto, com a tentativa da história do mesmo em Roth.

Há algo muito presente em quase todos os livros de Philip Roth e creio que poderá ficar claro a partir de uma história contada por Pascal Quignard – talvez o mais importante escritor francês vivo –, num livro que se chama *A Vida Secreta*[1]. Ele conta a história do mito de uma tribo em que uma mulher tem de escolher entre três homens: o marido, o filho ou o irmão. Esta mulher, que se chama Anne Bourie, não tem a possibilidade de salvar a vida se não de um dos três homens que estão alinhados diante dela. "Ela treme, levanta as pálpebras. Fixa o seu olhar primeiro no seu marido, depois contempla o seu filho, por fim lança um olhar sobre o seu irmão." Se tivéssemos tempo, perguntar-vos-ia a cada um de vocês quem é que escolheriam se estivessem nesta posição. É uma daquelas perguntas que não se fazem, por delicadeza, mas que, às vezes, é importante colocarmo-nos a nós próprios. A escolha da mulher é talvez surpreendente: ela escolhe salvar o irmão. E argumenta deste modo, tal como o escreve Quignard,: "Virando-se para o seu marido, ela pega na sua mão e deixa-a cair. Diz: 'Eu posso unir-me a outro homem.' Virando-se para o seu filho, diz: 'Eu posso ter um outro filho.' Virando-se para o seu irmão, diz: 'Não posso ressuscitar os nossos pais mortos para os fazer conceber um novo irmão.'"

Este é o julgamento de Anne Bourie, que nos pode surpreender num primeiro momento e que tem várias explicações. Há uma explicação indiana, também muito, muito bela, em que a mulher diz: "Só com o meu irmão é que posso falar do tempo antigo da minha infância. O marido ignorará sempre a menina que eu fui; a criança que eu trouxe no meu ventre consagra todos os seus sonhos a um tempo que eu não verei. Só com o meu irmão é que posso falar sobre a infância." A escolha desta imagem poderá ter a ver com o desespero calmo, o desespero quase *cool*, tranquilo, de alguns personagens de Philip Roth, com o facto de serem obrigados a decidir-se por uma pessoa e, claramente, a pessoa por quem se decidem é o irmão. Em determinados livros, esta é uma escolha simbólica, mas penso que ela é muito clara. Este

---

[1] Pascal Quignard, *A Vida Secreta* [*La Vie Secrète*, 1998], trad. Francisco Custódio Marques. Editorial Notícias, 1999.

irmão escolhido tem a ver, parece-me, com a religião judaica, com o judaísmo e a identidade judaica, algo que está presente em todos os livros de Roth.

Pensando nesta questão do que é semelhante, algo que está muito presente é esta ideia de pertença a um grupo e, simultaneamente, de separação, de afastamento desse grupo. Encontramos a identidade política e a pertença a um grupo político por exemplo em livros como *Casei com um Comunista* ou *A Conspiração Contra a América*[2]. A identidade biográfica e também a construção de um grupo familiar do qual uma personagem se separa, encontram-se por exemplo em *A Mancha Humana*[3]. A identidade sexual – que é, de certa maneira, também uma pertença a um grupo com uma determinada sexualidade – passa por *O Complexo de Portnoy*. A identidade familiar está igualmente presente em *Pastoral Americana* e *A Mancha Humana*, onde a pertença a um grupo, académico, profissional, é abalada por uma única frase precipitada. Por fim, e no centro como mais importante, está a questão da identidade judaica e, quase sempre, o conflito da separação em relação a ela.

De certo modo, o sofrimento da separação tem a ver, precisamente, com uma marca. Existe claramente uma marca negativa na pessoa que se separa do grupo. Nos livros de Philip Roth, quem se separa do grupo é alguém que carrega um peso brutal, o que tem a ver precisamente com a traição. William Burroughs[4] conta uma história também muito interessante e que ajuda à nossa reflexão. Ele conta a história de um conjunto de pessoas que estão à volta de um balão voador, ainda carregado com pesos e assente no chão. A certa altura, alguém começa a cortar os pesos e o balão começa a subir. O balão sobe tão rapidamente que a maior parte das pessoas que tinham os braços assentes sobre ele não tem tempo de se largar. Apenas uma das pessoas consegue largar o balão e é essa pessoa, diz-nos Burroughs, a única que irá sobreviver. Em poucos segundos, o balão sobe muito e, portanto, nenhuma das outras pessoas tem qualquer hipótese de sobreviver, se naquele momento decidir separar-se do balão. William Burroughs termina a história a dizer que quem não larga, quem não se separa, morre. Generalizando, creio que o mesmo acontece nos livros de Philip Roth. Quem, a certa altura, depois de subir

---

[2] Philip Roth, *A Conspiração Contra a América* [*The Plot Against America*, 2004], trad. Fernanda Pinto Rodrigues. Publicações D. Quixote, 2005.
[3] Philip Roth, *A Mancha Humana* [*The Human Stain*, 2000], trad. Fernanda Pinto Rodrigues. Publicações Dom Quixote, 2002.
[4] William S. Burroughs (1914-1997), ficcionista, poeta e ensaísta norte-americano, autor de *O Festim Nu*.

muito, se separa do balão, morre. Sempre. E morre a vários níveis. Só escapa o primeiro, o mais rápido.

Esta separação, e esta carga negativa da separação, está muito ligada a uma coisa que surge muito nos livros de Philip Roth: a sedução. Normalmente as pessoas separam-se porque são seduzidas. Neste sentido, a sedução também possui uma carga eventualmente negativa. É engraçado que, etimologicamente, a palavra "sedução" tem um sentido de "condução". A definição possível a partir da origem etimológica da palavra será: seduzir é tirar do mundo e conduzir para alguma parte. Este tipo de entendimento da sedução relacionado com a separação é também algo que encontrei em alguns livros de Roth, onde existe precisamente esse *tirar do mundo*, quase sempre tirar do mundo judaico e conduzir para uma outra parte. Ou seja, aquilo que nós podemos ver de uma forma bonita – a sedução como condução para uma outra parte – aqui, é visto como um peso negativo. Quando alguém é seduzido, abandona o mundo. Abandona o mundo judaico, abandona o mundo de uma forma intensa, geral.

São estes os dois pontos que considero essenciais para abordar Philip Roth: a ideia da escolha do irmão e a ideia de que a separação e a sedução têm uma marca negativa. Julgo que são talvez as tais marcas nos cruzamentos. Se nós as procurarmos nos livros de Philip Roth, iremos encontrá-las quase sempre. Pensemos agora no que encontramos de diferente em Roth.

Philip Roth utiliza algumas estratégias de forma diferente em diferentes livros. Há uma estratégia que eu chamaria de *intensificação do real*. Esta estratégia está ligada a uma certa corrente da arte, iniciada por um artista, Mark Boyle[5], com um trabalho seu, *Street*, datado de 1964. E que trabalho era este? É uma espécie de teatro improvisado. Existe um grupo de pessoas que é chamado como que para assistir a alguma coisa e esse grupo está colocado perante uma cortina. O que acontece é que, ao abrir-se a cortina, o grupo depara-se com uma montra que dá para a rua. Daí o nome da obra. E o que é que ela representa exatamente? É um conjunto de pessoas que foi mobilizado para assistir a algo de relevante, de importante, e de repente a cortina abre-se e dá a ver outras pessoas a passarem na rua, em tempo real.

A esta estratégia alguns críticos de arte chamaram *intensificação do real*, que significa tornar mais intenso o real, porque, precisamente, tudo se joga no antes, na expectativa. A existência daquela espécie de cortina cria uma expectativa enorme. Esta questão do tapar é essencial para criar a expectativa.

---

[5] Mark Boyle (1934-2005), artista plástico escocês.

Quando, há cerca de quinze anos, fui a Amesterdão, visitei o Red Light District, um local que se tornou um lugar de passagem, quase turístico. Eu estive lá a tentar perceber os vários mecanismos da prostituição em montras e deparei-me com uma coisa muito interessante. Embora, num certo sentido, este tipo de bairros sejam muito deprimentes, eles são extraordinários para quem gosta de observar a espécie humana. Em todas as montras, estavam prostitutas com calcinhas e sutiã e três ou quatro pessoas observavam-nas à frente de cada montra. A certa altura, apercebi-me de que havia uma montra rodeada por dezenas de pessoas. Aproximei-me para tentar perceber a razão desta assistência excecional. Naquela montra estava uma prostituta do mesmo tipo de qualquer uma das outras, mas com um diferença: tinha uma *t-shirt* vestida. Ou seja, ela era a mais vestida de todas as prostitutas. E foi importante perceber, precisamente, que o tapar da cortina significa uma brutal ampliação de expectativas. É o que me parece que Philip Roth faz, por exemplo, quando mostra cenas de rua aparentemente banais mas, graças a uma espécie de cortinas ficcionais, nos coloca numa expectativa: a de que se abram essas cortinas. A cortina abre-se e, por detrás dela, vemos coisas aparentemente vulgares, mas que entretanto ganharam uma enorme intensidade devido a essa expectativa. Todos os livros de Philip Roth ganham uma intensidade fora do normal num ficcionista tão próximo do real como ele.

Se lermos em simultâneo e compararmos *Património* e *Todo-o-Mundo*[6], há uma ideia interessante que é a de que o observador a certa altura passa a observado. No primeiro, Philip Roth está a falar do pai; é o observador que está a falar de algo exterior. Em *Todo-o-Mundo*, fala de si mesmo. E é interessante verificar que aquele que antes estava a observar é agora o observado. Observar e, ao mesmo tempo, ser observado é também uma das caraterísticas de Philip Roth.

Exatidão. Creio que Philip Roth é muito exato. Mas, o que é a exatidão, em termos de ficção? É uma definição complicada. Wittgenstein, um filósofo de que gosto particularmente, tem páginas e páginas sobre a exatidão. A certa altura, ele pergunta: "O que é que significa a palavra 'exatidão'? Se te esperam para o chá às 4h30 e tu chegas quando um bom relógio dá as 4h30, será isto a verdadeira exatidão? Ou apenas se poderia falar de exatidão se começasses a abrir a porta no momento em que o relógio começasse a dar as horas? Mas como poderá esse momento ser definido e como poderá ser

---

[6] Philip Roth, *Todo-o-Mundo* [*Everyman*, 2006], trad. Francisco Agarez. Publicações D. Quixote, 2006.

definido o momento de começar a abrir a porta?" Uma pergunta lógica para este raciocínio muito comum em Wittgenstein é: "Para quê?" O que nos leva a um paradoxo interessante: para quê tanta minúcia, tanta exatidão para definir a exatidão? E as coisas começam a complicar-se. Então, Wittgenstein conclui que não existe a verdadeira exatidão e que o que nós temos sempre são aproximações grosseiras.

As palavras pertencem ao mundo da qualidade e não ao da quantidade. Não são instrumentos do mundo da quantidade. Portanto, são instrumentos do mundo das aproximações. Alberto Manguel[7] conta que, um dia, Jorge Luís Borges, em conversa com o Casares[8], cita uma passagem de um conto de Stevenson[9], referindo-se a um personagem como estando "vestido e pintado para representar uma pessoa relacionada com a imprensa em circunstâncias difíceis". Ou seja, um personagem que está vestido e pintado como alguém que se dá mal com a imprensa. E Jorge Luis Borges comenta com Casares: "Isto é extremamente preciso!" Noutra história, também de Borges com Casares, eles brincam com um conto que fizeram, muito curto, só com dez palavras: "O forasteiro subiu as escadas no escuro, tic toc, tic toc, tic toc." A frase devia ser ouvida com muita lentidão. Para mim, ela é de uma exatidão absoluta.

O que me parece interessante em literatura é que a exatidão consegue definir um conjunto enorme de interpretações. Isto é aparentemente paradoxal, já que, por exemplo, a exatidão matemática pode ser pensada como algo que não permite a interpretação. Mas o que é interessante em literatura e algo especialmente difícil, que Roth domina, é que o exato não exclui a possibilidade de ser interpretado de diferentes maneiras. Este "tic toc, tic toc" de Borges e Casares é um bom exemplo disso. É exato, mas permite-nos ver esta subida das escadas de formas completamente diferentes.

Velocidade e lentidão. Há a tendência muito contemporânea para identificar a lentidão com algo negativo e a velocidade com algo positivo. Handke[10] chega a questionar num dos seus livros por que é que não existe um Deus da lentidão. Porque não existe! Em nenhuma mitologia alguma vez se mitificou alguém que fizesse as coisas muito lentamente. Aliás, há exercícios em teatro que, neste sentido da lentidão, rompem completamente com a nossa lógica normal de funcionar. É o caso do exercício "Vamos ver quem é o último

---

[7] Alberto Manguel (n. 1948), escritor, editor e tradutor argentino.
[8] Adolfo Bioy Casares (1914-1999), escritor argentino, autor de *A Invenção de Morel*.
[9] Robert Louis Stevenson (1850-1894), ficcionista, poeta e ensaísta escocês, autor de *A Ilha do Tesouro* e *O Estranho Caso de Dr. Jekyll e Mr. Hyde*.
[10] Peter Handke (n. 1942), ficcionista e dramaturgo austríaco.

a chegar àquela parede". Ninguém pode parar e ganha quem demorar mais tempo a chegar lá. Uma proposta como esta muda por completo a nossa forma de pensar. Se a experimentarem, verão que é como entrar num outro mundo, quase não-humano. Porque, precisamente, todos nós vivemos debaixo de um Deus da velocidade e jamais concebemos um Deus da lentidão.

Nos livros de Philip Roth, o ritmo tende para a lentidão.

Tenho tendência para classificar os escritores e os filósofos como lentos ou rápidos. Para dar uma ideia, para mim, Kant ou Hegel são filósofos lentos, Wittgenstein e Nietzsche são filósofos rápidos. Não se trata de um juízo de valor, a questão tem que ver com a rapidez das frases e do raciocínio. Adorno, que eu colocaria entre os filósofos rápidos, disse que não se deve ser cobarde numa frase, ou seja, deve-se ser corajoso e dizer rapidamente o que de importante se tem para dizer, sem adiamentos para uma frase seguinte. Outro exemplo para mim muito claro: Foucault é um filósofo lento e Deleuze é um filósofo rápido. Acho que, em determinadas alturas, estamos prontos para ler autores rápidos, enquanto noutros dias estamos mais disponíveis para ler autores lentos. Há dias em que eu abro o Foucault, acho-o lento demais e vou ler o Deleuze; há dias em que abro o Deleuze, acho-o rápido demais e vou ler o Foucault. Ou seja, não há aqui qualquer juízo. Philip Roth é claramente um ficcionista lento e essa é outra das suas grandes qualidades.

Peter Sloterdijk[11], um grande filósofo e um grande teórico sobre a velocidade atual, teve a ideia de associar a cinética à moral, de associar a velocidade à moral. O que ele defende é que a cinética é a ética da moralidade. Ou seja, por outras palavras, digam-me a que velocidade andam e eu direi que moralidade é a vossa. Antigamente, associávamos a moral aos espaços que percorríamos. No *Jerusalém*[12] aparece essa pergunta básica: "Por onde é que andaste?" Não é uma pergunta urbanística, geográfica, é uma pergunta moral. O que se pergunta não é "onde andaste", mas sim "o que fizeste". Acho que esta pergunta está a ser ultrapassada. Ela já não faz sentido em 2008, precisamente porque se trata de uma pergunta moral: "Estiveste na igreja, ou estiveste no bordel, ou estiveste no mercado?" O que me parece ser claramente um sintoma contemporâneo é que estes espaços foram contaminados e hoje, de certa maneira, os acontecimentos misturaram-se. O que acontece em cada um desses espaços pode acontecer no outro. Logo, a pergunta "por onde é que tens andado?" perde valor ético e pode ser substituída pela velocidade. Assim: "Andaste a que

---

[11] Peter Sloterdjik (n. 1947), filósofo alemão, autor de *Crítica da Razão Cínica* ou *Cólera e Tempo*.
[12] Gonçalo M. Tavares, *Jerusalém*. Círculo de Leitores, 2004.

velocidade?" Porque a questão da velocidade determina, precisamente, o que é que se fez num determinado local. Esta ideia de que qualquer ação imprime uma determinada velocidade é defendida pelo Sloterdijk e é algo muito presente nos livros de Philip Roth. Se, por exemplo, empurrarmos uma pedra, haverá uma quantidade de velocidades paralelas que serão produzidas como consequência deste movimento que podíamos julgar totalmente circunscrito. Ou seja, um único movimento humano provoca dezenas e dezenas de outros movimentos, quase todos não-controlados e muitos deles não-humanos. Sloterdijk localiza o perigo não nos comportamentos humanos – e, portanto, não no movimento que nós provocamos intencionalmente –, e sim nos movimentos que nós não controlamos mas que surgiram num determinado ponto.

Regressando à questão da velocidade e da ética, pergunto: "A que velocidade passaste por um desastre?"; "Frente à mão que se estende na tua direção pedindo ajuda, a que velocidade andas?"; "Face ao acontecimento de combate necessário, a que velocidade andas?" Ou seja, defendo esta ideia de que a ética face a determinado acontecimento pode ser definida em metros por segundo. Se o facto de presenciarmos a um acontecimento não nos distingue eticamente, ao invés disso, a rapidez com que estamos diante de um acontecimento pode fazer essa distinção. Há pessoas que ficam uma hora em frente a um desastre, outras ficam dois minutos. O que nos distingue não é o facto de estarmos frente a um desastre – até porque, hoje, todos nós estamos frente às mesmas coisas –, mas sim o tempo e a velocidade com que lidamos com essas coisas.

O que me agrada na ideia de velocidade e lentidão é que cada acontecimento exige uma determinada velocidade. Um livro que o exprime muito bem é o *Austerlitz*[13] do Sebald. A certa altura, é referido um vídeo feito pelos nazis numa pequena aldeia com a intenção de mostrar que ali tudo funciona muito bem, as pessoas até cantam. E Sebald relata a experiência de exibir esse mesmo vídeo em câmara lenta; passá-lo de catorze minutos de duração original para trinta ou mais minutos. Extraordinariamente, na versão lenta, as canções que antes pareciam divertidas transformam-se em marchas fúnebres. Um pequeno gritinho de uma criança transforma-se no que ele descreve como uma espécie de rugido de um leão ameaçador. E, embora ele não o diga, o que Sebald está a dizer é que encontrou uma velocidade para a verdade daquele vídeo. A verdade daquele vídeo não estava na versão original, mas na versão mais lenta, de uma hora. A dificuldade é precisamente esta: a de sabermos

---

[13] W. G. Sebald, *Austerlitz* [2001], trad. Telma Costa. Relógio d'Água, 2004.

quanto tempo devemos estar diante dos acontecimentos ou diante de algo, para que se revele a verdade dessa coisa.

E é evidente que todas as nossas imagens mentais mudaram com o tempo.

Há quatro ou cinco séculos, as pessoas percorriam milhares e milhares de quilómetros para estarem diante de um quadro durante horas e horas e horas – o Thomas Bernhard tem um livro fabuloso[14] sobre alguém que vai todos os dias ao museu para ver o mesmo quadro. E temos a experiência muito contemporânea de ver os grupos de jovens de liceu de visita a um museu, percorrendo a um passo andante centenas de imagens. Nunca se imobilizam. Logo, a observação, o ver, estão ligados ao andar. Eles veem ao ritmo a que andam, quando ver é precisamente o oposto do ritmo de andar. Ver é interromper o ritmo normal do andar.

Existe uma palavra portuguesa extraordinária, que é "reparar". Reparar não é só parar. Por exemplo, quando dizemos: "Repara bem nisto!", estamos a pedir a alguém que pare durante um tempo para olhar para alguma coisa. Talvez seja uma liberdade literária, mas reparem como, em português, a ideia de "reparar" um automóvel é interessante porque liga as duas coisas. De certa maneira, podemos dizer que, quando reparamos numa coisa, olhamos com atenção para essa coisa e, ao mesmo tempo, reparamo-la, pomo-la a funcionar. Quando lhe damos muita atenção, recuperamo-la, reparamo-la. Penso que o Philip Roth repara claramente nos seus personagens. Repara. Não anda, nem sequer para. É muito mais lento do que isso: ele repara nos personagens. De certo modo, nós como leitores também somos levados a reparar nos personagens.

Em Philip Roth, a memória está sempre presente. Primeiro, a memória ligada à tal escolha do irmão como alguém que nos pode contar o que nós e os nossos pais fizemos durante a nossa infância. Mas, simplificando, eu diria que há uma tendência para associar o desejo e o prazer ao acesso fácil à memória. Quando falamos na identidade judaica, temos de falar na memória, que é fundamental para qualquer judeu enquanto fixação das tradições. Assim, Roth associa o desejo à memória e, nos últimos livros, encara a dor e a doença como uma espécie de perda da memória. Ou seja, ele trabalha, claramente, o positivo e o negativo da memória.

Deleuze diz que nós devíamos classificar os animais não pela sua forma, pela sua anatomia, mas pelos seus desejos. E dá o exemplo da distinção que

---

[14] Thomas Bernhard, *Extinção: Uma Derrocada* [*Auslöschung*, 1986], trad. José A. Palma Caetano. Assírio & Alvim, 2004

devemos fazer entre um cavalo de corrida e um cavalo de lavoura. O que ele nos diz é que temos tendência para classificar as coisas pela proximidade das formas. Em contraste com isso, propõe uma classificação que aproxima as coisas pelos seus desejos. Digamos: se uma coisa gosta de estar no mesmo sítio e se outra coisa gosta de estar no mesmo sítio, então elas pertencem à mesma família. Mesmo que estejamos a falar – vamos ser extremos – de um palácio, de uma árvore e de um homem sedentário. Se uma coisa gosta de se mexer e outra coisa gosta de se mexer, elas pertencem à mesma família, mesmo que estejamos a falar de um cavalo e de uma pulga. Acho esta diferença muito importante porque se centra no desejo e na vontade. Em Philip Roth podemos encontrar milhares de exemplos desta ligação. Exemplos mais ou menos perversos – o que é extraordinário e fundamental: literatura sem perversão é literatura sem... literatura.

    Roth associa muito o desejo à memória. Em *Traições*[15], um livro antigo, há uma passagem em que alguém pergunta: "Estás a tremer. Estás doente?" E a resposta é: "Estou excitada." Em *O Complexo de Portnoy*, a falar, provavelmente com o psicanalista: "Quero dizer com isto, doutor, que mais do que pôr-me nestas raparigas, o que eu faço é pôr-me nos antecedentes de cada uma delas, como se quisesse descobrir a América através" – peço desculpa – "da foda. Como se fosse o meu destino manifesto seduzir uma rapariga de cada um dos quarenta e oito Estados." O que é absolutamente extraordinário nisto é que ele associa o desejo à posse – "como se quisesse descobrir a América". Ou seja, a ideia de poder dormir com quarenta e oito mulheres, cada uma do seu Estado, poderia levá-lo ao encontro da memória desses Estados. Há uma quantidade de citações possíveis em que Roth associa o desejo, a excitação, à capacidade de recordar. Simplificando: enquanto eu desejo, eu posso recordar. E, como a capacidade de memória é um valor absolutamente fundamental para qualquer judeu, no meu entendimento há aqui uma valorização diferida da excitação, da sexualidade. O que ele está claramente a valorizar é a capacidade de recordar. Neste exemplo, não são muito importantes as caraterísticas da mulher com quem ele vai dormir, desde que ela seja de um determinado Estado, ou seja, desde que ele consiga captar as suas origens. Em quase todos os livros de Philip Roth, quase todos os personagens são atirados para o palco – para atrás da tal cortina –, mas depois há sempre a recordação das suas origens: quem são, quem eram os pais, o que é que faziam, o que é que fizeram, de onde é que vieram, porque é que lhes aconteceu isto ou aquilo, etc., etc. Existe sempre

---

[15] Philip Roth, *Traições* [*Deception*, 1990], trad. Filomena Andrade e Sousa. Bertrand, 1991.

esta ligação muito forte, em contraponto, entre desejo e memória, entre dor e separação e/ou impossibilidade de memória.

Nos últimos livros de Philip Roth, a dor é claramente a propriedade mais privada – ainda mais privada do que o prazer. A dor é o que separa, aquilo que marca negativamente. A dor é a propriedade privada mais ignóbil. Bastava nós termos a capacidade de defender o fim da propriedade privada da dor para que houvesse uma mudança radical na espécie humana – provavelmente, "a" grande mudança na espécie humana. Mas, não somos capazes, nem há nenhum governo capaz de mexer nisso. Porque, precisamente, o que marca a espécie humana – e *Todo-o-Mundo* centra-se aí – é esta ideia de que eu posso estar ao lado, a centímetros, de alguém que está a sofrer muito, com uma dor tremenda, mas eu não estarei a sofrer absolutamente nada. Podemos mostrar compaixão, podemos ir buscar um copo de água, podemos fazer qualquer coisa para tentar aliviar a dor daquela pessoa, mas senti-la? Zero! Isto marca uma separação irreparável entre os seres humanos. Não há possibilidade de voltar a coser isto. E, de certo modo, o ser humano só resiste porque há pequenos vestígios em algumas pessoas de que elas sentem um pouco o sofrimento do outro, uma espécie de vestígios da dor do outro. É o caso da relação entre pais e filhos. Se não existisse na espécie humana esta possibilidade de percepção da dor do outro, então não haveria qualquer ligação entre seres humanos. Porque a ligação tem muito a ver com a compreensão da dor do outro. Wittgenstein diz que nós só apreendemos a dor do outro pelo rosto do outro. Aliás, nós quase que podemos esquecer todo o corpo e concentrarmo-nos apenas no rosto. Mas, atenção, a pessoa pode perfeitamente estar a fingir dor. Fingir dor é a coisa mais fácil do mundo – como o sabe toda a gente que vê jogos de futebol, não é? Wittgenstein defende que existe uma espécie de fisionomia média da dor. Ou seja, nós não sabemos bem o que é a dor do outro, porque não o podemos saber. O que nós sabemos é que há determinados rostos que exprimem dor. E, de algum modo, temos na nossa cabeça uma imagem, uma fisionomia média que representa para nós a dor do outro. Mas é apenas fisionomia, e é média. Ou seja, é algo completamente separado do concreto.

Para terminar, há algo muito rico que tem surgido nos últimos livros de Roth. É a capacidade de alguém descrever a sua própria degradação física com lucidez. Porque, normalmente, a degradação física não permite que a pessoa tenha lucidez para a descrever. E, retomemos o meu início, a dor e a doença simbolizam o afastamento e a separação máxima do grupo. Como disse, para mim há uma marca na pessoa que se separa do grupo ou da família – essa marca é quase sempre a religião judaica e os preceitos judaicos. Há sempre uma marca negativa nessa pessoa; a marca de alguém que trai. Mas, a que grupo pertence uma pessoa que se afasta quando o envelhecimento e a doença aparecem? É este agora o caso de Philip Roth. A pessoa que envelhece está a afastar-se não do grupo da família, não do grupo político, não de qualquer outro tipo de grupo, mas está sim a afastar-se do grupo a que podemos chamar a espécie humana. Ou seja, a doença e a velhice são claramente as separações mais bruscas. E é este o grande percurso final de Philip Roth e dos seus últimos livros.

Queria, para terminar, mostrar-vos uma imagem: a de uma obra de Thomas Schütte[16] chamada *Abrigo*. É uma construção feita em escala 1:1, portanto, uma escala humana, e foi feita em 1968. É um *bunker*, um abrigo, um sítio onde nós estamos protegidos. Mas tem uma característica particular: a porta que nós estamos a ver está soldada. E, não sei porquê, há algo nos últimos livros de Philip Roth que me fez reparar nesta imagem, reparar nesta imagem e reparar nesta imagem. Um abrigo, um sítio que nos protege, que nos salva, mas que... tem a porta soldada. É esta a imagem que eu queria deixar convosco.

---

[16] Thomas Schütte (n. 1954), artista plástico alemão.

CARSON McCULLERS
(1917-1967)

CARSON MCCULLERS nasceu Lula Carson Smith em 1917, em Columbus, na Georgia, filha de um ourives e relojoeiro, descendente de emigrantes calvinistas franceses, e neta do proprietário de uma grande plantação, devastada durante a Guerra Civil. Viveu na Georgia até aos 17 anos, quando partiu para Nova Iorque, a cidade onde viria a falecer, em 1967, após passar anos numa cadeira de rodas, com o lado esquerdo do corpo totalmente paralisado. Aos 50 anos, McCullers deixou como legado cinco romances (com edição completa pela Library of America, em 2001), duas peças de teatro, cerca de vinte contos e de vinte textos de não-ficção publicados na imprensa, um livro de versos para crianças e alguns poemas. Trabalhou o amor e a solidão da forma mais sombria, numa escrita simultaneamente estilizada e direta que ela dizia ter aprendido com Flaubert e com os realistas russos, numa derivação da herança sulista. Muitas vezes associada à "família gótica faulkneriana"[1], McCullers permanece na história da literatura americana como uma das grandes vozes do mítico Sul e do novo Sul e um dos seus danados. Em Nova Iorque, nos anos 40, por várias vezes terá confidenciado à escritora e amiga Eleonor Clark: "Preciso de voltar periodicamente a casa para renovar o meu sentido do horror."

Com uma biografia trágica, McCullers viveu assombrada pela infelicidade emocional, pelas doenças (reais ou imaginárias, que a perseguirão até à morte) e, logo na adolescência, por uma falhada vocação musical (entre os dez e os 17 anos, sonhou ser pianista; um desejo frustrado que evoca em "Wunderkind"[2], a primeira história publicada, aos 19 anos, num jornal editado por Whit Burnett, um dos seus professores de escrita criativa na Universidade da Columbia). Para gerações de leitores, muitos deles adolescentes, ela será a voz para a dolorosa sensação de se sentir à margem da vida e dos outros. Uma voz simples, mas poética, que apresentava de um modo inesperado a resistência humana à perda, à solidão e à dificuldade de comunicação.

Aos 23 anos, pouco tempo após publicar o livro de estreia, *Coração Solitário Caçador*[3], Carson McCullers assumiu-se como uma figura excêntrica no meio literário e artístico de Manhattan (entre os seus amigos íntimos, constariam depois Klaus Mann, Elizabeth

---

[1] Marcus Cunliffe, *História da Literatura dos Estados Unidos* [*The Literature of the United States*, 1954], trad. Bernardette Pinto Leite. Europa –América, 1989, p. 388.
[2] Carson McCullers, "Wunderkind", *Story*, Dezembro de 1936.
[3] Carson McCullers, *Coração Solitário Caçador* [*The Heart is a Lonely Hunter*, 1940]: trad. e pref. José Rodrigues Miguéis, Estúdios Cor, 1958; trad. Marta Mendonça, Editorial Presença, 2010.

Bowen, Truman Capote ou Tennessee Williams). Ficariam também para a história a sua voz cava de fumadora, a franja *à la garçonne*, as camisas e as calças de homem, a androginia "na carne e no espírito"[4], o olhar, a fragilidade física, "o solipsismo masoquista e a crueldade de um romântico"[5] – ou, como diria Gore Vidal, o seu mais puro egocentrismo.

O êxito da estreia, tão precoce e estrondosa como a de Capote, valera-lhe comentários entusiásticos, como o do escritor afro-americano Richard Wright[6]: "O retrato que Miss McCullers faz da solidão, morte, acidente, insanidade, medo, violência colectiva e terror é talvez o mais desolado que até hoje nos chegou do Sul. O seu tipo de desespero é único e individual; e parece-me mais natural e autêntico que o de Faulkner. Os seus personagens tateantes vivem num mundo mais completamente perdido do que aquele que algum Sherwood Anderson alguma vez possa ter imaginado. E ela relata incidentes fatais e atitudes de estoicismo com frases cuja naturalidade faz que, por comparação, a prosa seca de Hemingway pareça terna e empenhada."[7] Mais do que um romance, *Coração, Solitário, Caçador* seria "uma sensação projetada, um estado de espírito poeticamente objetivado em palavras, uma atitude exteriorizada com detalhe naturalista". Carson chamou-lhe antes "uma parábola irónica do fascismo".

O protagonista, o surdo-mudo John Singer, escuta as confissões de quatro vizinhos e serve-lhes de espelho, até que morre o seu melhor amigo, o também surdo-mudo Antonápoulos, e ele decide suicidar-se. Desistência? Talvez mais do que isso: a morte é o último reduto dos excluídos, forçados a uma luta extrema pelo amor e contra a mais terrífica solidão. Segundo a biógrafa Virginia Spencer Carr[8], no cânone de Carson McCullers, a deformidade é um símbolo de como o personagem se apercebe do seu estatuto de excluído – alguém que está encurralado na sua própria singularidade e para quem não existe qualquer possibilidade de ligação com os outros.

Nas ficções de McCullers, a morte e o ódio são tão intensos como a vida e o amor. Deformado, marginal, solitário, caçador, o coração (ou o corpo) trava uma batalha pelo afeto e contra a morte. Uma batalha pela sobrevivência tão intensa como a da escritora e que a levou a dizer um dia: "Escrever não é só como eu ganho a vida; é como eu ganho a minha alma."[9]

FILIPA MELO

---

[4] Hilton Als, "Unhappy Endings", *The New Yorker*, 03/12/2001.
[5] Id., ibid.
[6] Richard Wright (1908-1960), autor do romance semi-autobiográfico *Black Boy* (1945), no qual aborda as relações raciais no sul dos EUA.
[7] *In* Richard Wright, "Inner Landscape", *New Republic*, Agosto de 1940.
[8] Virginia Spencer Carr, *Understanding Carson Mc Cullers*. University of South Carolina Press, 2005, p. 38.
[9] "An Interview with Carson McCullers", *Marquis*. Lafayette College, 1964, p. 22.

INÊS PEDROSA – Nasceu em 1962. Licenciada em Ciências da Comunicação, desenvolveu a sua carreira jornalística nas redações de *O Jornal*, *Jornal de Letras Artes e Ideias*, *O Independente*, *Marie Claire* e *Expresso*. Manteve durante anos uma crónica semanal no jornal *Expresso*, galardoada com o Prémio Paridade da Comissão para a Cidadania e Igualdade de Género, em 2007. Publicou cinco romances: *A Instrução dos Amantes* (1992), *Nas Tuas Mãos* (1997, Prémio Máxima de Literatura), *Fazes-me Falta* (2002), *A Eternidade e o Desejo* (2007) e *Os Íntimos* (2010, Prémio Máxima de Literatura). Editou também duas novelas fotográficas (*Carta a Uma Amiga*, em 2005, e *Do Grande e do Pequeno Amor*, 2006) e o livro de contos *Fica Comigo Esta Noite* (2003). É também autora da *Fotobiografia de José Cardoso Pires* (1999), da colectânea de biografias *20 Mulheres para o Século XX* (2000), do livro de entrevistas *Anos Luz* (2004), do livro de crónicas *Crónica Feminina* (2005), da narrativa de viagem *No Coração do Brasil–Seis Cartas ao Padre António Vieira* (2008) e de dois livros infantis (*Mais Ninguém Tem*, de 1991, e *A Menina Que Roubava Gargalhadas*, de 2002). Organizou uma antologia de poesia portuguesa, *Poemas de Amor* (2001), e uma antologia de contos sobre a Amizade (2006). Estreou-se na dramaturgia em 2005, com a peça *12 Mulheres e Uma Cadela*, a que se seguiu, em 2006 a peça *Socorro, estou grávida!*. A sua obra encontra-se publicada no Brasil, em Espanha, em Itália e na Alemanha. O seu romance *A Eternidade e o Desejo* foi finalista do Prémio Literário Portugal Telecom. Atualmente, Inês Pedrosa é diretora da Casa Fernando Pessoa e colunista do jornal *Sol*.

Carson McCullers e a eternidade da adolescência

INÊS PEDROSA

> Com *The Heart is a Lonely Hunter*, de Carson McCullers, descobri que a adolescência é eterna e que a poesia pode nascer da limpidez da prosa.

A ESCRITA DE CARSON MCCULLERS tem-me acompanhado sempre, mas esta nova reflexão e releitura da sua obra fez-me encontrar uma nova aproximação com ela.

Carson McCullers tinha uma cara só dela. Lembro-me de que foi isto que pensei quando vi aquele rosto abrir-se pela primeira vez para mim nas mãos de um amigo em quem confiava muito. A fotografia mostrava-a com um cigarro na mão e um ar muito, muito jovem. Esse amigo disse-me: "Tens que ler este livro." Era uma primeira edição de *The Heart Is a Lonely Hunter*, publicada pela Estúdios Cor[1] e que eu emprestei e acabei por nunca reaver – curiosamente, a generosidade a fundo perdido é uma lição que se aprende nos livros da Carson McCullers. Quando o meu amigo me disse que eu tinha de ler aquele livro, vi o rosto dela na capa e, apesar de nunca ter sido uma grande fisionomista, fiquei fixa nele.

---

[1] Carson McCullers, *Coração Solitário Caçador* [*The Heart is a Lonely Hunter*, 1940]: trad. e pref. José Rodrigues Miguéis, Estúdios Cor, 1958; trad. Marta Mendonça, Editorial Presença, 2010.

"A ética começa no súbito encontro de um rosto", escreveu Emmanuel Levinas, que viveu o horror da redução dos rostos a ossos e dos ossos a cinzas. O rosto de Carson McCullers acompanhava esse que foi, simultaneamente, o seu primeiro livro e a sua obra-prima. *The Heart Is a Lonely Hunter* foi impropriamente traduzido para português como "Coração, solitário caçador" (pese o muito que amo o seu tradutor, que foi o escritor José Rodrigues Miguéis), quando a tradução exata seria "O coração é um caçador solitário". Por alguma razão, esta jovem escritora de 23 anos não tinha medo de fazer uma afirmação com toda a segurança, quando fazer afirmações é, desde sempre, uma coisa muito mal vista na literatura e ainda mais numa autora tão jovem. Na verdade, esta afirmação poderia servir de epígrafe a toda a vida e obra de Carson McCullers. O seu rosto na capa do livro em questão é o rosto de uma menina que já nasceu velha e de uma velha que nunca se esqueceu de ser menina.

O esquecimento

Durante anos, referi que a singularidade de Carson McCullers consistia na sua capacidade de viajar até aos confins da solidão da alma humana. Mas isso, que é também verdade, não a distinguiria de um Cervantes ou de uma Virginia Woolf, de Shakespeare ou Dostoiévski, nem sequer de Truman Capote, o seu famoso e viperino amigo e admirador. A matéria específica da voz de Carson McCullen, noto agora, é composta pela música da memória, ou seja, pela sua capacidade de trabalhar cada instante de uma história como uma partitura musical, simultaneamente trauteável e irrepetível.

Embora todas as generalizações sejam abusivas – e habitualmente as que se fazem sobre a América mais abusivas do que é costume abusar – creio que podemos dizer, sem errar muito o tiro, que a literatura americana se afirmou como uma literatura de combate direto. Não só sempre foi extremamente hábil em agarrar o leitor pela lapela e enfiá-lo à força para dentro do livro, para só o deixar sair sem pinga de sangue no fim, como sempre foi uma literatura barulhenta, veloz e tendencialmente fatal. Fatal quer nos temas, quer no modo. A América domina a arte da velocidade e, por isso, cria o tempo que modificará o tempo do mundo. Porque é uma terra de urgências, de gente desesperada por sobreviver e ser feliz. A Constituição dos Estados Unidos da América é uma das mais curtas do mundo e a única que consagra, que eu saiba, o direito à busca da felicidade. Mas a terra da oportunidade é também a terra da violência, onde a tática e a defesa se confundem e as armas circulam sem controlo. A literatura americana, feita do talento das palavras cruas e rápidas, tem o ritmo hipnótico de uma metralhadora. Na sua versão pós-moderna, ou se quisermos, na sua versão segundo milénio – porque a própria pós-modernidade é já velha e o conceito de *post* prende-se à solenidade e à snobeira da cronologia europeia, da qual os americanos troçam o seu bocado –, a literatura americana neste início de milénio parece especializada na violenta denúncia da violência, que o mesmo é dizer no fascínio pelo fogo de artifício da própria violência. Aliás, tal como o cinema americano: muitas vezes me interrogo se a chamada denúncia da violência não é ela mesma uma forma de fazer sexo com a violência e de paixão pela violência. Há um lado leviano, erótico, sociologicamente exibicionista nestas demonstrações da violência, seja ela privada ou pública. A literatura americana é excelente na caçada ao presente e imaginativa na antecipação do futuro. Mas, precisamente, porque é vigorosa, assertiva e vital tende a esquecer o inesquecível, o tempo que não passa no tempo que passa, que é, na exata definição de Eduardo Lourenço, o tempo do mito. Quando mitificamos, o mito, chamem-lhe paixão ou encantamento, é aquilo que não esquecemos: o tempo que não passa no tempo que passa. É isso o mito. O tempo dos grandes sonhos e das grandes inquietações, o tempo da dúvida, o tempo em que o tempo se encarquilha em lágrimas dentro do nosso corpo, o tempo da indecisão sobre o que é o nosso corpo, o que é o nosso sexo, o tempo da nossa identidade, o tempo da adolescência, que é o da eternidade – pelo menos esta é a tese de Carson McCullers, a de que a adolescência é a eternidade do homem.

A literatura nasceu contra o esquecimento. Em *A Arte do Romance*[2], um livro fundamental para se perceber o que é a ficção, Milan Kundera escreveu que Cervantes fundou uma grande arte europeia, que seria o romance, centrada "na exploração do ser esquecido". O Dom Quixote de Cervantes apresenta-nos o mundo como ambiguidade, a sabedoria da incerteza. Ora, a civilização europeia carateriza-se por interrogar o mundo, apreender o mundo como questão a resolver, e eternamente irresolvida. Isto dizia-o já Husserl, o filósofo, em 1935, numa conferência sobre a crise da humanidade europeia. Que essa crise fazia parte da própria força distintiva da Europa, que não tem a veleidade de ter a certeza última sobre coisa nenhuma no mundo. Ora, essa sede inicial de saber teria conduzido ao afunilamento das ciências especializadas, das quais a vida, como ideia de uma totalidade formada por elementos distintos, parece cada vez mais excluída. Esse afunilamento das ciências

---

[2] Milan Kundera, *A Arte do Romance* [*The Art of the Novel*, 1986], trad. Luísa Feijó e Maria João Delgado. Publicações D. Quixote, 1988.

levou àquilo que Heidegger chamou "o esquecimento do ser completo". E o romance, segundo Kundera, nasceu para dar conta dessa totalidade, para fazer a súmula da poesia, da filosofia, da sociologia, da história e da ciência possível – e tem crescentemente essa missão num mundo onde cada um está a trabalhar na sua especialidade mais especializada. Tenho a sensação, cada vez mais nítida, de que esse próprio mundo está outra vez a tornar-se um mundo de conexões, porque a própria ciência é cada vez mais incerta e sonhadora e ligada com outras áreas do conhecimento, como a história ou sociologia. Todos os grandes escritores se interessaram de algum modo pela ciência, tal como os cientistas se interessaram por arte, e ambos encontraram noutras áreas do conhecimento os estímulos que os levaram a fazer outras perguntas e a avançar na suas ciências. Optimisticamente, penso que, na América, há uma ligação outra vez maior entre estas áreas. Mas, no fundo, é neste ponto que Carson McCullen se diferencia do panorama que temos por típico e definidor da literatura americana: o panorama do realismo macho – ao passo que definimos a literatura europeia como uma literatura filosófica, mais digressiva, logo, mais feminina. A originalidade de Carson McCullers é a da ligação entre estas duas áreas. A cultura europeia inscreve o universal no singular e, por isso, tem como um dos seus traços mais fortes o horror ao dogmatismo e à afirmação. Dizia Edgar Morin que a Europa europeizou o mundo (a América é também uma consequência dessa europeização) e mundializou a Europa. Simultaneamente filha rebelde e mãe salvadora da Europa, a América fez da interrogação uma forma de decisão – por isso, inventou, por exemplo, os cursos de escrita criativa, na ilusão, muito socialista, muito feliz, de tornar o talento contagioso. O que, por sua vez, criou um jogo complicado de talentos ocultos e indigências vistosas; que por sua vez, criou novas pressões para o talento e para a indigência. A América tem pressa, vive depressa. A América é eficiente, veloz. Quando decidiu tornar-se grande na música, fê-lo através da canção, rápida, intensa, ou do jazz, alternadamente caótico e organizado, sensual e tenso, improvisado e planificado. Ora, a música de Carson McCullers é outra: é a das grandes e solenes sinfonias vindas da Europa, da velha, montanhosa, indecisa, interrogativa Europa, que põe cortinas sobre a crueldade e faz de conta que ela é a exceção. O tempo do faz-de-conta é o tempo da adolescência, da imensa solidão da adolescência. Todos os escritores conheceram um qualquer canto da casa grande da solidão. Por alguma razão, quando me pediram imagens que invocassem o universo de Carson McCullers, pensei imediatamente em Edward Hopper e nas suas figuras solitárias numa paisagem, simultânea e estranhamente, calmante e inquietante. É o pintor, também americano, que mais se aproxima de Carson McCullers; ele com muito mais êxito internacional do que Carson McCullers.

Todos os escritores passam por esta casa de solidão. A diferença de Carson McCullers estava em considerar que só a escada em caracol do amor dava acesso a esse casarão imenso. E, por isso, sempre a palavra "coração" esteve no centro da obra dela. Até mesmo os seus escritos póstumos (provenientes de uma pequena arca cheia de contos e textos, ainda não traduzidos para português) se chamam *The Mortgaged Heart*[3] ("O Coração Hipotecado"). Cedo, Carson descobriu que ficar só é um privilégio de amante. Isto não quer dizer que a natureza a inclinasse para o fatalidade. O sonho do sucesso iluminava-lhe demasiado o coração. Esse sonho de algodão desenhava-lhe a alma, porque passou a vida a meio-corpo.

A vida de Carson Mc Cullers dava um romance e, talvez um dia, eu também o experimente. Nasceu a 19 de Fevereiro de 1917, na pequena vila de Columbus, na Georgia, ao sul da América do Norte. Morreu em Nova Iorque, às nove horas e trinta minutos do dia 29 de Setembro de 1967, após 45 dias de coma e seis anos de hospitalização quase contínua. Começou por sofrer, aos 17 anos, de um reumatismo articular, mal diagnosticado e mal tratado, que lhe arruinou a saúde futura. Depois, teve uma pleuresia. Depois teve vários acidentes vasculares cerebrais, que a deixaram aos 30 anos praticamente paralisada. Ficou uma noite inteira a gritar por socorro no escuro, caída no chão da sua casa de Paris, enquanto o homem da sua vida se embriagava longe dali. Nessa altura, internaram-na num asilo psiquiátrico durante um ano, porque ela se recusava a aceitar a sua incapacidade física. Aterrorizada que a julgassem louca, concentrou-se em provar a sua sanidade mental, para que não lhe mexessem no cérebro. Foi essa sempre a sua grande preocupação. Mais tarde, teve que refazer em operações sucessivas o ombro direito, o punho esquerdo e os dedos da mão esquerda. Depois, teve um cancro no peito e, para acabar, uma pneumonia, com embolia, e um arrepanhar de tendões na perna esquerda. Entretanto, no meio de tudo isto, apaixonou-se por várias mulheres, que fingiram nem reparar, e casou-se duas vezes com o mesmo homem, James Reeves McCullers, que se suicidaria em 1953, depois de oito anos do segundo casamento infernal. Desesperado por não conseguir ser, também ele, escritor, Reeves mergulhara na bebida, tornando-se, alternadamente, indiferente e violento.

---

[3] Carson McCullers, *The Mortgaged Heart* [1972]. Mariner Books, 2001.

O primeiro casamento entre Carson e James não resistira ao êxito fulgurante do primeiro romance de Carson McCullers. No fim de *Coração, Solitário, Caçador*, que ela publicou aos 23 anos, a jovem desengonçada descobriu-se cisne, capaz da intensa solidão da beleza. Já não precisava de se ver projetada no rosto renascentista desse primeiro rapaz que a beijara. Já não acreditava que ele seria a outra metade da sua alma de escritor. Ele acabaria por falsificar a assinatura dela em meia dúzia de cheques e por fugir com um homem, para a imitar, nessa busca de fusão infantil que, aparentemente, passava por atração homossexual. Voltariam a fazer os votos de amor eterno em 1945, quando ele regressou da Segunda Guerra, como herói do desembarque da Normandia, e ela precisava de acreditar que a felicidade da juventude podia tirar-se do armário e estender-se sobre a dificuldade da vida. Viajaram da América para a Europa. Em nenhum lugar encontravam o sonho do que tinham sido: esses dias imensos em que se alimentavam de bolos, leite e cigarros, quando eram jovens e se casaram e não tinham dinheiro nenhum e escreviam. E trabalhavam juntos: ela escrevendo, ele lendo e sugerindo correções no primeiro romance dela – porque ele ajudou bastante nesse primeiro romance. Reeves obstinou-se então em encontrar uma quinta longe de Paris, onde ambos pudessem, finalmente, escrever em coro, como nessa primeira vida tinham combinado. Ela seria a romancista, ele o ensaísta. Reeves encontrou essa quinta nos arredores de Paris e o horror adensou-se. Ele não escrevia, ela sofria de uma nevrite permanente. Quase ninguém os visitava, ele tentou suicidar-se, depois propôs-lhe um suicídio duplo. Carson regressou à América, Reeves suicidou-se.

O pai de Carson McCullers, o joalheiro Lamart Smith, morrera nove anos antes, em 1944. A mãe morreria em 1955. Nos últimos anos, a escritora já mal se movia. Chegou a ter de atar a caneta ao pulso, e não parava de escrever. No entanto, no seu último romance, *Relógio Sem Ponteiros* [4], Carson McCullers sublinha: "A existência é feita de incontáveis milagres diários." Uma questão de fé? Coisa mais séria. Um caso de atenção ao mundo que debaixo da asa da morte se tornava azul brilhante. E a deliciosa paixão pela comunicante incomunicabilidade própria de uma nativa do país da adolescência.

A infância é outro país – e, aliás, mais conhecido – de onde vêm os escritores. Os pesadelos infantis servem de soro biológico a universos, tão distantes entre si como os de Kafka e Eça, Tolstoi e Faulkner. Em McCullers, como em

---

[4] Publicado pela Europa América, em 1965, numa muito boa tradução de Fernanda Pinto Rodrigues, uma das nossas grandes tradutoras do inglês, à qual a literatura americana e inglesa em Portugal deve muito. [N. Autora]

Mark Twain ou Camilo Castelo Branco, em Salinger ou Vergílio Ferreira, o que importa é o indivíduo. A exaltação da dor, aquilo que Unamuno definia como sentimento trágico da vida e constitui a obsessão adolescente. E nessa vasta paisagem de dormentes melancolias e súbitas revoltas, a singularidade de Miss Carson é a lucidez. Aos 20 anos, ela já sabia que o amor é um parasita da indiferença, um vírus que se propaga à revelia das leis sociais e das práticas sexuais. Mais grave ainda, ela já sabia que ser amado é uma maçada contrária ao prazer masoquista que se nomeia através do verbo "amar". E, agora, cito-a, em *A Balada do Café Triste*[5]: "O amado teme e receia o amante, e pela melhor das razões. Porque o amante está sempre a tentar desfazer em tiras o seu amado. O amante suplica, continuamente, por uma qualquer relação com o amado, mesmo que essa experiência só possa causar-lhe dor." A sua obra seria uma contínua glosa da frase de Platão: "Ó aquele que ama é abençoado pelos deuses muito mais do que aquele que é amado."

Coração, Solitário, Caçador é o seu primeiro título. Por volta dos 20 anos, Carson McCullers inventa a história do amor infeliz de John Singer, ou seja, João cantor. Surdo-mudo, ele começa por servir de confessionário de solidões, acabando por se tornar um ponto de encontro entre solitários. A paixão deste homem pelo seu amigo Antonápoulos, um grego que, além de também surdo-mudo, é devotamente egoísta. O registo narrativo desta paixão, como o de todo o livro, é o da mais tranquila sobriedade. A jovem Carson McCullers dominava as pessoas como lugares e os lugares como pessoas. Apurava-se na transparente descrição da folhagem, do som das brincadeiras, no clima do quintal, na temperatura do ar. E, em relação ao tratamento das personagens, de facto, é muito europeia, muito dostoievskiana, muito psicologista. Estamos habituados a ver a América como um país behaviorista, ou seja, comportamentalista. A corrente de psicologia e psiquiatria que a América inventou foi precisamente a transformação das pessoas através do comportamento. A ação molda a reflexão, ao contrário do que se pensa na Europa, da tendência freudiana e daquilo a que podemos chamar a psicologia filosófica. Também neste aspeto Carson McCullers é europeia. Por exemplo, Raymond Carver desenha os seus personagens através dos seus gestos e atos, que são também atos de fala. Em Carson McCullers, passa-se o contrário. É quase como se os pensamentos das personagens determinassem não só o que eles fazem, mas também o que lhes acontece – caraterística muito europeia e muito pouco

---

[5] Carson McCullers, *A Balada do Café Triste* [*The Ballad of the Sad Cafe*, 1951], trad. José Guardado Moreira. Relógio d'Água, 2001.

americana. Carson McCullers tem essa cultura europeia de partir do interior para o exterior em vez de partir do facto para a interioridade.

Essa forma de escrever com sobriedade e, ao mesmo tempo, com uma transparência e uma liquidez, uma intenção de comunicabilidade muito acentuada, torna a leitura de uma simplicidade estarrecedora. Aliás, para mim é um espanto que ela continue a ser uma escritora de culto, sendo tão acessível, imediatamente acessível à leitura. Lembro-me de experimentar escrever histórias à maneira dela. E note-se que somos cúmplices, mesmo por antinomia: quando escrevo tendo a ser barroca, derramada, tudo aquilo que ela (nisso, muito americana) não é. A linguagem de Carson McCullers não me é familiar, porque sempre que tenho que descrever um quintal ou um jardim, suo, transpiro bastante. Por exemplo, gosto muito do Padre António Vieira, porque está no Brasil a falar do Brasil como podia estar na Dinamarca. Ultrapassou a sua época porque falava da natureza humana, e aquilo que disse sobre a alma humana permanece atual hoje, como o era há quatrocentos anos. Mas Carson McCullers consegue descrever a paisagem da mesma maneira que Edward Hopper a fixa: com uma data muito indefinida, porque interessa sobretudo marcar o que não tem data. Tal como nos acontece com as memórias da adolescência, as coisas têm uma tonalidade indefinida, de sépia, e, ao mesmo tempo, muito viva. Não nos lembramos exatamente do que nos disseram; lembramo-nos das sensações que experimentámos. É muito difícil conseguir, como Carson McCullers o fez, transferir de uma forma discreta as sensações das personagens para a paisagem, sem chegar a personificá-la (como muitos o fazem, pondo as pedras ou as flores a falarem ou a rirem-se – o que acontece, por exemplo, nos últimos romances de Agustina Bessa-Luís). Portanto, o que se aprende com ela é a dificuldade da simplicidade e o trabalho do despojamento. Jorge Luís Borges tem uma frase de que gosto muito e na qual penso muito: "Quando se é novo, é-se barroco por timidez." Porque se anda à volta das palavras a fazer-lhes vénias. E, às vezes, fazem-se tantas vénias, está-se tão preocupado com a solenidade das palavras, que se fica pela vénia e não se descobre a voz. Creio que, na América como continente, é fácil descobrirmos a nossa voz. Por um lado, porque há gente que aprende o esperanto do inglês vindo de sotaques e de cores muito diferentes. Por outro, porque não existe o temor pelo peso do passado, é possível uma sensação de virgindade, muito estimulante.

Quando a inquiriam sobre influências, Carson McCullers citava de rajada Faulkner, Flaubert e os russos. Escreveu, aliás, um argutíssimo texto[6] – publi-

---

[6] "The Russian Realists and Southern Literature".

cado em Julho de 1941 na revista *Decision*, criada em Nova Iorque como alerta anti-nazi, pelo seu amigo Klaus Mann, filho de Thomas Mann – sobre as causas das semelhanças entre os clássicos realistas russos e os contemporâneos dela, sulistas norte-americanos. A estranheza do mundo servia-lhe de cais de partida, nunca de chegada. Carson McCullers preocupava-se com a cor e o movimento dos malmequeres, intuindo que apenas o rigor dessa candura – candura que preservou dessa adolescência, que regava furiosamente e que representa uma capacidade de maravilhamento que não se perde – poderia também caçar a perversidade que se acoitaria debaixo dos malmequeres. E, por mais que o fantasma segregacionista a perseguisse – chegou a ser ameaçada pelos cobardes do Ku Klux Klan, quando publicou *Reflexos nos Olhos de Ouro*[7], um livro muito famoso porque deu um filme igualmente famoso –, nunca caiu na tentação da extrapolação global. Guardou, pelos anos fora, a juvenil humildade do pormenor relevante. Será que isto chega para fazer uma obra capaz de resistir ao "infinito idiota" que, nas palavras dela, era o tempo?

Falta ainda juntar-lhe a queda para a música. Uma queda pré-natal, que nasceu antes dela. Um episódio, aliás, adequado à ficção McCullers e que sucedeu assim: Caruso foi treinar a Atlanta em Novembro de 1916, e a sua então muito grávida fã Marguerite Smith jurou que aquela voz lhe assolou o ventre, tal qual um anjo Gabriel, e decidiu que o fruto desse ventre tomaria o nome do mestre e redundaria num génio da música. Ia ter um rapaz que se chamaria Caruso. Afinal, saiu menina, a mãe conformou-se com um Lula Carson, que vinha das avós, mas não desistiu de a sonhar célebre. Repetia a quem a queria ouvir que a primogénita havia de ser conhecida no mundo inteiro, como música. Carson entregou-se ao piano como a primeira paixão da sua vida, com a professora Mary Tucker. Quando Mary desapareceu para outra cidade, transportou para as letras a cadência das melodias, por força do destino. O destino, sim. Que outro nome se pode dar a essa estranha entidade que fez desaparecer misteriosamente todo o dinheiro da incauta Carson, as poupanças dos pais, à chegada a Nova Iorque, impedindo-lhe a inscrição na celebérrima escola de música Juilliard?

A escritora inventava mil versões romanescas para qualquer episódio da sua vida, segundo dizem os amigos. Tique comovente de adolescente sem história, que a acompanharia ao longo de toda a história da sua vida. Uma das versões dessa lenda dourada que ela se afadigava a compor clama que

---

[7] Carson McCullers, *Reflexos nuns Olhos de Oiro* [*Reflections in a Golden Eye*, 1941], trad. Cabral do Nascimento. Relógio d'Água, 1989.

a fortuna se foi num banco do metro. As outras sugerem que a provinciana Carson se deixou enrolar por uma companheira de pensão, que afinal não era estudante, mas profissional. Uma sorte. Meia dúzia de anos mais tarde, Carson estaria já, de qualquer forma, incapacitada para tocar qualquer instrumento. Tinha épocas em que nem na máquina de escrever conseguia tocar. Durante anos, datilografava a um só dedo, o "dedo de feiticeira" de que falou o dramaturgo americano Edward Albee. E cito: "Trata-se de uma mulher que, enquanto jovem, trabalhou afincadamente para se tornar pianista de concerto, até que descobriu que uma máquina de escrever tocada com um dedo de feiticeira produziria músicas mais selvagens e belas do que qualquer outro instrumento."

Por mais que tenha sofrido, a verdade é que Carson McCullers dispôs sempre de abundantes doses do melhor anestésico do mundo: o louvor. É verdade que os primeiríssimos contos foram recusados por uma lista enorme de revistas, entre as quais a *New Yorker*. É verdade que passou fome e frio em quartos esconsos de Nova Iorque, e a tortura da solidão, apenas entrecortada pelas cartas do seu único amigo, Edwin Peacock, que conhecera, em mais uma coincidência do destino, através da sua amada professora Mary Tucker, num concerto de Rachmaninoff em Atlanta. Parecia que toda a sua vida seria desenhada pelos concertos de Atlanta. O encontro com Reeves McCullers far-se-á, por sua vez, através desse amigo, Edwin.

Antes de conseguir ver um dos seus contos impressos, Carson foi datilógrafa, secretária, telefonista, redatora de um jornal de banda desenhada, desempregada, uma rapariga demasiado alta, com as solas demasiado rotas. Salvou-a o facto de nunca ter duvidado da qualidade do que escrevia. Duvidava apenas do reconhecimento dessa qualidade. Da mesma maneira, nunca duvidou da sua capacidade de amar. Duvidava, apenas, da possibilidade de se fazer amar por inteiro. Mas, logo que saiu o seu primeiro romance, Graham Greene escreveu: "Miss McCullers e, talvez, Mister Faulkner são os únicos escritores, desde a morte de D. H. Lawrence, com uma sensibilidade poética original. Prefiro Miss McCullers a Mister Faulkner, porque escreve com mais clareza." Também eu. E continua Graham Grene: "Prefiro-a a D. H. Lawrence porque ela não tem mensagem." O que é injusto, porque ela não tem mensagem óbvia, panfletária, mas tem mensagem humana. Tenessee Williams colocou-a no pedestal de Herman Melville e até o viperino Capote lhe prestou as suas homenagens. É possível que a alegria de viver da escritora favorecesse esses entusiasmos. Mas é inegável que essa alegria resiste entre as páginas, para lá dos funerais. A Mick, protagonista adolescente de *Coração, Solitário, Caçador,* e a Frankie de *Frankie e o Casamento*[8], muito parecida com a Mick, são como ela era no passado, mas cabem em qualquer futura juventude.

Carson McCullers recusou-se sempre a parecer adulta. Anaïs Nin recorda-a em 1943, em Brooklyn, de calções, boné de ciclista, sapatos de ténis; um rapazinho, em vez de uma mulher de 26 anos. O grande tema de Carson McCullers é aquilo que não cresce, nem morre. Isso, que se descobre na adolescência e não tem nome porque vive para lá das fronteiras da simples amizade ou do fatal amor. Um sentimento indefinível de pertença e partilha. O "we of me", de que falava a Frankie de *Frankie e o Casamento*.

A irmandade profunda dos seres humanos: eis o que liga o desespero cintilante das suas protagonistas adolescentes ao trajeto doloroso dos negros em direção à liberdade, que também acompanha toda a sua ficção. Nos livros dela, o ato do sexo é rodeado de frio, vergonha e solidão. Por isso, a sua escrita foi tantas, e tão injustas, vezes, descrita como dessexualizada, quando nela tudo era intensidade sexual. O lento mover do sol sobre os olhos de um ser amado, a mágoa de uma ausência ou o arrepio de uma presença, o calor da memória transfigurada... O prazer partilhado, encontra-o nas conversas longas com amas negras, nos lençóis quentes e cúmplices do irmão que espantam os medos um do outro, através do inocente calor dos corpos. Que o calor dos corpos é sempre inocente, Carson sempre o soube. Por isso, nunca quis aprender a dormir sozinha. Creio que, também por isso, nunca quis aprender a fazer amor.

Atravessou a vida escrevendo inabalavelmente para preservar a vulnerabilidade dessa inocência. Não escreveu tudo o que viveu, mas viveu tudo o que escreveu. Recapitulemos: o já mencionado *Coração, Solitário, Caçador* e, de seguida, *Reflexos nos Olhos de Ouro*, depois *Frankie e o Casamento*, *A Balada do Café Triste* e *O Relógio Sem Ponteiros*, o derradeiro romance.

Vejo-a muito menina, uns 13 ou 14 anos, talvez. Sentada num alpendre da sua casa, em Columbus, Georgia, no interior do sul dos Estados Unidos, onde a lei das aparências reina sobre o sossego de todas as coisas. Fumando, ao lado da mãe. Fumando em silêncio, desafiavam, assim, as duas uma sociedade inteira. Dizem-nos as várias biografias dela que ela era muito olhada e que ela e a mãe chocavam aquela pequena comunidade, porque a mãe fumava e deixava-a fumar ao lado dela, de facto, desde muito cedo. Imaginem hoje, na América... Estariam as duas em prisão perpétua.

---

[8] Carson McCullers, *Frankie e o Casamento* [*The Member of the Weeding*, 1946], trad. Daniel Gonçalves, rev. Barbara Smith. Cotovia, 1995.

Nos olhos tresnoitados de Carson misturavam-se as notas da *Rapsódia Húngara*, de Liszt, as histórias tristes desse Sul e a imaginação do mar e das cidades desconhecidas (ela só muito tarde conheceu o mar). Ninguém como ela desfibrou a alma do adolescente, que, no meu entender, carateriza o século XX – aliás, o século da descoberta científica da adolescência. E fê-lo com humildade, vazando-se numa coleção de personagens inimitáveis, que resistem ao esquecimento. Como o rosto dela, menina antiga e andrógina, com olhar de precipício, valente e tímido, e com um cigarro entre os dedos. Acho que foi isso, aquele cigarro entre os dedos de uma rapariga que parecia apenas uma miúda de 14 anos, que me levou a mergulhar imediatamente no tal *Coração, Solitário, Caçador*. Tinha eu os mesmos 23 anos que ela tinha quando o publicou. Ela já tinha morrido oficialmente quando lhe encontrei o rosto e, inscrito nele, a ética de uma escrita que se entregava a escavar a melancolia e que não tinha medo de nunca mais crescer. Uma escrita que se tecia entre dois mundos, sem medo do abismo, capaz de olhar de frente e até ao fim o brilho imutável dos sentimentos indefinidos.

WILLIAM FAULKNER
(1897-1962)

William Cuthbert Falkner nasceu a 25 de Setembro de 1897, em New Albany, Union County, Mississípi, e faleceu bem perto dali, em Bythalia, a 6 de Julho de 1962, com 64 anos. O sul dos Estados Unidos foi sempre a sua *casa*, interpretada numa espécie de "fúria insane" que o fazia escrever em silêncio, escrever nem que isso significasse "perder a honra, o orgulho, a segurança, a felicidade, tudo". Como terá dito o seu tio John Falkner, comentando o fracasso do sobrinho como empregado do First National Bank: "Não fazia absolutamente nada: nunca foi mais do que um escritor."

Faulkner dizia: "Se um escritor tiver de roubar a mãe, não hesitará; a 'Ode a uma Urna Grega'[1] vale mais do que um punhado de velhas." Sempre colocou a escrita acima de tudo, aceitando qualquer emprego que lhe permitisse sustentá-la. Odiava que o questionassem sobre qualquer assunto não estritamente literário. Se o faziam, inventava mentiras, fugia, praguejava. Quando, em 1953, a revista *Life* publica um artigo sobre ele, comenta: "A Suécia deu-me o Prémio Nobel. A França deu-me a Legião de Honra. Tudo o que o meu país faz por mim é invadir a minha vida privada, ignorando os meus protestos."

Da sua vida privada, tal como desejou, ficou pouco para a História. Sabem a quase nada os lugares-comuns da figura crivada de dívidas, que fuma incessantemente cachimbo, adora álcool (utiliza-o para conseguir uma hipersensibilidade permanente), os aviões, caçar, andar a cavalo e navegar no grande Mississípi. Os seus dramas chegam-nos envolvidos em fumo. O facto de não se ter conseguido formar na escola secundária de Oxford (para onde a família se mudou e onde o escritor cresceu) e de não ter aguentado senão dois anos na universidade local não o deve ter incomodado muito. Sofreu de certeza com o primeiro casamento daquela que viria a ser a sua mulher, Estelle, a adolescente a quem dedicou os primeiros poemas. Enraiveceu-se porque a Primeira Guerra acabou "cedo demais" para que pudesse atingir a glória como aviador da Royal Air Force. Enterrou a primeira filha, Alabama, nascida prematura e falecida dias depois. Chorou e culpou-se pela morte do irmão mais novo, William Dean, aos comandos do avião do escritor. Mas nenhuma destas tragédias revela o mundo interior de Faulkner como os seus livros.

Descendente de uma poderosa família sulista, arruinada pela Guerra Civil, o escritor nasce num tempo e numa sociedade fundadores de alguns dos mais importantes mitos psicanalíticos da sociedade norte-americana. Estão-lhe no sangue a teimosia, os códigos

---

[1] 'Ode a uma Urna Grega' ['Ode on a Grecian Urn', 1920]: poema de John Keats (1795-1821), um dos últimos poetas românticos ingleses.

de honra e de cavalheirismo, a fé e o heroísmo do Sul esclavagista, agrário e aristocrático que lutou até à exaustão contra as políticas republicanas e abolicionistas do presidente Lincoln. Vive, tal como sugeriu Jorge de Sena, no prefácio de *Palmeiras Bravas*[2], "num mundo 'amaldiçoado' [o adjetivo é de Faulkner] pela escravatura mas contraditoriamente imbuído de virtudes heróicas." Amargurado por pertencer a uma geração privada de destino, Faulkner escreve. Com John, o pai fundador da linhagem dos Sartoris, iniciou o seu relicário de memórias – a sua salvação –, convocando fantasmas. Através das complexas sagas dos Sartoris, dos Sutpens, dos Compsons ou dos Snopes, cria famílias de personagens ["um artista é uma criatura conduzida por demónios"] que saltam de uns romances para os outros com as suas frustrações, sonhos, suicídios, violações, fés ou descrenças, com as suas perdições. O seu estilo é uma "selva dardejante de pormenores significativos, fumegante de violência e humor negro, toda em recorrências paralelísticas e cumulativas, borbulhante de riqueza semântica e sintática".

Nos livros de Faulkner, os mortos não querem morrer. E decidem como Wilbourne, no final de *Palmeiras Bravas*: "Entre a dor e o nada, eu escolho a dor." Tal como refere ainda Jorge de Sena, "as suas personagens exercem uma escassa margem de livre arbítrio dentro de uma sociedade condenada e estreita". Numa das poucas entrevistas a sério que concedeu, à *Paris Review*[3], o escritor revelou: "A partir de *Sartoris* descobri que valia a pena deixar o meu próprio selo no território nativo e que nunca viveria o suficiente para o esgotar, e que sublimando o verdadeiro no apócrifo eu teria liberdade total para usar até ao limite o talento que eu tivesse, fosse ele de que natureza fosse. Isto abriu-me uma mina de gente e assim criei um universo próprio. Posso deslocar esta gente de um lado para o outro, como Deus, não apenas no espaço, mas também no tempo." O imaginado condado de Yoknapatawpha completou o jogo; 2400 quilómetros quadrados com um nome impronunciável e um "único dono e proprietário", William Faulkner. Yoknapatawpha, uma pedra angular do universo.

FILIPA MELO

---

[2] William Faulkner, *Palmeiras Bravas* [*Wild Palms*], trad. e pref. Jorge de Sena. Portugália, 1940.
[3] *Entrevistas da Paris Review*, seleção e trad. Carlos Vaz Marques. Tinta-da-China, 2009.

LÍDIA JORGE – Nasceu em 1946, no Algarve. Da sua vasta obra destacam-se *O Dia dos Pro-dígios* (1980), *O Cais das Merendas* (1982), *Notícia da Cidade Silvestre* (1984), os dois últimos distinguidos com o Prémio Cidade de Lisboa, *A Costa dos Murmúrios* (1988), adaptado ao cinema num filme de Margarida Cardoso, e *O Jardim sem Limites* (1995), distinguido com o Prémio Bordalo de Literatura da Casa da Imprensa. *O Vale da Paixão* (1998) recebeu os seguintes prémios: Dom Dinis, Bordalo, Ficção do Pen Club, Máxima de Literatura e o Prémio Jean Monet de Literatura Europeia – Escritor Europeu do Ano, tendo sido ainda finalista do International IMPAC Dublin Literary Award 2003. O seu romance *O Vento Assobiando nas Gruas* (2002) conquistou o Grande Prémio de Romance e Novela da APE e o Prémio Correntes d'Escritas e o romance *Combateremos a Sombra* o Prémio Charles Bisset (2008). Pelo conjunto da sua obra, foi distinguida com o prestigiado prémio da Fundação Günter Grass, na Alemanha, ALBATROS (2006) e o Grande Prémio Sociedade Portuguesa de Autores – Millennium BCP.

Um percurso de leitura

LÍDIA JORGE

Admiro profundamente a obra de William Faulkner. Não conheço outro escritor que melhor tenha entrado no coração profundo dos homens. Ainda por cima, relê-lo é surpreender a própria escrita na fonte da Modernidade.

PREPAREI ESTA SESSÃO a pensar, sobretudo, nos estudantes universitários que viriam de longe e agora aqui se encontram entre nós. Mas enquanto a preparava, e ia colocando em algumas páginas estes pequenos papéis amarelos de marcação, em forma de bandeira, que transformam os livros numa espécie de iates, comecei a pensar que talvez William Faulkner tenha sido demasiado importante na minha vida para que eu consiga condensar, em pouco mais de quarenta minutos, a forma como este escritor me foi oferecendo a sua presença secreta ao longo dos anos, uma companhia mais forte do que a de algumas pessoas reais que me são próximas. E confesso que alguns receios me assaltaram.

Em primeiro lugar, porque tenho a consciência de que Faulkner é um escritor maior. Cada um de nós elege os seus escritores preferidos e, embora a sua importância não seja passível de ser medida, podemos sempre tentar explicar até que ponto somos impressionados por cada um deles e inscrevê--los numa espécie de escala. Em relação aos grandes escritores do século XX, não há dúvida de que toda a gente ver-se-á forçada a referir James Joyce, Virginia Woolf, Proust ou Kafka, e naturalmente, no início ou no final da lista, sempre destacará William Faulkner como um dos mais originais, e as razões para tal não são poucas, de tal modo o seu mundo é original. Mas é preciso dizer que o escritor americano impressiona, acima de tudo, porque consegue conciliar dois aspetos opostos que os outros autores citados não puderam, ou não desejaram reunir.

Por um lado, tal como era próprio do início do século XX, Faulkner criou uma literatura de profundidade, de engrandecimento daquilo que é a interioridade inatingível da psique. Desceu ao fundo da pessoa humana, mergulhou por inteiro na sua subjetividade, espreitando aquilo que jamais se destrinça, aquilo que parece não ter forma nem razão e, no entanto, move obstinadamente os homens para uma ação e um destino. A sua escrita alimenta-se antes de mais dessa matéria, e, embora tenha confessado que nunca leu Freud, absorveu com certeza o caldo cultural que dele resultou, bem como os conceitos de tempo interior e de corrente da consciência, segundo o formulário de Henri Bergson[1] e seus descendentes. Simplesmente, o que acontece é que o autor do Mississípi cruza, de uma forma única e como nenhum outro, este mergulho no subjetivo e na interioridade com a manutenção de uma estética realista, diria mesmo até, naturalista, no que diz respeito à reprodução do concreto exterior e do objetivo. Faulkner consegue fazer a junção destas duas perspetivas de uma forma única, diria mesmo, teatral e cinematográfica, e por alguma razão ele mesmo foi argumentista e vários dos seus livros acabaram, na altura, por ser adaptados ao cinema. Ao que se deve acrescentar ainda que Faulkner, do ponto de vista da intensidade das paixões, é um escritor que escreve para veteranos. Não escreve para quem quer apenas ler para passar o tempo. Quando lidamos demoradamente com a sua obra, ela não permite que fiquemos como éramos antes de iniciar a primeira página, porque a sua escrita possui a força de uma verdadeira ação transformadora.

Claro que é sempre muito difícil apontar as razões por que certa escrita desencadeia determinado fascínio sobre os leitores, sendo mais fácil explicar como, e através de que percurso, um escritor desta natureza se instala dentro da vida de uma pessoa e permanece por muito tempo. Em face disso, eu poderia adotar uma perspetiva exterior para falar de Faulkner, mas evito-o pois volto a pensar nos estudantes atuais, que, muitas vezes, se enganam, acreditando que, para saberem alguma coisa sobre um autor, lhes bastará visitar o Google. Consultar os dados já formatados, ajuda, mas não basta. É preciso

---

[1] Henri Bergson (1859-1941), filósofo e diplomata francês; Nobel da Literatura em 1927.

dizer que a atual busca na esfera da informação electrónica implica um percurso muito simplificado em relação àquele que as pessoas da minha geração eram obrigadas a fazer para terem acesso ao mundo dos livros, simplificação que em si é um bem, mas permite deixar para atrás o mais importante, o verdadeiro encontro do leitor com as páginas. Pois é precisamente sobre um caminho diverso, que se traduziu por um encontro tateado, rudimentar e desprevenido, com o mundo deste autor, que vos venho falar.

Devo dizer que em adolescente fui uma leitora bastante razoável, mas não li autores norte-americanos. Entre os 16 e os 17 anos, li algumas obras de John Steinbeck, depois de ter incensado, como todas as raparigas da minha idade, *A Cabana do Pai Tomás*[2] e outros textos românticos afins. Creio ter lido também um resumo de *E Tudo o Vento Levou*[3] e *O Fio da Navalha*[4], e devo ter ficado por aí. Depois, acabei por ingressar no curso de Românicas, na Faculdade de Letras. O que significa que, nessa altura, os meus autores não eram os anglo-saxónicos, e que o primeiro autor modernista a que tive acesso foi Marcel Proust. Por essa altura, estávamos no alvorecer do grande *boom* do estruturalismo, e as aulas de análise literária, que abarcavam várias literaturas, limitavam-se à anatomia de textos e, muitas vezes, certos apontamentos, como hoje com o Google, até dispensavam a sua leitura integral. No meio de tudo isso, certamente que os professores cumpriam o seu dever, mas, na altura, fiquei com a sensação de que a minha passagem pela Faculdade de Letras havia sido um estágio de cinco anos feito contra aquilo de que eu mais gostava – a leitura espontânea e inocente dos livros.

Para mais, a janela mais importante através da qual eu e os meus colegas espreitávamos para o mundo criativo, continuava a ser a da literatura francesa, sobretudo na vertente da literatura existencialista, o que em abono da verdade constituía entre nós, nessa altura, uma lança em África, e traria, aliás, bastantes dificuldades políticas à regente da cadeira. Ora, o que acontecia é que todo aquele enquadramento filosófico e ideológico em que se vivia acabava por amarfanhar a leitura espontânea dos textos, e piorou, sobretudo nos últimos anos, quando se instalou o síndrome do *nouveau roman* como uma régua encostada à qual se desenhava a modernidade literária. Lembro-me perfeitamente

---

[2] Harriet Beecher Stowe, *A Cabana do Pai Tomás* [*Uncle Tom's Cabin*, 1852]. Europa-América, 2001.
[3] Margaret Mitchell, *E Tudo o Vento Levou* [*Gone With the* Wind, 1936], trad. Maria Franco e Inês Duque Ribeiro. Contexto, 2000.
[4] Somerset Maugham, *O Fio da Navalha* [*The Razor's* Edge,1944], trad. Ana Maria Chaves. Edições Asa, 2004.

de tentar imitar a fórmula oferecida por esse tipo de estética, imitar sobretudo a escrita em detalhe de *La Jalousie*[5]. Por essa altura, aprendiz de escrita que se prezasse, preenchia páginas e páginas, descrevendo o movimento das sombras ou as manchas da humidade nas paredes, segundo o último grito do modelo francês. Lembro-me de ficar umas boas horas a mais na praia para observar e descrever, vezes sem conta, o movimento das pernas dos banhistas a entrarem e a saírem da água. Era o espírito da época. Na minha ideia, porém, ia-se estabelecendo, pouco a pouco, uma certa contradição. É que a vida, na realidade, mostrava-se em sua crueza, cheia de esforço e sangue, enquanto a literatura da moda apresentava-se-me repleta de insignificância. Mas quando terminei a faculdade, tive a alegria de perceber que, nas páginas de muitos outros livros, nem tudo tinha adormecido.

De repente, encontrei novos autores e recomecei, outra vez, a fazer leituras selvagens, sem análises nem informação, comecei a ler páginas que tinham a ver com a minha própria experiência. Entre elas, as de um livro oferecido por uma pessoa amiga, livro que ciosamente guardo comigo, porque marca o meu primeiro contacto com William Faulkner. Chamava-se *O Homem e o Rio*, uma pequena edição da Europa-América, tradução original de Luís Sousa Rebelo, trabalho que previamente havia sido feito para uma edição da Portugália[6]. Hoje em dia, penso que se trata de uma tradução um tanto pudica, mas é uma excelente tradução na mesma, e continuará a sê-lo pelo tempo fora. Aliás, na altura, não se me colocavam sequer semelhante tipo de questões. Só sei que tive uma alegria extraordinária quando li este livro. Finalmente alguma coisa que me dizia respeito vinha ter comigo. Preciso de explicar porquê.

Nasci e cresci no campo, e acredito que viver em espaços abertos permite uma vivência particular, muito diferente de quando se passa a infância numa cidade, seja ela qual for. A cidade dá-nos a ideia de que a providência é uma potência administrativa, de que alguém numa secretária nos protege e de que, se precisarmos de alguma coisa imprescindível, existe sempre uma porta numerada onde bater. Na cidade, acreditamos que não estamos sozinhos, que existe um intermediário entre o absoluto e nós mesmos, um intermediário tão decisivo que o absoluto pode até ser esquecido. Por isso, a cultura urbana é irónica e dispensa o dramatismo e a epopeia, o confronto com este tipo de totalidade, que se apreende quando se é criança e se vive num clima

---

[5] Alain Robbe-Grillet, *La Jalousie* (1957).
[6] Datada de 1963.

de rudeza. No campo, nos grandes espaços, ou junto ao mar, aprende-se que a solidão dos homens é imensa, que a morte acontece como uma espécie de cerimonial perante a Natureza e que é preciso permanentemente negociar com a totalidade para se obter alguma coisa de útil. Era essa a experiência que eu trazia comigo, era sobre essa dimensão que eu gostava de escrevinhar e tomar apontamentos, e era precisamente essa grandeza áspera que eu gostava de encontrar nos livros. De repente, eu deparava com esse mundo, de forma nova, e surpreendente, todo por inteiro, condensado naquele pequeno livro.

O que contava ele?

O Homem e o Rio é a história de dois condenados a trabalhos forçados numa colónia penal do Mississípi, perto dos campos de algodão. Um deles tem apenas 25 anos, não tem nome, é alto, esgrouviado, mal amanhado, cometeu um pequeno crime, que nem ficou bem provado, um crime mal preparado, influenciado por histórias e ficções detetivescas. Imitando histórias que lia, o alto magro simplesmente tinha resolvido mascarar-se, pegar numa lanterna, fazer um assalto num comboio, mas o plano não se cumpriu, o assalto falhou e ele acabou por ser condenado a quinze anos de prisão maior. Quando a ação se inicia, ainda lhe faltam cumprir dez.

O outro forçado, tal como o autor o descreve, é baixo, gordo, branco, e tem para cumprir 199 anos de prisão. No entanto, poderia não ter de os cumprir, ou ter apenas de cumprir uma pena muito mais leve, se acaso não tivesse tido receio de entrar pela porta certa em frente do tribunal. Como no local se encontrava uma mulher gesticulando, aos gritos, uma mulher com quem ele fora apanhado dentro de um carro que havia roubado, ele teve receio e vergonha da mulher e entrou pela porta errada. Em consequência, foi julgado pelo Tribunal Federal e apanhou 199 anos de cadeia. São estes os dois homens que estão aí, no início da história de *O Homem e o Rio* que, aliás, será contada por um deles, o primeiro, o alto e esgrouviado.

Em que consiste, então, a história propriamente dita? Remonte-se ao tempo da narrativa. As cheias do Mississípi em 1927 desencadeiam uma catástrofe que altera, por completo, o curso do rio. Aqueles dois homens, tal como outros prisioneiros, tiveram de sair da colónia prisional, abandonando a zona onde se encontravam. Primeiro, foram amarrados a um camião, depois, metidos num comboio e, por fim, empurrados para dentro de umas canoas, para irem salvar pessoas que andavam refugiadas pelos telhados e pelas copas das árvores. Aqueles dois, em concreto, teriam de ir salvar uma mulher que estava pendurada de uma delas. Só que, a certa altura, a canoa vira-se, há um redemoinho, e um dos forçados acaba por desaparecer da vista dos guardas. Os guardas ficam convencidos de que o prisioneiro ou fugiu, ou morreu afogado. Só que o prisioneiro acaba por recuperar a canoa e por salvar a mulher, que está grávida e prestes a ter a criança. Então, ao longo destas páginas, assistimos ao seu dilema. Por um lado, o forçado quer entregar-se e demonstrar que não fugiu, que se tratou de uma manobra do acaso, mas, quando o tenta, acabam por alvejá-lo e ele foge. Por outro lado, quer depositar a mulher em algum sítio conveniente, para que ela possa dar à luz. Ela mesma lhe pede que encontre rapidamente um pedaço de terra seca porque a criança está prestes a nascer. O prisioneiro consegue conduzi-la a um mouchão e é nessas circunstâncias que a mulher dá à luz, sozinha, no meio da água, ajudada na medida do possível pelo prisioneiro. O cordão umbilical do recém-nascido é atado com os atacadores dos sapatos do forçado, e cortado com uma lata que está por ali a boiar. Mas o mouchão é o local para onde as cobras afluem, umas atrás das outras, e é no meio desta situação trágica que a criança conhece o primeiro poiso. A história desenrola-se numa situação extrema de confronto com a infelicidade, o despojamento, o acaso aleatório e em total relação com o absurdo da existência. Durante mais de dez dias, o forçado andará com aquelas duas criaturas por ali, vagueando na água, sem destino concreto. Resta dizer que o forçado se sente perturbado pela presença da mulher e da criança. Mas, tal como acontece com o seu amigo, ele tem uma espécie de barreira de honra, de parede inviolável, que é o seu último reduto de dignidade. Por isso, ele não toca na mulher a quem respeita até ao final, protegendo em simultâneo a vida da mãe e do filho. Por fim, passado o pico da cheia, ele, que poderia ter sido livre, podendo ter fugido como outros, no meio da confusão, volta para a prisão para cumprir o resto da pena. Decorrido algum tempo, acabará por receber um postal em que a mulher dá conta de como, pelo seu lado, lá fora, a sua vida corre normal. Como numa fábula cujo final facilmente se deduz, o forçado ficará sem palavras. Ele e nós, retiramos a conclusão.

Sobre o episódio do mouchão, convirá ler a seguinte passagem:

Quando a mulher lhe perguntou se ele tinha uma faca ali ao pé e a escorrer na roupa em que havia sido alvejado da segunda vez por uma metralhadora nas duas ocasiões em que vira alguma vida humana, depois de ter deixado o dique há quatro dias, o forçado sentiu-se exatamente como se tinha sentido na barca em fuga, quando a mulher lhe sugeriu que era melhor apressarem-se. Sentiu a mesma afronta aviltante de uma condição puramente moral, a mesma impotência raivosa para encontrar uma resposta, de modo que, em pé, perante ela, gasto, sufocado e inarticulado, levou um bom minuto a compreender o que ela estava agora a gritar: a lata, a lata no barco. Não pôde prever o que a mulher queria fazer com ela, nem sequer se admirou ou parou para lhe perguntar. Desatou a correr. Desta vez, pensou: É outra cobra, quando o grosso corpo se quedou truncado naquele reflexo grotesco que nada tinha de alarme mas somente de atenção, sem ele ter mesmo mudado a passada, ainda que soubesse que o pé na carreira iria cair à distância de um metro da cabeça chata. A proa do barco estava varada no declive, onde a vaga o colocara e havia outra cobra que escorregava sobre a popa para dentro dele e quando se curvou para a lata que havia servido de chaleira, viu qualquer outra coisa que boiava em direção ao mouchão, não sabia o que era, uma cabeça, um rosto na vértice de um V de pequeninas ondas. Agarrou na lata e por pura justaposição dela e da água encheu-a até aos bordos, desandando logo. Então viu outra vez o mesmo veado ou outro qualquer, isto é, viu um veado, um olhar de soslaio, um ligeiro fantasma, cor de fumo. Encontrou uma vista de ciprestes, logo sumida, desvanecida, sem ele ter feito uma pausa para olhar, galopando em direção à mulher, ajoelhando ao seu lado e levando-a aos tais lábios até que ela lhe indicou melhor serviço. Contivera um litro de feijões ou tomates, qualquer coisa hermeticamente selada, e fora aberto por quatro golpes da cunha de um machado, ficando com uma aba de metal revirada, de pontas dentadas e agudas como uma navalha, ela disse-lhe como devia servir e ele utilizou-a em vez de uma faca, tirou um dos atacadores e cortou em dois com a lata aguçada, depois ela quis água quente. Se tivesse um pouco de água quente, murmurou numa ténue voz serena, mas sem qualquer presença, sem qualquer esperança particular, e ele então pensou nos fósforos, como quando ela lhe perguntara se tinha uma faca, até que rebuscou nos bolsos do dólmen, que encolhera, e de onde tinham sido arrancados as divisas e o emblema do batalhão, o que para o forçado não tinha qualquer significado, e tirou uma caixa de fósforos que havia ficado entalada entre dois cartuchos da pistola metralhadora, encaixados um no outro.[7]

Esta é uma das passagens centrais da ação. Na altura, ao relacioná-la com o desfecho, várias vezes a reli, pensando que se produzia a nível do desenlace uma injustiça de alcance insuportável. É verdade que, com o tempo, todos nós aprendemos a reconhecer que no interior das páginas dos livros não existe uma máquina de fazer justiça, os livros não são feitos para criarem essa ordem nem semelhante à vivida, quando acontece, nem semelhante à desejada, mas, naquela altura, eu era bastante jovem e custava-me que o forçado ficasse isolado do mundo por mais dez anos e nunca mais soubesse nada sobre aquela mulher. Até porque o outro, o gordo, dizia: "As mulheres..." Mas não interessa. O que importa é que foi o encontro com esta humanidade recortada

---

[7] *In* William Faulkner, *O Homem e o Rio*, trad. Luís Sousa Rebelo. Europa-América, 1971.

na aspereza primordial da vida que me fez ter a sensação de que os livros de que eu gostava afinal existiam em algum lugar e estavam à minha espera.

E depois, por mero acaso, apareceu-me, em casa, *Palmeiras Bravas*[8]. Era uma primeira tradução editada pela Portugália[9], que me permitiria um novo encontro com o mesmo autor. Estava perante um novo livro e, agora, interessava-me sobretudo ultrapassar a ideia de injustiça com que tinha ficado da leitura de *O Homem e o Rio*. Mal sabia o que me esperava. *Palmeiras Bravas* é uma das histórias de amor mais dolorosas escritas até hoje. Espécie de conto longo, Faulkner intitulara-o como *If I Forget Thee, Jerusalem*... Conta a história de Charlotte, uma mulher casada e com duas filhas, que decide renunciar ao papel tradicional de esposa e mãe, para viver uma nova vida ao lado de um outro homem, o jovem médico Harry Wilbourne, que acabará por levar à prisão, lembrando o destino do forçado magro, da primeira história. Aliás, tanto em *O Homem e o Rio* como em *Palmeiras Bravas*, são as mulheres quem conduz o destino final dos homens. Em *Palmeiras Bravas*, Charlotte conduz Wilbourne por um caminho de extrema dificuldade, porque acredita que o caminho do amor é uma espécie de destino da sua vida. Para ela, o amor é uma espécie de ato religioso absoluto, a lua-de-mel sem fim de uma sacerdotisa profana, algo que, aconteça o que acontecer, é mais importante do que a vida e a morte. O que dita uma espécie de submissão ao império do sentido e dos sentidos, a única metafísica possível que ela entende, um esforço de amar em absoluto até ao fim da vida como a única transcendência possível. Determinada por esse sentimento que tudo arrasta, Charlotte abandona o marido e as filhas e, quando fica grávida de Wilbourne, acaba por lhe pedir que desmanche a criança. O médico faz o desmancho com uma faca de cozinha e ela acaba por morrer. Como se ambos não pudessem ter-se afastado da senda prometida, no final, ele aceita ser condenado, em nome de tudo isso. Resumido assim, pode parecer estranho? Pode.

Palmeiras Bravas é uma história triste, escrita de forma admirável, sobretudo para a altura em que foi publicado, construída a partir de imagens tergiversadas, numa relação cruzada entre interior e exterior absolutamente eficaz. Quando se chega ao fim, está-se completamente preso por este livro. Mas, na altura, os processos de construção pouco me interessavam, o que eu perguntava era o seguinte – Mas quem é este autor que considera a mulher como o

---

[8] William Faulkner, *Palmeiras Bravas/Rio Velho* [*Wild Palms/Old Man*], trad. e pref. Jorge de Sena, trad. Ana Maria Chaves. Publicações D. Quixote, 1993.
[9] William Faulkner, *Palmeiras Bravas* [*Wild Palms*], trad. e pref. Jorge de Sena. Portugália, 1940.

objeto da destruição neste mundo? A minha ideia era a de que este autor, como muitos outros, concebia o homem como um ser desordenado, uma espécie de faisão mal jeitoso caído sobre a terra, sendo a mulher, objeto do desejo do homem e geradora das crianças, a causa do seu anátema interior. Os dois livros que eu tinha lido conduziam-me a essa conclusão. Pois bem, eu desconhecia então, e só fiquei a saber muito mais tarde, que *O Homem e o Rio* e *Palmeiras Bravas* (que, só por acaso, haviam chegado juntos à minha cadeira de leitura) haviam sido publicados em conjunto, com os capítulos alternados. Faulkner tinha começado por justificar que os publicara assim porque individualmente não teriam dimensão suficiente para a edição. Mas, depois, contou a verdade: havia-os escrito em simultâneo, alternando a escrita ora de um, ora de outro, o que torna compreensível que em ambos a mulher apareça como castigo do homem. Afinal, eram versões diferentes para o mesmo tipo de prisioneiro. Agora, a interpretação do facto levar-nos-ia longe, mas de momento isso não interessa. Bastam as evidências. Fosse como fosse, assim tinha entrado quase involuntariamente, na temática central de Faulkner.

Mais tarde, eu mesma comprei um outro livro do autor, o romance *Santuário*[10], numa edição francesa. Vinha com a indicação de que André Malraux havia sido o mentor do enorme sucesso deste livro em França, afirmando que esse romance representava "a inserção do romance policial na tragédia grega", reconhecendo em Faulkner um autor de grande dimensão. *Santuário* narra como uma rapariga sulista de 17 anos, Temple Drake, levada por um forte desejo de experiência metafísica, de mística e de heroísmo, mas ao mesmo tempo imbuída de uma sensualidade invulgar, se oferece a todas as aventuras. Concretamente, ela decide seguir em viagem com o seu namorado, porém, pelo caminho, ele vai-se encharcando em bebida até que têm um acidente de carro. Estão longe de casa e acabam por passar uma noite numa quinta muito especial, ele completamente embriagado, e ela rodeada de homens de baixa condição, gente nada recomendável, traficantes de álcool que destilavam uísque clandestinamente, gente que puxava da pistola e matava por dá cá aquela palha. Essa noite de estúrdia invulgar é descrita de forma invulgar. Existe esta jovem mulher que se oferece fisicamente a não importa quem, nem de que maneira e há todos aqueles gabirus que entram e saem constantemente daquele quarto, expressando-se todo esse ambiente através de uma escrita em ziguezague, sublinhando a própria perturbação das personagens. A lucidez

---

[10] William Faulkner, *Santuário* [*Sanctuary*, 1931]: trad. Fernanda Pinto Rodrigues, Minerva, 1973; trad. Ana Maria Chaves, Publicações D. Quixote, 2001.

não tem ali lugar, a não ser na cabeça da anfitriã, a única mulher que lá está para além de Temple, que a quer repelir, percebendo que a rapariga traz a tragédia com ela, o que, de facto, é verdade. No dia seguinte, um dos homens esconde Temple num celeiro, mas acaba por ser morto e ela estuprada com uma maçaroca de milho por um outro homem que é impotente, o célebre matador, Popeye. Toda esta situação invulgar é descrita sob um clima de grande densidade. Percebe-se que um facto terrível está para acontecer mas ele paira acima das personagens. Como se o mal estivesse à espera de ser incarnado num dos seres humanos, e rodopiasse sobre eles à procura do braço para executar um plano que a todos transcende. Quando se chega ao fim, percebe-se que estamos perante um escritor capaz de captar a realidade em todas as direções, capaz de criar uma extraordinária multiplicidade de pontos de vista de modo a reproduzir a perplexidade e a desorientação próprias da tragédia.

Mas, em *Santuário*, o que mais me impressionava, de novo, era o facto de que a mulher continuasse a ser o foco da desgraça dos homens. Mais, no romance, a mulher de um dos homens, Goodwin, que será injustamente inculpado pelo crime, tem sempre consigo um filho deficiente, uma criança enfezada que aparece permanentemente, desde a primeira até quase à ultima página, como se quisesse ilustrar o tal princípio provocador de que não existe amor sem procriação. Este é um tema muito curioso, até há pouco tempo, até mesmo há escassos vinte anos, indissociável da literatura de ficção. É também curioso que o romance se chame *Santuário*, o nome do bordel para onde a rapariga é levada e onde serve fisicamente aqueles homens. Embora passe por uma situação abominável, ela não a sente como tal, ou, pelo menos, o autor nunca fala desse aviltamento como tal. O "santuário" aparece como uma zona de purificação. Não é a primeira vez que se dá em literatura esta inversão: o antro do pecado que se transforma em antro da santidade. Faulkner não está sozinho, conhecia muito bem os autores que vinham neste rasto de Schopenhauer e de Nietzsche e poderíamos referir vinte obras que o antecedem. Porém, ele fá-lo com uma mestria muito própria e com uma capacidade de escrita extraordinária. Há cenas absolutamente inesquecíveis. Como aquela em que a dona do bordel, que tem sempre consigo dois cães, dois cãezinhos brancos que não param de pular, os enxota com o rosário. Muito mais do que provocação do cómico, há neste tipo de cenas uma relação visual que une ironia e tragédia, uma espécie de dramaturgia cínica caraterística de Faulkner. Mas a minha pergunta continuava a ser a mesma – o que faz mover este escritor?

Porque a questão do amor é, provavelmente, a questão fundamental que move e explica a literatura. A forma como um escritor resolve o conflito no amor, o amor físico, o amor do homem pela mulher, o amor das pessoas umas pelas outras, é, de facto, uma espécie de ensaio ou de parábola de como o autor resolve o outro amor hipotético, o de algum Deus que, por acaso, nos tenha criado.

Mas só muito depois desta leitura de *Santuário* é que descobri que em relação ao segundo livro que tinha tido ocasião de ler, *Palmeiras Bravas*, o título havia sido atribuído pelo editor da Random House à revelia do autor, que escolhera antes *Se Eu Te Esquecer, Jerusalém*, acontecendo que, hoje em dia, os dois títulos surgem habitualmente juntos, com o último referenciado após o primeiro, entre parêntesis. O que significa que Faulkner tinha desejado fornecer um respaldo religioso àqueles dois contos longos, *O Homem e o Rio* e *Palmeiras Bravas*, convocando o bíblico Salmo 137, sobejamente conhecido em Portugal – "Se eu te esquecer, Jerusalém, /que eu esqueça a minha mão direita /e que a minha língua fique colada ao céu da boca". Numa interpretação corrente, poder-se-á entender que William Faulkner escolheu semelhante referência partindo da ideia de que a felicidade se encontra além do amor humano. Porém, François Pitavy[11], num texto muito interessante que serve de introdução a uma publicação francesa de *Palmeiras Bravas*, explica a escolha de uma outra maneira. Segundo Pitavy, Faulkner quer-nos, afinal, dizer que os seus personagens masculinos têm saudade de uma Jerusalém particular, saudade da transfiguração do tempo em que foram rapazinhos, o momento ideal em que não estavam comprometidos com a mulher e com o amor. E, na verdade, às vezes, Faulkner dá-nos esta impressão. Na célebre entrevista que concedeu em Nova Iorque, no início de 1956, à sua amiga muito especial, Jean Stein, para a *Paris Review*[12], a certa altura, o autor dá a seguinte imagem do sucesso:

"O sucesso é feminino e é como uma mulher; se a adulamos, dá cabo de nós. Portanto, o modo de a tratar é mostrar-lhe as costas da mão. Talvez assim ela rasteje."

As entrevistas, mesmo as muito prevenidas, sempre incluem momentos de íntima verdade. Talvez François Pitavy tenha razão em interpretar o título *Se Eu Te Esquecer, Jerusalém* como o sinal da saudade de um momento passado. A causa profunda da deceção, pode ser, pura e simplesmente, saudade de quando se estava só com o seu pai, só com o rio, só com a paisagem, quando

---

[11] François Pitavy, professor emérito da Universidade da Borgonha, especialista francês na obra de William Faulkner; integrou a equipa de editores responsáveis pela sua publicação na Bibliotèque de La Pleiade, da Gallimard, entre 1948 e 1954.

[12] *Entrevistas da Paris Review*, seleção e trad. Carlos Vaz Marques. Tinta-da-China, 2009.

se estava em sua casa e se era jovem e ainda não se tinha experimentado o embate com o mundo. Nesse tempo, ele ainda não era um homem e, também, ainda não era um sofredor.

Regresso agora atrás, para dizer que o que me aconteceu em relação a William Faulkner é que comecei a ler a sua obra ao contrário. Comecei por ler dois livros de 1939, *O Homem e o Rio*, e *Palmeiras Bravas*, e só depois li *Santuário*, um livro com data de 1931, vindo a ser a minha quarta leitura *O Som e a Fúria*[13], livro publicado em 1929. Mas ainda bem que o simples acaso quis que não tivesse seguido a ordem cronológica. Devo dizer que, mesmo já movida pelo *béguin* que tinha desenvolvido em torno da escrita deste autor, quando cheguei a esta quarta etapa, fiquei perplexa. Tive muita dificuldade em entender a primeira parte do livro, e só à terceira ou quarta vez em que voltei para trás, decidida a decifrar aquela atmosfera por demais enevoada, é que entendi o que ali estava. Faulkner não brincou connosco. Brincou com ele mesmo, mas brincou a sério e escreveu algumas das páginas mais sérias e inspiradas da ficção universal. A narrativa repousa sobre o caso de uma família aristocrática do Sul, os Compson, que tinham sido pessoas de grandes pergaminhos, à data completamente arruinados, mas alguns membros da família ainda mantinham traços da altivez e da honra antiga. Por isso, a mãe não gostava que chamassem Benjy ao seu filho Benjamin, autista, ou Caddy à sua filha Candace. Assim como não queria aceitar os cheques da filha, porque achava que ela se prostituía. Pois bem, no primeiro capítulo, estamos no dia do trigésimo terceiro aniversário de Benjy, o atrasado mental. Este primeiro capítulo é muito extenso, nele se misturam todos os tempos e é a partir de uma visão desordenada, como se o discurso passasse por uns olhos desfocados, que se irá juntar uma série de dados misturados, dados do presente e do passado. Inclusivamente, a mãe e a filha são representadas através de uma visão que as junta. O mesmo olhar vê a mãe, no passado, a subir à tal pereira mostrando a cueca cheia de lama, e a filha está a fazer a mesma vida da mãe, a fugir de noite pela janela, e por isso se encontra um preservativo no quintal. O primeiro capítulo funciona como um ovo, o embrião e o somatório de tudo o que será mais tarde sugerido ou mesmo contado.

Quando comecei a ler *O Som e a Fúria*, a primeira impressão que tive foi de que havia um escândalo qualquer no ar a unir aquelas páginas. E esse escândalo

---

[13] William Faulkner, *O Som e a Fúria* [*The Sound and the Fury*], trad. Ana Maria Chaves. Publicações D. Quixote, 1994.

já ali estava, espalhado aos pedacinhos, semeado naquela quinta, para onde se iam jogando, uma após outra, as bolas do golfe. Mas, eu não sabia juntar as peças. E para o conseguir, foi preciso passar para a segunda parte, chegar até ao célebre texto de Quentin, o grande texto do livro. O momento mais forte está ali. Quentin, aquele que se vai afogar, que teve uma paixão platónica pela irmã e que, na sua alma, cometeu incesto, é uma personagem hamletiana. O texto de Jason, terceira parte do romance, é também magnífico, com a descrição de como ele, perverso, explora a filha da irmã e a própria irmã, e cá temos, de novo, a figura maligna das mulheres. A pujança da sexualidade, mais uma vez, explorada como um dos elementos da tragédia e da decadência.

Devo dizer que não me admiro nada de que a maior parte ou, pelo menos, grande parte dos escritores que contacto refiram *O Som e Fúria* como o grande livro que lhes ensinou alguma coisa que não aprenderam noutro lugar. Talvez neste título esteja, de facto, a explicação sobre o que Faulkner pensa da vida e o que fez na literatura. Este título, retirado de uma frase de *Macbeth*, a peça de Shakespeare, "A vida é uma história contada por um idiota cheio de som e fúria", é não só o emblema deste romance de Faulkner, mas, talvez, de toda a sua obra. Para lá disto, há a outra parte – a que sai fora deste desarranjo que é a vida transferida para o literário, e que o escritor, no plano da realidade, acabou por inverter salvando a sua própria vida, dando-lhe um sentido muito particular, e, pugnando, em relação aos outros, por uma justiça pela qual claramente se bateu. Mas de momento o que interessa é que estes foram os livros que fizeram o meu batismo junto de Faulkner.

Depois, fui lendo os outros livros do autor. E, a certa altura, de tal forma a sua obra me impressionava que tive a tentação de me interessar pela biografia. Como se sabe, pouco ficou escrito por ele mesmo, e até pouco se conhece da sua vida. Hoje, porém, há imensas biografias que fazem render o que pretensamente terá ou não dito ou feito. Mas, devo dizer-vos que fui tentada a perceber Faulkner indo aos seus sítios, procurando-o nos seus lugares, o que aconselho fazer a quem se interesse pela obra e seja possuído pela capacidade de destrinça de modo a não fazer coincidir o real com o imaginado. Aconselho, quem for capaz de aguentar com fleuma, esse tipo de embate. O embate com Jefferson, afinal a concreta cidade de Oxford, no Mississípi, com os campos do Mississípi, onde o autor viveu e onde situou o mítico condado de Yoknapatawpha. Tenho a ideia de que se pode aprender alguma coisa ali, envolvendo a Literatura, mas rodeando-a, também. Pode-se perceber como era a casa, a relação dele com a filha, a relação dele com os animais. A relação com o seu cavalo, o que significava para Faulkner montar a cavalo. Tudo isso está muito vivo, e magoa, nem se sabe porquê. Alguém nos mostra as botas debaixo da cama, os últimos apontamentos que escreveu, dizem-nos que as pessoas das redondezas gostavam tão pouco de William Faulkner que, no dia do seu enterro, o comércio só fechou durante escassos quinze minutos. Os vizinhos podem-vos dizer que ele só conseguiu entrar na Força Aérea porque se encheu de bananas e bebeu imensa água para ter o peso necessário para ser incorporado. Diante das fotografias em que aparece montado no cavalo, dir-vos-ão que o seu patrício só gostava de montar porque, não sendo alto, essa era a forma de se fazer superior, perante os outros. Dirão que foi um casmurro, que morreu porque quis, de uma queda de cavalo, porque a vaidade o fez cavalgar quando já não podia. Contar-vos-ão histórias de mulheres e dos bordéis que frequentou. A certa altura, perguntamo-nos mesmo se acaso a obra consegue sobreviver ao roçagar da vida. Consegue sempre. É claro que, entretanto, também podemos encontrar pessoas que veneram o seu William Faulkner, e há muitas, que guardaram tudo o que lhe pertenceu ou foi por si tocado, que se referem ao papel fundamental que teve no modo de olhar a sociedade na relação entre os brancos e os negros, que dizem que o texto que ele leu em 1950, no momento em que recebeu o Prémio Nobel, é uma peça humanista das melhores que foram produzidas no século XX, etc., etc. Felizmente, existem esses dois lados. Mas continuo a pensar que é muito difícil, perante o que sobeja de uma realidade que ainda se impõe, chegarmos à obra e a obra ser só a obra. Se isso acontece, e é o meu caso, voltamos outra vez a pensar que William Faulkner conseguiu criar um mundo que é independente do mundo. Um mundo tão grande, que é muito maior do que ele mesmo. Criou um Sul dos Estados Unidos da América, muito maior do que o Sul, e a América. Criou uma literatura, uma obra, que o ultrapassaram a ele e aos seus lugares, é por isso que tanto respeitamos, gostamos daquilo que escreveu. Gostamos de entrar para dentro da sua obra e de voltar a fazer os seus percursos reais feitos com palavras. Como aquele que, enfim, ainda quase perto da adolescência, eu comecei a fazer um dia, quando nos barcos dos forçados, lutei pela primeira vez contra a imensidade das águas para salvar uma rapariga grávida pendurada de uma árvore.

FLANNERY O'CONNOR
(1925-1964)

FLANNERY O'CONNOR, nascida em Savannah, na Georgia, a 25 de Março de 1925, é um daqueles autores raros cujos livros podem assombrar o leitor. Há ficções que nos perturbam e atraem de modo dramático devido à sua superfície simultaneamente bela e grotesca. Ficções repletas de simbolismos inesperados e de imagens que são como serpentes venenosas. Os livros de Flannery O'Connor são assim.

Flannery, católica até à medula, escreveu dois romances e trinta e um contos[1]. Morreu a 3 de Agosto de 1964, com 39 anos, vítima de lúpus. A sua obra possui uma iluminação estranha, como as de William Blake, Hildegarda de Bingen ou E.T.A. Hoffmann, um grande fulgor estilístico e um realismo psicológico misterioso, como o de William Faulkner. Daí que, na história da literatura universal, ela continue ainda hoje a ser arrumada na prateleira dos autores fascinantes mas incómodos. O que condiz na perfeição com o registo que ficou do seu temperamento.

Quando tinha cinco anos, a pequena Flannery – que seria sempre uma fascinada por pássaros – ensinou uma galinha a andar para trás. O feito foi registado por um repórter da Pathé Estúdios e projetado por todos os Estados Unidos. Mais tarde, ela diria que esse foi o seu grande momento de fama. Nunca apreciou a exposição pública e conta-se que ainda em criança ela gritava: "Afastem-se, se não eu mordo!" Pouco se sabe sobre a sua vida afetiva e sexual e, embora tenha mantido uma intensa correspondência, Flannery como mulher permanece um mistério. Talvez a busca de virtude tenha sido afinal o motor para o sentido distorcido da realidade que utilizou na escrita. Ela própria explicou: "Para os duros de ouvido, os escritores cristãos gritam, e para os quase cegos eles desenham figuras gigantescas e perturbadoras".

Sobre a transposição para ficção do Sul racista, evangélico e fundamentalista onde cresceu e viveu, disse: "Tudo o que venha do Sul será chamado grotesco por um leitor do Norte, a não que seja mesmo grotesco, e nesse caso passará a ser chamado realista." E, na verdade, é redutor procurar ou afirmar o grotesco nas suas narrativas – elas partem habitualmente do universo quotidiano e serão sempre ficções alegóricas que condensam uma visão religiosa muito particular sobre o livre-arbítrio, o pecado e a condição humana.

---

[1] Para além das antologias *Um Bom Homem É Difícil de Encontrar* e *Tudo o Que Sobe Deve Convergir*, todos os contos de Flannery O'Connor publicados dispersamente na imprensa estão traduzidos e reunidos em *O Gerânio: Contos Dispersos*, trad. Luís Coimbra. Cavalo de Ferro, 2010.

Páginas onde a graça, mais do que a culpa ou a redenção, é uma navalha que dilacera o homem. Para Flannery O'Connor, "a graça salva-nos e a graça é dolorosa".

Sobre *Sangue Sábio*[2], o primeiro romance, cuja escrita iniciou aos 22 anos e lhe tomou outros cinco, O'Connor definiu, no prefácio: "É um romance cómico sobre um cristão *malgré lui* e, como tal, é muito sério, porque todos os romances cómicos que valem alguma coisa são sobre assuntos de vida e morte." Hazel Mote, o protagonista, esteve quatro anos na guerra e está de regresso ao seu universo de origem, sulista e rural. Não encontra nele qualquer âncora afetiva. Ali, "o mundo é um sítio vazio". Sem morada e sem culpa, com fato e chapéu de pregador, funda a Igreja sem Cristo e prega uma repulsa de Jesus, o fim de qualquer necessidade de redenção. À sua volta, movem-se personagens bizarras, com as quais ele, incapacitado de compaixão, caminhará até à libertação final.

O'Connor choca e surpreende porque os seus personagens são caricaturas cruéis, retratos assentes em pormenores que nos atraem porque a sua diferença é estranha. As ficções de O'Connor estão habitadas por "uma sabedoria terrível como um nervo imenso crescendo dentro de si". No romance-maior, *O Céu é dos Violentos*[3], a figura central é Francis Marion Tarwater, adolescente do Tennessee que o fanático tio-avô Mason raptou e criou numa quinta isolada, "para ser dilacerado pelo olho de Deus". Após a morte de Mason, Francis, em fuga à predestinação para ser profeta, realiza-a afinal após um encontro com a mais crua compulsão para o mal. Satanás espera por ele – materializado numa voz diabólica dentro da sua cabeça e, simultaneamente, na figura do anti-religioso tio Rayber, no desejo de morte e batismo do primo deficiente, Bishop, e sobretudo no destino como sarça ardente que conjuga negação (e violação), paixão e redenção.

Como os pavões que adorava (criou-os desde sempre na quinta da família), a escrita nunca apologética de O'Connor exibe uma técnica exuberante. Interessa-lhe a revelação da realidade "crua e nada sentimental" da fé. A violência está presente no modo como Deus ama, é amado e se revela. O tio-avô Mason insiste: "Até a misericórdia nos queima." Por isso o leitor sentirá o que lê como uma mordedura, cujo veneno primeiro se estranha e depois se entranha, numa reflexão rara sobre a fé.

FILIPA MELO

---

[2] Flannery O'Connor, *Sangue Sábio* [*Wise Blood*, 1952], trad. Nuno Batalha. Cavalo de Ferro, 2007.
[3] Flannery O'Connor, *O Céu É dos Violentos* [*The Violent Bear It Away*, 1955-1960], trad. Luís Coimbra. Cavalo de Ferro, 2008.

Pedro Mexia – Nasceu em 1972. Licenciado em Direito pela Universidade Católica. Foi crítico e cronista no *Diário de Notícias* (1998-2007) e no *Público* (2007-2011). Escreve atualmente no *Expresso*. Assina também uma coluna mensal na revista *Ler*. Foi subdiretor e diretor interino da Cinemateca Portuguesa (2008-2010). Tem colaborado regularmente em projetos das Produções Fictícias. É um dos membros do *Governo Sombra*, na TSF. Publicou seis livros de poemas; *Menos por Menos – Poemas Escolhidos* é de 2011. Editou três coletâneas de crónicas: *Primeira Pessoa* (2006), *Nada de Melancolia* (2008) e *As Vidas dos Outros* (2010). Manteve vários blogues, dos quais nasceram três volumes de diários: *Fora do Mundo* (2004), *Prova de Vida* (2007) e *Estado Civil* (2009). Organizou e prefaciou o volume de ensaios de Agustina Bessa-Luís, *Contemplação Carinhosa da Angústia*. Traduziu *Notas sobre o Cinematógrafo*, do cineasta francês Robert Bresson. Publicou uma versão de uma peça de Tom Stoppard (*Agora a Sério*, 2010), que também encenou, no Teatro Aberto.

Os caminhos ínvios

PEDRO MEXIA

O mais fascinante em Flannery'Connor é talvez a ilustração ao mesmo tempo cruel e compassiva dos *caminhos ínvios* para a salvação.

FLANNERY O'CONNOR lembra-me sempre a frase "Ínvios são os caminhos do Senhor". É uma autora católica, mas esse facto, que seria talvez uma indicação biográfica irrelevante, torna-se decisivo na escrita. A mundividência católica contamina a escrita, e contamina-a de modos inesperados, como se a escritora fosse uma espécie de pregadora blasfema.

Flannery O'Connor escreveu no final de uma época importante da cultura católica, quando havia ainda um punhado de escritores católicos fortes, nomeadamente em França e Inglaterra: Greene, Waugh[1], Mauriac, Bernanos, entre outros. Ela conhecia-os, lia-os, referia-se-lhes com frequência. E escreveu muitas recensões sobre o "romance católico", uma noção talvez um pouco bizantina, mas que a preocupava. Em Flannery O'Connor, tal como nesses escritores, cada um à sua maneira, cativou-me a abordagem extremamente heterodoxa do que pode ser uma visão católica do mundo, ou uma visão religiosa do mundo. Nela, em especial, encontrei o oposto de tudo aquilo a que podemos chamar o discurso edificante.

---

[1] Evelyn Waugh (1903-1966), ficcionista, satirista e biógrafo inglês, autor de *Reviver o Passado em Brideshead* (1945).

Creio que o aspeto que manifestamente mais nos pode afastar de uma "arte religiosa" é a ideia de que o artista abdicou das suas angústias de artista e apenas segue determinados princípios. Pior ainda: quer convencer-nos, converter-nos. Num dos ensaios de O'Connor, lembro-me de ler a seguinte frase: "Temos que mostrar a Graça não através do que é edificante, mas através do que está à nossa disposição." Ela define depois "o que está à nossa disposição" como sendo a natureza, por um lado, e o mal, por outro. Pareceu-me especialmente produtiva, embora não inédita, essa ideia de apresentar a Graça através do mal; sendo que, muitas vezes, o Bem à primeira vista nem aparece. Está, digamos, fora de campo.

Quando comecei a ler os contos de Flannery O'Connor – e eu sou mais sensível aos contos dela do que aos romances – confrontei-me de imediato com o que a generalidade dos seus leitores define como uma dimensão *agreste*. O também agreste Léon Bloy[2], um dos escritores católicos que ela lia, tem um livro chamado *Histórias Desagradáveis*[3]. São assim também os contos de Flannery O'Connor: histórias desagradáveis. Por um lado, porque ela não facilita. Embora, num certo sentido, caricature, a caricatura não está lá para tornar as coisas mais fáceis. Aliás, nos *cartoons* que ela desenhava quando era nova já se notava essa propensão para representar as figuras nos seus traços mais grotescos. Apesar de nos contos aparecerem muitas vezes meliantes de diversa natureza – fanáticos, tiranos, racistas, criminosos –, na maioria dos casos é difícil determinar que determinada personagem representa a virtude e que uma outra representa o mal. A ideia de símbolo, extremamente desagradável na literatura moralista, quer seja religiosa ou não, nunca está presente em Flannery O'Connor desse modo tão evidente. O que as pessoas ali encontram é antes aquilo a que a escritora certamente chamava a "Graça", mas a que nós podemos chamar a "salvação". Muitas vezes, esses momentos de salvação chegam através de atos, em si mesmos, quase ignóbeis. É o caso do conto "A Vista dos Bosques"[4], que acaba com um avô a matar a neta, uma criança, mas sem que nunca esteja em causa o quanto o avô gosta da neta – sem nenhuma conotação perversa – e o quanto a neta gosta do avô. O que vemos é um embate moral entre eles, que acaba resolvido de uma forma violenta.

---

[2] Léon Bloy (1846-1917), ficcionista, ensaísta e poeta francês.
[3] Léon Bloy, *Histórias Desagradáveis* [*Histoires Désobligeantes*, 1894], trad. Aníbal Fernandes. Editorial Estampa, 1982.
[4] Incluído na antologia *Tudo o Que Sobe Deve Convergir* [*Everything that rises must converge*, 1956], trad. Clara Pinto Correia. Cavalo de Ferro, 2010, p. 65

Curiosamente, é esse o momento de "queda do cavalo", para usar uma imagem bíblica, de chamada à realidade, a uma realidade brutal, mas sempre ética.

Flannery O'Connor é uma "escritora sulista", porque nasceu e viveu no sul dos Estados Unidos, mas não gostava de um certo mal-entendido que havia quanto aos "escritores sulistas". Ela não aprovava a ideia de que um escritor sulista tinha uma obrigação *documental*. Havia sem dúvida muita agitação político-social no Sul, mas a escritora resistia à visão da literatura como uma reportagem glorificada. Alguns escritores americanos daquela época, como John Steinbeck (cuja obra possui, aliás, um eco bíblico assinalável) não andavam nalguns casos longe desse género de reportagem literária, acompanhando a vida dos trabalhadores rurais, por exemplo. Essa é, aliás, uma influência reconhecível nos neo-realismos europeus, em especial o neo-realismo italiano, o mais americanófilo de todos. Mas o caminho de Flannery O'Connor era diferente. Não só sentia uma certa hostilidade face a essa imagem do ficcionista como jornalista, como também se aborrecia com a presunção de que quem vivia no Sul necessariamente compreenderia bem o Sul. Evidentemente que ela, como todos os sulistas, achava que as pessoas do Norte não os entendiam, mas achava excessivo que pedissem aos sulistas que se compreendessem a si mesmos. Por vezes, em cartas, ela reage a isso, acentuando sempre a noção de *mistério*. Ela pergunta: só porque vivo aqui hei-de perceber melhor isto? Porquê? Há muitas coisas que não percebo. Ou seja, no que se refere ao Sul, ela sabia do que estava a falar, mas não tinha respostas edificantes. Por exemplo, em matéria racial, exprimia opiniões como se estivesse numa encruzilhada. Ela ainda é, basicamente, uma conservadora; logo, ainda concebe uma sociedade estratificada. Do ponto de vista moral, o racismo aparece sempre de uma forma crítica, embora ela não julgue os personagens que carregam esse ónus.

Outro dos mal-entendidos de que Flannery O'Connor não gostava era o da ligação de quase todos os escritores sulistas ao rótulo do chamado "grotesco sulista". No ensaio "Alguns exemplos do grotesco na ficção sulista"[5], explicou que existia uma noção errada do que é o grotesco e do que é realista. Segundo diz nesse texto, apesar de muitos acharam óbvio o que é "o realismo", existem muitas versões acerca do que é realidade e de como se representa essa realidade. Certamente que, para um escritor com uma concepção religiosa do mundo, a realidade tem contornos diferentes daqueles que são apreendidos por alguém com uma abordagem naturalista ou materialista.

---

[5] Flannery O'Connor, "Some Aspects of the Grotesque in Southern Fiction", 1960.

Algures numa carta, Flannery conta que por vezes recebia reações de leitores que diziam: "Eu vivo no Sul e as pessoas não se portam assim." Ela não percebia este tipo de reações, porque nunca lhe interessou o tal realismo documental. O realismo em Flannery O'Connor é sempre de alguma forma alegórico. Mais do que atribuir aos personagens e situações uma moralidade pré-concebida, ela concentra-se em determinados atos significativos. Ao referir-se à noção de mistério, cita uma frase de São Gregório sobre a *Bíblia*: "Sempre que o texto bíblico reflete um facto, revela um mistério." Pode ser igualmente uma bela chave para a sua própria ficção. Noutra formulação interessante, ela diz-nos que se interessa mais pela *possibilidade* do que pela *probabilidade*. Portanto, muitas destas narrativas, todas realistas no sentido mais imediato do termo, estão inseridas num tempo e meio social e geográfico concretos, mas têm algum elemento abstrato, fugidio. As questões que discutem são quase sempre questões de nome de família, propriedade da terra, relação com os vizinhos, Norte *versus* Sul, e por aí adiante. Explicitamente, os personagens não discutem as grandes questões filosóficas ou metafísicas, até porque muitos deles nem sequer têm capacidade ou educação para discutir nesses termos. No entanto, sabemos que O'Connor era uma estudiosa muito atenta da cultura religiosa contemporânea, e que essas questões filosóficas e metafísicas estão na sua ficção, insidiosamente.

É importante lembrar que ela era uma católica do Sul, daquilo a que se costuma chamar a "cintura bíblica", onde, dizia ela, mais do que estarem centradas em Cristo, as pessoas vivem *assombradas* por Cristo. Há todo um lado fantasmagórico que resulta de uma vivência um pouco doentia, e várias vezes muito doentia, do que é a religião. Nesse aspeto, ela sentia-se uma minoria. Achava de uma forma um pouco sobranceira que a cultura católica teria uma densidade conceptual e filosófica bem maior do que a cultura evangélica, devido ao seu lastro histórico. Não por acaso, ela era uma leitora devota de São Tomás de Aquino, um enciclopedista do cristianismo. Ao pé de São Tomás, a religiosidade evangélica mais "epidérmica" repelia-a um pouco, achava-a pouco sofisticada, embora muito atraente para a imaginação ficcional.

Flannery O'Connor refere muitas vezes o seu fascínio pelas pessoas que vivem como se estivessem nos tempos bíblicos. Nesse sentido, todo o seu imaginário cristão vive entre a antiguidade e a atualidade, de paradigmas ancestrais encenados no quotidiano, mesmo que de uma forma diferente da sua. Flannery definiu-se como "uma escritora católica no Sul protestante": por um lado, está em território hostil, no sentido em que é uma minoria e não partilha a mesma visão do cristianismo com as várias correntes evangélicas;

por outro lado, essa formação pessoal permite-lhe que se mova com especial autonomia naquela cultura, com especial curiosidade e acutilância.

Flannery O'Connor era uma perfeccionista. Fez parte de uma das primeiras gerações que chegou à literatura e aperfeiçoou o ofício através daquilo a que hoje chamamos "escrita criativa", de um trabalho em grupo onde se entendia a escrita como um processo e onde os textos eram dados a ler a outros alunos. Contudo, ao contrário da maioria dos contistas americanos que são de alguma forma produto dessas escolas de escrita criativa e que apostaram num registo minimalista (Raymond Carver e discípulos), Flannery O'Connor não é de todo uma minimalista. As suas histórias são muito elaboradas, sobretudo do ponto de vista dos pormenores carregados de sentido. Não que ela se perca em descrições pormenorizadas; concentra a atenção em aspetos que podem parecer gratuitos: pequenos gestos, pequenos nadas que revelam bastante sobre determinada personagem. Embora assuma a forma de alegoria, não se trata daquele tipo de alegoria que toma a forma de história muito breve. Pelo contrário, Flannery O'Connor demora algum tempo, estabelece bem a situação, os ambientes e, nalguns momentos, esse trabalho de detalhe é feito em prejuízo do que poderia ser um impulso estilístico mais fulgurante. Existe, aliás, qualquer coisa nessa demora que não funciona muito bem nas traduções para o português, e não é demérito dos tradutores.

Outro aspeto central para o entendimento da obra de Flannery O'Connor é a sua biografia. Avessa à leitura biográfica das obras literárias, mostrou-se muito incomodada, por exemplo, quando numa recensão a um dos seus livros surgiu uma referência à doença de que sofria, lúpus. Todavia, não podemos pensar nela sem nos recordarmos da sua condição. A condição de alguém que foi uma reclusa durante grande parte da vida, uma vida curta, pois tinha 39 anos quando morreu. Alguém que carregou uma doença herdada do pai quase como um pecado original. Durante anos, ela viveu com esse receio de vir a ter a doença com que o pai morrera; e depois, viveu com a certeza de que não lhe restariam muitos anos de vida. A maioria dos retratos de Flannery O'Connor mostra uma mulher demasiado envelhecida para a sua idade civil. Mas há sempre uma opacidade acerca de quem ela era na verdade. Apesar da existência de uma vasta correspondência, sabemos muito pouco da sua vida privada e praticamente nada sobre a sua vida íntima. Conhecem-se uns vaguíssimos amores frustrados do tempo da faculdade. Depois disso, não há certezas; apenas suposições, desde a assexualidade à homossexualidade. O que conhecemos aponta para alguém com pouco tempo, com poucas distrações, totalmente concentrada na sua obra. Publicou apenas quatro livros, mas trabalhou-os intensamente, durante uma década, porventura em prejuízo daquilo a que chamaríamos a vida pessoal. Mas em Flannery, como nas irmãs Brontë, não é possível esquecer a biografia, mesmo escassa. Estas escritoras comprovam a tese de que a reclusão e a vida pacata ou sem grandes eventos não são de todo contraditórias com uma vida interior agitada e sulfúrica.

Muitas vezes os personagens de Flannery O'Connor são apontados como grotescos, como *freaks*. Ela própria se refere aos seus personagens dizendo: "Se nós no Sul damos tanta atenção aos personagens grotescos, é porque ainda os sabemos reconhecer quando os vemos" (uma frase de um sarcasmo agudo). Ela investe tudo em personagens desagradáveis, tumultuosos, que fazem coisas que não são de todo aquelas que antecipamos ou preferimos, que avançam por caminhos ínvios e não rectos. É aí que reside essa fortíssima força moral que me agarrou desde o primeiro momento, sobretudo nos dois livros de contos, *Um Bom Homem É Difícil de Encontrar* [6] e *Tudo o Que Sobe Deve Convergir*. Nada aí é gratuito e grotesco, mas preciso e deliberado. Tão preciso e tão deliberado como uma alegoria ou uma parábola bíblica.

---

[6] Flannery O'Connor, *Um Bom Homem É Difícil de Encontrar* [*A Good Man is Hard to Find*, 1955], trad. Clara Pinto Correia. Cavalo de Ferro, 2007.

EMILY DICKINSON
(1830-1886)

EMILY DICKINSON passou quase toda a vida em Amherts, no Massachusetts, onde nasceu, a 10 de Dezembro de 1830, e onde morreu, a 15 de Maio de 1886. Deixou a cidade apenas para viagens curtas a Filadélfia, Washington e Boston, e, antes disso, para uma estadia de um ano em Mount Holyoke, onde frequentou o Seminário Feminino South Hadley como corolário de uma formação escolar de exceção. Amherts, a pequena cidade colegial da Nova Inglaterra onde a família de Emily teve influência determinante, foi o centro do mundo da poeta, um universo de isolamento e fechamento progressivo dentro de si mesma no meio de uma comunidade compacta e de rigorosa observância puritana.

Nascida numa família abastada, filha de um advogado influente, Emily nunca chegou a sair de casa dos pais e ocupou-se deles até ao fim das suas vidas, acompanhada pela irmã Lavínia que, tal como ela, nunca se casou. A biografia íntima daquela a quem chamaram a "Grande Reclusa" é ainda hoje fonte dos enigmas mais variados. A reclusão deveu-se a uma espécie de abnegação calvinista? Como qualificar a sua conjugação de experiência interior e herança religiosa? No teatro interno da poeta, que papel desempenhou a experiência transcendente de comunhão com a natureza? O que significa na verdade a pontuação dickinsiana? Como entender a profundidade com que Dickinson observou *o mundo de fora* para o fazer eclodir *por dentro* da própria noção de poesia? *Está morta a palavra,/ Dizem alguns/ Mal é proferida.// Eu digo que só/ Então nesse dia/ Ela começa a vida.*

Grande parte do que se sabe sobre Emily Dickinson deriva da sua correspondência com um círculo pequeno de familiares, ex-colegas de escola e amigos. Um círculo que incluiu a sua cunhada e vizinha Susan Dickinson, as autoras Helen Hunt Jackson e Mabel Loomis Todd e também o intelectual Thomas Wentworth Higginson, a quem muitas vezes Emily pediu opinião sobre a sua poesia e que colaborou com Mabel Todd na edição dos seus *Poems*, em 1890 e 1891. Desde 1858 e os 18 anos de idade que Emily criava, produzia e encadernava à mão livros manuscritos com os seus poemas. Aquando da morte, deixou mais de 1700 poemas e fragmentos, cuja existência era apenas conhecida dos amigos. Na sua maioria, microcomposições graciosas, de uma expressão simultaneamente familiar e extravagante. Uma espécie de mundo em miniatura, vibrante de originalidade, audaz como aquele que a criança solitária constrói como espaço de refúgio e sonho ao fundo do jardim.

O ficcionista, poeta e ensaísta norte-americano John Updike salienta que Dickinson, como Withman, virou as costas à "variedade ornada das formas de verso vitorianas"[1] e

---

[1] *In* John Updike, *Hugging the Shore – Essays and Criticism*. Penguin Books, 1985.

criou uma prosódia individual. Todavia, ao contrário de Whitman, Emily, mais generosa na sua afirmação estética, professa "um verdadeiro ardor pela Humanidade" e um maior apetite pelas obstinações e idiossincrasias da psicologia humana. Por seu turno, Harold Bloom coloca Dickinson no pódio da literatura norte-americana apenas um ou dois passos atrás de Whitman, e insiste que a sua "surpreendente originalidade cognitiva"[2] apenas é ultrapassada por Shakespeare. Explica: "É muito difícil escrever sobre ela (ou lê-la em profundidade, ou ensiná-la bem) porque ela é francamente mais inteligente que os seus críticos (eu incluído). Shakespeare contém-nos; é tão universal e tão sagaz que, às vezes, me pergunto se eu e os meus inimigos não somos afinal meros frutos da sua imaginação. A circunferência de Dickinson, embora a poeta possa sempre expandi-la até onde quiser, é mais modesta. Ela coloca apenas uma parte de cada um de nós no seu palco. As suas preocupações vão mais para as suas perdas, a morte e a ausência erótica, e as nossas devastações nestes domínios. [...] Dickinson, para nosso desconcerto, está exatamente onde nós estamos, na vida não vivida ou vivida insuficientemente."[3] Do seu posto de observação extraordinariamente singular, Emily observa e *observa-nos*, e a estranheza com que o faz transforma-se numa proximidade lírica desconcertante. Para o leitor, a poesia de Emily Dickinson pode significar um extravagante apelo à experiência ou à verdade. A sua poesia antecipa "o gesto moderno do fingimento poético", garante-nos a poeta Ana Luísa Amaral, autora da tese de doutoramento "Emily Dickinson, uma Poética de Excesso" (defendida em 1995) e a quem devemos *Cem Poemas*, porta de entrada em português para a obra de Dickinson, a par das traduções de Jorge de Sena, recém-editadas[4].

FILIPA MELO

---

[2] In *Emily Dickinson*, edição e introd. Harold Bloom, série "Bloom's Modern Critical Views". Infobase Publishing, 2008.
[3] In Anna Pridy, *Bloom's How to Write About Emily Dickinson*, introd. Harold Bloom. Chelsea House Publications, 2007.
[4] Jorge de Sena, *80 Poemas de Emily Dickinson*, edição de Mécia de Sena. Babel, 2010.

ANA LUÍSA AMARAL – Nasceu em Lisboa, a 5 de Abril de 1956, e vive, desde os nove anos, em Leça da Palmeira. É professora associada na Faculdade de Letras do Porto e a sua tese de doutoramento, defendida em 1995, intitula-se "Emily Dickinson, uma Poética de Excesso". Em 2010, publicou, na Relógio d'Água, *Cem Poemas*, antologia da poesia de Emily Dickinson, com organização, tradução e posfácio da sua autoria.

Ana Luísa Amaral é autora de treze livros de poesia, entre eles, *Às Vezes o Paraíso, Imagens, Imagias, A Arte de Ser Tigre, A Génese do Amor* e *Se Fosse um Intervalo e Inversos – Poesia 1990-2010*. Representada em inúmeras antologias portuguesas e estrangeiras, a sua poesia encontra-se traduzida para várias línguas e publicada em vários países, como França, Brasil, Suécia ou Itália. Organizou, com Ana Gabriela Macedo, da Universidade do Minho, o *Dicionário de Crítica Feminista* (Afrontamento, 2005). Cotraduziu para inglês poemas de Xanana Gusmão (*Mar Meu/My Sea of Timor*, Granito, 1998) e traduziu para português a poesia de Eunice de Sousa (*Poemas Escolhidos*, Cotovia, 2001) e de John Updike (*Ponto Último*, Civilização, 2009). Tem ainda livros para crianças, entre eles, *Gaspar, o Dedo Diferente* (Civilização, 2009) ou *História da Aranha Leopoldina* (Civilização, 2009). Em 2007, venceu o Prémio Literário Casino da Póvoa/Correntes d'Escritas, com o livro *A Génese do Amor*. Foi ainda galardoada em Itália com o Prémio de Poesia Giuseppe Acerbi. O seu livro *Entre Dois Rios e Outras Noites* obteve, em 2008, o Grande Prémio de Poesia da Associação Portuguesa de Escritores. *Vozes* é o seu mais recente livro de poesia.

Habito a possibilidade, a poesia e a poética de Emily Dickinson[1]

ANA LUÍSA AMARAL

Habito a Possibilidade, uma Casa mais bela do que a Prosa, declarou a maior poeta de língua inglesa. Emily Dickinson escreve uma poesia em que se propõe dizer toda a verdade, mas de forma oblíqua, e assim antecipa o radical gesto moderno do fingimento poético. *O meu ofício é a Circunferência*, disse ainda – que melhor cartão de visita?

> *I dwell in Possibility –*
> *A fairer House than Prose –*
> *More numerous of Windows –*
> *Superior – for Doors –*
>
> *Of Chambers as the Cedars –*
> *Impregnable of Eye –*
> *And for an Everlasting Roof –*
> *The Gambrels of the Sky –*

---

[1] Todos os poemas de Emily Dickinson reproduzidos estão editados em *Cem Poemas*, Emily Dickinson, com tradução, posfácio e organização de Ana Luísa Amaral, Relógio d'Água, 2010. De todos os poemas se inclui em nota a tradução portuguesa de acordo com a referida edição. [N. Editor] O presente texto foi elaborado para a palestra Asas Sobre a América sobre Emily Dickinson, proferida em 2008, tendo precedido a escrita do posfácio da referida edição de *Cem Poemas*, Emily Dickinson, que em parte o reproduz. [N. Autora]

> *Of Visitors – the fairest –*
> *For Occupation – This –*
> *The spreading wide*
> *My narrow hands*
> *To gather Paradise –*[2]

Até aos anos 1950, quando a Universidade de Harvard os comprou, os poemas de Emily Dickinson estavam divididos entre duas famílias: uma parte com a filha de Millicent Todd Bingham[3], outra parte com a sobrinha da poeta, Martha Dickinson Bianchi[4] (filha de Susan Gilbert Dickinson[5]). Thomas H. Johnson foi o investigador responsável pelo trabalho monumental da edição em três volumes, em 1955, dos *Complete Poems of Emily Dickinson*. Só em 1955, finalmente e graças ao trabalho monumental do investigador Thomas H. Johnson e da sua assistente, Theodora Ward, os poemas foram todos agrupados, na primeira edição completa, em três volumes, intitulada *The Complete Poems of Emily Dickinson*. Seria esta a versão autorizada da poesia de Emily Dickinson até surgirem, em 1981, os manuscritos, e a versão *facsmilada* dos manuscritos de Dickinson por Franklin.

Na sua introdução a *The Complete Poems of Emily Dickinson*, Jonhson escreve: "Há certas datas significativas na história da literatura americana do século XIX: uma é 12 de Agosto de 1837, quando Ralph Waldo Emerson

---

[2] *Habito na Possibilidade –*
Uma Casa mais bela do que a Prosa –
Em Janelas mais numerosa –
Em Portas – superior –

De Quartos como Cedros –
Impregnáveis ao Olhar –
E por Telhado Duradouro –
Os Telhados do Céu –

De Visitantes – a mais bela –
Isto – para a Ocupar –
O abrir largo as minhas Mãos estreitas –
Para colher o Paraíso –

[3] Millicent Todd Bingham (1880-1968), geógrafa, autora e editora dos poemas de Emily Dickinson.
[4] Martha Dickinson Bianchi (1866-1943), sobrinha de Emily Dickinson, filha do seu irmão Austin Dickinson.
[5] Susan Gilbert, cunhada de Emily Dickinson.

proferiu a sua palestra *The American Scholar*; a outra é o início de Julho de 1855, quando começaram a circular as primeiras cópias em privado de *Leaves of Grass*, de Walt Whitman. A terceira é decerto 15 de Abril de 1862, quando Higginson recebeu uma carta de Emily Dickinson com quatro poemas."

O que permite a Johnson avaliar desta forma estes três acontecimentos da história da literatura norte-americana é a componente temporal. Porque uma grande diferença enforma a leitura de Emerson em Harvard, a publicação dos poemas de Whitman e a carta de Dickinson a Higginson. Não só os dois primeiros factos pertenceram à esfera pública, ao passo que a carta de Dickinson se inscreve na esfera do privado, como ainda tiveram repercussões imediatas, contrariamente à carta de Dickinson a Higginson que deixou o seu tempo exatamente como ele estava antes. Há, porém, um ponto comum a estes três marcos da literatura norte-americana que tem a ver com a atitude dos seus autores.

"Escutámos por demasiado tempo as musas da Europa", dizia Emerson nessa palestra. E apontava como remédio para o espírito do *american free man*: "Caminharemos com os nossos próprios pés, falaremos e pensaremos com as nossas próprias mentes." A rejeição da ideia de fechamento e a adoção da ideia de continuidade, de uma América a fazer-se por obra da profecia, ideias que presidem ao texto de Emerson, enformam também *Leaves of Grass* de Whitman. Em nenhum momento da carta que Emerson escreveria a Whitman, em Julho de 1855 (e que Whitman publicaria de resto sem a autorização de Emerson), o ensaísta americano chama poesia aos textos de *Leaves of Grass*.

Tal como o discurso de Emerson é a declaração de independência intelectual que marca um corte importante com a influência europeia, em particular a britânica, assim os poemas de Whitman e Dickinson são, salvaguardando todas as diferenças entre eles, declarações de independência poéticas criadoras nesse sentido de novas tradições na poesia norte-americana.

E, assim como a plasticidade que as mudanças sociais e tecnológicas imprimem à América de meados do século XIX, também as mensagens de Emerson e Whitman são plásticas, orgânicas, coisas maleáveis e vivas – tal como Emily Dickinson suspeitava serem os seus poemas e o diz nessa carta que escreve a Higginson e que constitui um dos primeiros marcos a ter em consideração para abordar o poeta. Essa primeira carta que inclui estes quatro poemas: "Safe in their Alabaster Chambers", "We Play at Paste", "The nearest Dream recedes" e "I'll tell you how the Sun rose".

Eu refiro só um dos primeiros poemas, um poema muito pequenino:

> *We Play at Paste –*
> *Till qualified, for Pearl –*
> *Then, drop the Paste –*
> *And deem ourself a fool –*
>
> *The Shapes – though – were similar –*
> *And our new Hands*
> *Learned* Gem-Tactics -
> *Practicing* Sands –[6]

E destaco deste poema, obviamente, a própria noção de experimentação, de aprendizagem, o conceito de poesia eminentemente plástico que diz muito do projeto de vida e do projeto poético de Dickinson e que irá propor uma identificação de si como, passo a citação, "o único Canguru entre a beleza", realçando também o seu próprio estado excrescente: "a pérola". Em relação ao seu contexto, acentua a questão da anomalia pela diferença e pela excessiva proteção.

Uma mulher que assim definia a poesia:

> If I read a book [and] it makes my whole body so cold no fire can ever warm me I know <u>that</u> is poetry. If I feel physically as if the top of my head were taken off, I know <u>that</u> is poetry. These are the only ways I know about it. Is there any other way? – (C. 342a)[7]

Em 1862, no momento de escrita dessa primeira carta a Higginson, Emily Dickinson tinha 31 anos, e vivia na pequena cidade onde tinha nascido em 1830, e onde viria a morrer em 1886: Amherst, Massachusetts.

---

[6] *Brincamos ao Moldar –*
Até que preparados, para a Pérola –
Depois, pomos de lado a Massa de moldar –
E imaginamos que nós próprios loucos –

Porém – as Formas – eram quase Iguais –
E as nossas novas Mãos
*Aprenderam Táticas-de-*Joia *–*
Ao praticar Areias *–*

[7] "Se leio um livro e ele faz que o meu corpo fique tão frio que fogo nenhum o pode aquecer, sei que isso é poesia. Se sinto fisicamente como se a parte de cima da minha cabeça fosse arrancada sei que isso é poesia. São estas as únicas formas que conheço. Haverá outra forma?"

DAGUERREÓTIPO
Daguerreótipo da poeta Emily Dickinson, c. 1848[8]

Posso adiantar que este daguerreótipo é seguramente a única imagem que temos de Emily Dickinson. Terá sido tirada quando ela tinha 18 anos. Vou voltar a referi-la, porque em determinado momento há uma carta a Higginson, quando ele lhe pede uma reprodução sua, em que ela diz que não tem nenhuma. É mentira, porque tinha esta fotografia; todavia, não a terá querido mandar. Mas esta é, de facto, a única reprodução que temos de Emily Dickinson.

EMILY RETOCADA
Cabinet card a partir de daguerreótipo original (c. 1848-1853), descoberto em 2000 por Philip F. Gura[9]

[8] Propriedade: Todd-Bingham Picture Collection e Family Papers, Yale University Manuscripts & Archives Digital Images Database, Yale University. Autoria: Desconhecida. Reprodução em domínio público.
[9] Autoria: Desconhecida. Reprodução em domínio público.

Essa mesma reprodução irá ser retocada no final do século XIX para responder obviamente às exigências da época e àquilo que se esperava de uma poetisa, de uma escritora feminina. Reparem no cabelo arranjado, nos folhos no vestido, em todo o seu porte extremamente contido, muito de acordo com os ensinamentos puritanos da Nova Inglaterra. Esta reprodução foi descoberta em 2000, mas a crítica dickinsoniana não tem a certeza se será ou não verdadeira e se corresponde ou não a uma Emily Dickinson mais velha.

Amherst fica no estado de Massachusetts. É uma pequenina cidade que tinha pouco mais de dois mil habitantes em 1840. Emily Dickinson nasce numa família abastada, descendente dos primeiros puritanos. O seu avô paterno, Samuel Dickinson, tinha chegado na primeira leva de imigração. Emily Dickinson era filha de Emily Dickinson e de Edward Dickinson, um homem sobre quem ela dizia ter um coração como o de um leão. Ela admirava muito o pai, apesar de ele ser muito rígido, mesmo na relação que tinha com o filho, Austin Dickinson, o irmão de Dickinson. Sabemos pelas cartas que ela escreve ao irmão que aquela era uma relação bastante tensa.

Estes são os três irmãos. São todos muito parecidos.

TRÊS IRMÃOS
Bullard, Otis Allen (1816-1853), *The Dickinson children*, ca. 1840, painting on canvas; oil; 71×61 cm.[10]

[10] Propriedade: Houghton Library, Harvard University. Reprodução em domínio público.

Esta é a casa onde Emily Dickinson viveu, The Homestead, hoje um museu.

The Homestead, atual Emily Dickinson Museum, Amherst[11]

[11] Foto 1 – Autoria: Daderot; Foto 2 – Autoria desconhecida. Reprodução livre de direitos.

Este é o colégio onde ela andou, em Mount Holyoke.

E isto era Amherst, em 1840, altura em que Emily Dickinson nasceu.

AMHERST
Elyria Street, looking East, Amherst, Ohio. Postal ilustrado[12]

---

[12] Autoria: Desconhecida. Reprodução em domínio público.

Num livro sobre Emily Dickinson, a crítica norte-americana Martha Nell Smith escreve: "Da classe média alta, protestante, sem direito de voto, Emily Dickinson, sem muita autoridade socialmente sancionada, foi e ainda é, apesar de tudo, poderosa. É importante que ela fosse privilegiada pela classe, mas destituída de poder pelo sexo. A sua classe permitiu-lhe confortavelmente ficar solteira e ofereceu-lhe tempo para a escrita. Contudo, como mulher, Dickinson viu o seu estatuto social e a sua autoridade literária comprometidas. Como mulher-poeta, Emily Dickinson não foi lida pelos seus contemporâneos e não tem sido lida durante todo este século, sem que a questão do sexo tenha uma influência significativa. Nem ela, de resto, leria a sua situação cultural como um homem o poderia ter feito."

Marginalizada das estruturas de poder pelo sexo, Dickinson movimentou-se então numa casa dominada por homens, não só prósperos, mas também instruídos. Uma casa que havia sido, desde os tempos do seu avô, seio de uma família obcecada com educação. Uma casa onde entravam diariamente jornais, onde as principais obras dos autores clássicos eram lidas. Uma casa onde lhe foi reservado o melhor quarto, ainda que ela dramatizasse em poesia o oposto.

O sentido de injustiça deve ter sido sentido por Dickinson tanto mais agudamente quanto as diferenças eram exercitadas entre si própria e, por exemplo, o seu irmão Austin, que teria sido entendido como o poeta da família – ele escrevia umas quadras. Não devemos todavia esquecer que a educação que Emily Dickinson recebeu em Amherst, excelente para os padrões dos seus tempos, foi por ela interrompida voluntariamente. E também não podemos esquecer que, em determinado momento da sua vida, ela própria recusaria a entrada nos círculos literários, pela mão de mulheres como Hellen Hunt Jackson[13], ou que, mais ou menos a partir dos 20 anos, ela se recusou pura e simplesmente a ir à igreja. Existe, aliás, uma carta muito interessante a Thomas Higginson, que diz assim: "They are religious – except me – and address an Eclipse, every morning – whom they call their 'Father'. (C. 261)"[14] Nem devemos esquecer que a sua quase reclusão física foi de facto uma excentricidade, um exagero real acarinhado por quem lhe era próximo. Porém, fosse Dickinson homem, a sua condição seria decerto diversa; o acesso ao poder encontrar-se-ia contrabalançado pela necessidade provável de sobreviver economicamente. Ser mulher, branca, solteira e da classe média-alta negou-lhe a igualdade e o domínio publico, permitindo-lhe simultaneamente, na ausência de responsabilidades

---

[13] Hellen Hunt Jackson (1830-1885), poeta, romancista, contista e ensaísta, natural de Amherst, amiga de infância e adolescência de Emily Dickinson.
[14] "São todos religiosos – menos eu – e dirigem-se todas as manhãs a um Eclipse a quem chamam 'Pai'."

económicas e encargos emocionais e familiares, dois factores fundamentais para o exercício da escrita: tempo e, ironicamente, liberdade para o utilizar.

Em 1862, tinha então 34 anos e iria começar a organizar os seus poemas em grupos. Dois deles haviam já sido publicados, e a sua poesia era conhecida entre amigos – entre eles, Susan Gilbert, a cunhada, possivelmente uma das grandes paixões da vida de Emily Dickinson. Este parecia ser, pois, o momento ideal para a confirmação da sua identidade poética, razão pela qual ela envia esta carta a Thomas Higginson, um coronel do Exército da União, um crítico literário que, hoje, a crítica dickinsoniana aponta, com alguma graça, como alguém que nunca seria falado se não fosse Emily Dickinson. Higginson tinha escrito, no *Atlantic Monthly*, uma carta intitulada "Letter to a Young Contributor", que exortava os jovens e as jovens a escreverem poemas. Então, Dickinson manda-lhe esta carta que diz:

> Mr Higginson,
> Are you too deeply occupied to say if my Verse is alive?
> The Mind is so near itself – it cannot see, distinctly – and I have none to ask –
> Should you think it breathed – and har you the leisure to tell me, I should feel quick gratitude –
> If I make the mistake – that you dared to tell me – would give me sincerer honor – toward you –
> I enclose my name – asking you, if you please – Sir – to tell me what is true?[15]

Estou a ler assim porque estou a tentar respeitar os *dashe* de Emily Dickinson. Nós chamamos-lhes travessões, mas não são bem travessões. Se virem, por exemplo, a última estrofe do poema:

> Of Visitors – the fairest –
> For Occupation – This –[16]

---

[15] Senhor Higginson,
Estareis demasiado ocupado para me dizer se o meu Verso está vivo?
A Mente está tão próxima de si mesma – que não consegue ver de forma distinta – e eu não tenho ninguém a quem perguntar –
Se pensardes que ele respira – e tiverdes tempo para me dizer, sentir-me-ei profundamente grata –
Se eu me enganar – e vos atreverdes a mo dizer – eu ficaria ainda mais honrada – por vós –
Junto o meu nome – pedindo-vos o favor – Senhor – de me dizerdes o que é verdade.

[16] De Visitantes – a mais bela –
   Isto – para a Ocupar –

Não se sabe muito bem por que motivo é que Emily Dickinson usaria estes travessões, pensa-se que poderiam ser sinais de pontuação. Há quem fale também numa forma de marcar o ritmo do poema. O que é certo é que eles devem ser respeitados. Há um crítico muito conhecido, Geoffrey H. Hartman[17], que, quando fala de Emily Dickinson, se refere a estes travessões como *hiphen-hymen*[18]... Mas isso são outros assuntos.

Em 1862, Emily Dickinson tinha 32 anos e, ao que tudo indica, este seria o momento ideal para confirmar junto de Higginson a sua identidade poética. Essa carta – e todas as outras que se seguiram – não catapultou Dickinson para a fama em vida, embora tenha sido fulcral para a sua imortalização. Mas constituiu, para além de uma amizade que se manteria até à sua morte, a primeira tentativa de testar as suas capacidades como poeta diretamente junto da opinião crítica. Já o tinha feito, de uma forma indireta, quando, um ano antes, em 1861, o seu poema "I taste a liquor never brewed" aparecera na coluna "Original Poetry" de um jornal que se lia na altura, o *Springfield*, originalmente com o título "The May-Wine". E devo salientar o seguinte: os poemas de Emily Dickinson não têm títulos. Portanto, quando surge no jornal, este poema aparece com um título e aí foi flagrante o atropelo a que os editores haviam sujeito o texto.

> *I taste a liquor never brewed –*
> *From Tankards scooped in Pearl –*
> *Not all the Vats upon the Rhine*
> *Yield such an Alcohol!*
>
> *Inebriate of Air – am I –*
> *And Debauchee of Dew –*
> *Reeling – thro endless summer days –*
> *From inns of Molten Blue –*
>
> *When "Landlords" turn the drunken Bee*
> *Out of the Foxglove's door –*
> *When Butterflies – renounce their "drams" –*
> *I shall but drink the more!*

---

[17] Geoffrey H. Hartman (n. 1929), crítico e teórico da literatura norte-americano de origem alemã, identificado com a escola desconstrutivista de Yale.
[18] Hífen-Hímen.

> *Till Seraphs swing their snowy Hats –*
> *And Saints – to windows run –*
> *To see the little Tippler*
> *Leaning against – the Sun –*[19]

No jornal, o poema saiu com o segundo e o quarto versos indentados. Naturalmente, a sua regularização cobriu disposição gráfica, sintaxe, fonética e semântica.

Em 1860, Emerson tinha lido quatro poemas de Emily Dickinson: dois publicados neste mesmo jornal e dois enviados para a escritora Helen Hunt Jackson, justamente amiga de Dickinson. A sua reação surge no *Dial* desse ano, no número para os primeiros quatro meses.

> *A Miss Dickenson writes verses as if threatened with fevers.*
> *I have not read enough to have an oppinion to offer except to say that they are warm with life. She can not make up her own mind and she is lost in the world. I note some of the ingenious and simple lines.*[20]

---

[19] *Provo bebida jamais fermentada –*
De Canecas em Pérola esculpidas –
Nem os Tonéis todos que há no Reno
Conseguem produzir um Álcool tal!

Inebriada de Ar – eu sou –
E Devassa de Orvalho –
Tonta – em dias de Verão que nunca findam –
Saindo de tabernas de Azul da Cor do céu –

Quando os "Taberneiros" expulsarem
Da Dedaleira a Abelha embriagada –
E as Borboletas – seu "trago" recusarem –
Hei-de beber e beber sem parar!

Até que os Serafins acenem os Chapéus de neve
E os Santos todos – corram às janelas –
Para verem a pequena Ébria
Escorando-se no – Sol –

[20] Uma tal Miss Dickenson [sic] escreve versos como se estivesse ameaçada por febres. Não li o suficiente para poder dar uma opinião, excepto dizer que eles são quentes de vida. (...) Ela não consegue decidir-se e está perdida no mundo. A sua escrita de versos talvez a ajude a encontrar o seu próprio caminho. Faço notar as suas linhas engenhosas e simples.

Emily Dickinson escreveria a Higginson, numa carta de 1862:

All man say what to me but I thought it a fashion.[21]

Tanto quanto se sabe, Dickinson não tomou conhecimento destas linhas de Emerson, nem Emerson tinha conhecimento da carta que ela escrevera a Higginson, uma outra, dizendo:

I had no monarch in my life, and cannot rule myself; and when I try to organize, my little force explodes and leaves me bare and charred.[22]

Nem nunca conheceria este poema pequenino de Emily Dickinson sobre o poder da palavra:

> *A word is dead*
> *When it is said,*
> *Some say.*
>
> *I say it just*
> *Begins to live*
> *That day.*[23]

Ironicamente, através de uma parca leitura de Dickinson, Emerson observara as hesitações e as ambiguidades da poeta, o seu sentido de humor, bem como a sua convicção de que a vida se equacionava com a poesia e de que o poder da palavra só se cumpria a partir do momento em que esta era ativada. Mais relevante ainda é o facto de Emerson desconhecer a famosa definição de poesia proposta por Dickinson e que vai ao encontro, de resto, de uma série

---

[21] *Todos os homens me dizem O quê, mas eu achava ser uma moda.*
[22] *Eu não tive Monarca na minha vida, e, quando me tento organizar, a minha Pequena Força explode – e deixa-me nua e chamuscada –*

[23] *Está morta a palavra,*
   Dizem alguns,
   Mal é proferida.

   Eu digo que só
   Então nesse dia
   Ela começa à vida.

de apreciações do filósofo americano em ensaios como "The Poet" ou mesmo "The American Scholar":

If I read a book [and] it makes my whole body so cold no fire ever can warm me I know that is poetry. (August 16, 1870).[24]

Essa apropriação empírica e sensorial da poesia choca necessariamente com a normalização a que Dickinson veria os seus textos serem sujeitos. E essa normalização pode explicar em parte a recusa da poeta em publicar, sobretudo a partir de certo momento da sua vida. Não me parece, a mim, que a publicação nunca houvesse constituído parte importante dos seus objetivos. Se não, como entender a carta a Higginson, em 1862, e a pergunta se os seus versos respiravam, assim como a organização dos seus poemas em grupos a partir de 1858? Se não, como entender a presença mesma dos fascículos? Porque a presença desses fascículos, o cuidado posto na sua organização, parecem atestar uma necessidade de sistematização que, mesmo sendo idiossincrásica, não deixa de ser uma forma de organização.

A sua necessidade de auditório revela-se pelo próprio facto de nunca ter deixado de enviar poemas a Higginson, bem como de incluir poemas nas suas cartas. Como já referi, consultar Higginson deve ter significado para Emily Dickinson uma tentativa de confirmação profissional. E saliento profissional, porque amigos que conheciam as suas cartas tinha ela muitos. É nesse sentido, precisamente, que eu defendo que Dickinson se publicou. Ela não deixou de se publicar, no sentido de tornar pública a sua poesia, nos jornais (menos de dez poemas) e, sobretudo, através das cartas. De qualquer maneira, o que Higginson significava para ela era uma confirmação profissional daquilo que para ela – penso eu – constituía uma certeza: a de ser poeta.

É interessante, nós não temos as cartas que Higginson escreveu a Emily Dickinson, mas temos as cartas que Emily Dickinson escreveu a Higginson e que escreveu aos amigos. Muitas vezes, por essas cartas, podemos inferir qual é que seria o diálogo que corria na altura. Por exemplo, na sua terceira carta a Higginson, em 1862, em resposta a presumíveis críticas por parte deste, Emily Dickinson escrevia:

---

[24] *Se leio um livro e ele faz que o meu corpo fique tão frio que fogo nenhum o pode aquecer, sei que isso é poesia.*

> *I smile when you suggest that I delay "to publish" – that being foreign to my thought, as firmament to fin –*
> *If fame belonged to me, I could not escape her – if she did not, the longest day would pass me on the chase – and the approbation of my Dog would forsake me – then – y Barefoot Rank is Better.*
> *You think my Gait "spasmodic" – I am in danger, Sir – you think me "uncontrolled" – I have no Tribunal.*[25]

Repare-se na conclusão da carta. Note-se o batimento rítmico regular, e como este passo pode ser facilmente transformado em quatro versos:

> *You think my Gait "spasmodic" –*
> *I am in danger, Sir –*
> *you think me "uncontrolled" –*
> *I have no Tribunal.*

Para essa regularidade, de resto, contribuiu a inserção de *Sir*. E isto acontece ao longo das cartas de Dickinson, não só pelo facto de ela incluir poemas em cartas, mas pelo facto de, efetivamente, podermos transpor os próprios textos das cartas para poesia.

A réplica de Dickinson às críticas aparentes de Higginson – ou seja "descontrolada", "espasmódica" – surge assim, podendo ser expressa em verso, o que já em si é irónico. E é ainda importante o facto de Dickinson não se reconhecer abertamente espasmódica e incontrolada, mas, até pela sua utilização de aspas, atribuir essas considerações ao próprio Higginson. Citando-o e à carta que ele lhe havia enviado – e da qual não existe qualquer original –, Dickinson esgrime habilmente essas noções como um advogado em tribunal – aliás, há ensaios sobre o registo jurídico na poesia de Dickinson, o que, se calhar, até se entende, sendo ela filha e irmã de advogados. Dickinson esgrime habilmente essas noções, demonstrando um poder de retórica que acaba por transformar o poder das palavras de Higginson. "Espasmódica" e "descontrolada", em lugar de funcionarem como traços negativos, são aqui exibidos pela poeta como motivo de orgulho e são por ela utilizados para, sarcasticamente,

---

[25] *Sorrio quando sugeris que eu adie "publicar" – estranho ao meu pensamento que isso é, como o Firmamento à Barbatana –*
Se a fama me pertencesse, não poderia escapar-lhe – e, se não fosse, o dia mais longo ultrapassar-me-ia na corrida – e a aprovação do meu Cão me abandonaria – então – Melhor a minha Patente de Pé-Descalço –
Achais o meu porte "espasmódico" – corro perigo, Senhor – achais-me "descontrolada" – não tenho Tribunal.

lançar a suspeita sobre o que inicialmente havia decerto partido de uma intenção séria, crítica e corretora – que, de resto, Dickinson nunca seguiria. Ao longo das cartas, Higginson tenta corrigi-la aqui e ali. E ela diz-lhe: "Pois aqui há a sugestão de que mude, mas eu se calhar não mudo." E não muda.

A inocência aparente das palavras que, quando vistas isoladamente apontam para uma atitude de autoinferiorização, é demolida e, em seu lugar, fica uma atitude mista e ambígua, dificilmente descodificada pelo crítico e permeada de superioridade.

Veja-se um dos seus mais conhecidos poemas:

> *I'm Nobody! Who are you?*
> *Are you – Nobody – too?*
> *Then there's a pair of us?*
> *Don't tell! they'd advertise – you know!*
>
> *How dreary – to be – Somebody!*
> *How public – like a Frog –*
> *To tell one's name – the livelong June –*
> *To an admiring Bog!* [26]

Não admira que Higginson houvesse mais tarde reconhecido a dificuldade de se relacionar com a poeta. Aliás, há uma carta tremenda que ele escreve à mulher, quando visita Dickinson em Amherst, em que ele diz: "Nunca estive com ninguém que [e a expressão exata é a seguinte] *who drained my nerves so much.*"[27]

Eu não queria viver perto daquela mulher, diz ele. E a mulher escreve-lhe depois uma carta e diz-lhe assim: "Oh, why do the insane so cling to you?"[28]

---

[26] *Não sou Ninguém! Quem és?*
És tu – Ninguém – Também?
Há, pois, um par de nós?
Não fales! não vão eles – contar!

Que horror – o ser – Alguém!
Que vulgar – como Rã –
Passar o Junho todo – a anunciar o nome –
A Charco de pasmar!

[27] "Nunca estive com ninguém que me exaurisse tanto."
[28] "Ah, por que se colam os loucos tanto a ti?"

É muito engraçada esta correspondência entre Higginson e a mulher. Só desdramatizando consegue Emily Dickinson lidar com a questão da escrita e da publicação. Mas, nesse processo, arrasta consigo Higginson e leitores, para quem, em sua réplica, surge como uma atitude feita simultaneamente de superioridade e de autominimização.

O meu porte "espasmódico[29]: é curioso que a experiência humana seja medida por Dickinson, num poema mais tardio, como *"precarious Gait"*. Esse poema parece discutir simultaneamente a arte e o poder poético, a consciência. E nele se define o ganho de experiência pela periculosidade e risco do controlo na movimentação tentativa e <u>parcimoniosa</u> numa linha de charneira entre estrelas e mar. Sublinho aqui o parcimonioso, justamente porque a questão da parcimónia é também um caminho possível para entender Dickinson. Até porque a parcimónia é um traço importante para entender a cultura da Nova Inglaterra e a cultura puritana.

> *I stepped from Plank to Plank,*
> *A slow and cautious way*
> *The Stars about my Head I felt*
> *About my Feet the Sea.*
>
> *I knew not but the next*
> *Would be my final inch –*
> *This gave me that precarious Gait*
> *Some call Experience.*[30]

Movimentando-se na linha de um espaço cósmico, mental, sem chão nem teto sólidos, a condição do sujeito poético é semelhante, aqui, à de alguém trabalhando no branco e no vazio, avançando lentamente palavras

---

[29] Terceira carta a Higginson, 7 de Junho de 1862.
[30] *Pisei de Prancha em Prancha*
Devagar, cautelosa
As estrelas em torno da minha Cabeça
E dos meus Pés o Mar.

Sem saber que próxima polegada
Podia ser a polegada final –
Isto deu-me esse precário Andar
Que alguns chamam Experiência.

cujo número e fim são desconhecidos e cuja presença mesma é ameaçadora. O poder adquirido é também ele enorme e excessivo, tal como são excessivos de vazio e ausência todos os espaços futuros de movimentação. Esse poder é precário, quase frugal, resultado da suspensão do momento. A experiência que ele significa, sendo avassaladora e prodigiosa, é falível e tangencial, como a margem da circunferência (aqui só inferida – voltarei a ela).

My Business is Circunference...[31], diria Emily Dickinson numa carta famosa.

Linha imaginária onde o sujeito se situa, simbolizando o contingente da circunferência, ao mesmo tempo paradigma da possibilidade. Podendo ser ligada também a um estado de excesso. Ao afirmar-se longe do centro, Dickinson permite-se trabalhar nessa linha limítrofe e extrema. Ou em várias linhas, entrecruzadas, todas elas possíveis, todas elas identificadas com a escrita da poesia. *Habito a possibilidade de uma casa mais bela do que a prosa.* Estar na circunferência é ocupar um lugar outro, feito de limite, mas também de abertura; feito das duas coisas ao mesmo tempo. Por isso, julgo ser possível dizer que Dickinson subverte pluralmente o que é pluralmente codificado. O texto literário subordinado não só às normas do sistema semiótico da língua natural, mas ainda às normas do sistema semiótico que rege a cultura da comunidade.

E, assim, aquilo que podemos considerar o excesso nobre de Dickinson é também de ordem epistemológica, ou seja, feito de ruturas com o conhecimento poético e o desempenho linguístico do seu tempo e gerando novos conhecimentos. E porque essas fraturas na língua são sentidas também e ainda no nosso tempo, é necessário entender as razões pelas quais os seus poemas ainda hoje perturbam, nas pluralidades e dificuldades de leitura – não é por acaso que se fala numa dimensão anfibológica da poesia de Dickinson. A ponto de ser possível falar-se de agramaticalidade relativamente à sua poesia ou, então, num tom excessivamente gramatical ou, então até, na criação por Dickinson de uma gramática própria.

Essas ruturas, encontramo-las igualmente na sua vida. Nós sabemos que, a partir dos 30 anos, Dickinson começa a acarinhar a reclusão e passa a vestir-se predominantemente de branco. No final da vida, ela nem sequer saía do quarto. As poucas pessoas que eram autorizadas a entrar no quarto, visitavam-na. E há até episódios curiosos, ou casos, ou histórias contadas por vizinhos. Por exemplo, crianças a quem ela gostava de dar doces e a quem ela

---

[31] *O meu Ofício é a Circunferência*

mandava os doces por uma cestinha, pendurada por um fio da janela, muitas vezes sem que as crianças chegassem sequer a vê-la. Ela gostava muito de música; então, ouvia tocar piano na sala, mas ouvia lá de cima, não descia à sala.

O crítico norte-americano Karl Keller escreveu um ensaio muito interessante chamado "To sleep with Emily Dickinson" e um livro, também muito interessante, intitulado *Emily Dickinson, Her Culture*. Quem me contou o episódio seguinte foi um professor de Brown University e penso que ele é verdadeiro. Keller era um homem grande – terá morrido pouco tempo depois – e terá tentado vestir o vestido de Dickinson. Naquela altura, no museu já visitável, não estava tudo protegido como está agora. Emily deve ter sido muito pequenina, muito magrinha. E, quando Keller tentou enfiar o vestido dela pela cabeça, este terá rebentado e teve depois de ser cosido.

A reclusão e o uso do branco, parecendo ser aspectos periféricos, não só no impacto social, mas também para a compreensão dos textos de Dickinson, vêm de dentro de um sistema de valores burgueses do século XIX, que assim encorajavam a imagem feminina, confinada ao espaço doméstico e pura. Utilizados por Dickinson em excesso, porque transportados para lá do convencionalmente feminino, penso que estes elementos subvertem o próprio sistema, contaminando a sua poesia, para a qual são, todavia, mas por isso mesmo, constituintes simbólicos centrais. De forma desviada, de forma dramatizada, através das cartas, da reclusão e do branco, Dickinson simbolicamente publica-se. Com uma vantagem em relação aos textos a que chamamos poemas e que ela praticamente não publicaria. É que, nessa outra poesia, Dickinson controla os efeitos nos leitores; constrói à sua medida o seu mundo.

Simultaneamente, todavia, pela própria natureza do texto que é a carta onde ela envia os poemas e pela natureza simbólica dessas outras espécies de texto que são o vestuário e o comportamento (o vestir-se de branco), Dickinson expõe-se também aos leitores – e essa é uma das razões por que acho que podemos falar do movimento ambíguo. Essa é uma outra forma de construir um mundo.

My Emily Dickinson, escrito pela poetisa e crítica norte-americana Susan Howe é o livro mais interessante que li sobre Emily Dickinson. Nele, a autora defende: "Os poemas chamar-se-ão cartas e as cartas chamar-se-ão poemas, porque algumas vezes as cartas são poemas com uma saudação e uma assinatura e, outras vezes, os poemas são cartas com uma saudação e uma assinatura." E pergunta: "Se os limites desaparecem, onde encontrar pontos de orientação?"

De resistência à catalogação são feitas as cartas de Emily Dickinson, bem como os seus poemas. Abrindo os poemas às cartas e as cartas aos poemas,

Dickinson abre as fronteiras entre o que está tradicionalmente separado: os géneros poético e epistolar, empurrando os limites até pontos de fusão. O excesso revela-se assim no cruzamento entre o nível textual e o nível extratextual. Ao primeiro, deviam pertencer os poemas, ao segundo, a sua vida e a história da publicação dos poemas. E, contudo, esses níveis podem ser permeáveis. Se a poesia de Dickinson é também a história da publicação, o que é certo é que aspectos da sua vida se apresentam como textos. As cartas que deixa, a sua mais importante ligação ao mundo, são também expressão poética. De tal maneira que é difícil decidir se as devemos considerar textos poéticos. Poesia, cartas, vida, publicação, são marcadas por aquilo que considero ser uma palavra-chave para entender a poesia e a poética de Dickinson: a ambiguidade.

Repare-se, estamos em meados do século XIX. Herdeira de uma tradição onde se misturam ética puritana e preceitos de um capitalismo industrial incipiente, Dickinson revela ainda na sua poesia um estado de tensão entre parcimónia e consumo – por isso chamei há pouco a atenção para a questão do parcimonioso. E essa tensão relaciona-se com a dinâmica da economia da Nova Inglaterra. Não estamos a falar de uma escritora do Sul. Amherst e aquela zona, Massachusetts, têm caraterísticas muito próprias, o que está patente em poemas de Dickinson sobre poesia, poeta e poder poético, bem como em algumas cartas suas, nas quais se nota a mesma postura ambígua perante o limite, a parcimónia e o excesso.

Não é de espantar que as cartas que Dickinson escreve a Thomas Higginson provocassem nele ansiedade e confusão, da mesma forma que, quando a visita, a imagem de Dickinson provocaria nele ansiedade e confusão. Aquando da visita do crítico, ele diz que ela se aproximou a tremer, com uma vozinha muito fininha, que segurava nas mãos um raminho de flores e que lhe disse: "These are for you."[32]

Dickinson começa a corresponder-se com Higginson em 1962 e morre em 1986. Este encontro terá, pois, acontecido em 1981/82, pouco antes de ela morrer, ou seja, quase vinte anos após o primeiro contacto. Eles mantêm correspondência durante muitos, muitos anos, sem nunca se terem visto. Ele já a convidara várias vezes para sair, o que ela recusou, e, então, ele decidiu ir visitá-la a Amherst. Dickinson desceu a escada, estava toda vestida de branco com um ramo de flores na mão, ofereceu as flores a Higginson e, depois, falou um bocadinho. E é nessa altura que ele escreve a tal carta à mulher, a dizer: "I never was with any one who drained my nerve power so much. Without touching her,

---

[32] "São para si."

she drew from me. I am glad not to live near her." (L. 342b)[33] Ver Dickinson, ter dela uma imagem precisa, foi uma preocupação de Higginson desde o princípio, expressa logo numa das primeiras cartas que escreve à poetisa, quando lhe pede um daguerreótipo. E, a esse pedido, Dickinson responderia:

> *Could you believe me – without? I had no portrait, now, but am small, like the Wren and my Hair is bold, like the Chestnut bur – and my eyes, like the Sherry in the glass, that the Guest leaves – Would this do just as well?* [34]

A profissão de fé que Dickinson solicita de Higginson – *could you believe without* – pode representar uma recusa na crença cega na era da mecanização. A descrição que a poeta faz de si mesma representa uma alternativa natural. Notem-se as comparações, contrapostas ao artificialismo da cultura: *como o carriço, como a casca da castanha*. Por outro lado, a terceira comparação – *like the sherry in the glass* –, configurada num ambiente de classe superior, reforça a atitude de superioridade aristocrática que Dickinson mostraria nalgumas cartas e nalguns poemas, sobretudo naqueles em que se dramatiza como rainha. As imagens de que Dickinson se serve para descrever a sua própria imagem caem assim num terreno ambíguo, simultaneamente comum às formas da Natureza e às normas de um grupo social cultivado, nunca no âmbito do popular, nem do vulgarizado.

Serve na mesma?, pergunta a poeta a Higginson, não sem uma ponta de ironia. Claro que descrever-se assim não é o mesmo que mandar uma fotografia sua.

Higginson não fica a conhecer melhor a figura de Dickinson através desta descrição poética, nem a ficará a conhecer melhor quando a visita muitos anos depois. Sobretudo, não a fica a conhecer pelas palavras das cartas que ela lhe enviaria até morrer e que o que lhe oferecem são – tal como esta carta – representações, máscaras. Representações atravessadas literalmente pelos travessões e por espaços em branco, como o que sugere o início da carta: *Could you believe me – without?*

Esta descontextualização constante operada por Dickinson será uma estratégia de despistagem poética que permite infinitas re-contextualizações. E isso

---

[33] "Nunca estive com ninguém que me exaurisse tanto. Sem me tocar, ela afastava-se de mim. Fico feliz por não viver perto dela."
[34] *Poderíeis acreditar-me – sem? Não tenho nenhum retrato, de momento, mas sou pequena como a Carriça e o meu Cabelo é atrevido, como a casca da Castanha – e os meus olhos, como o Xerez no copo, que o Convidado deixa – Serve na mesma?*

é possível pela própria estrutura formal que Dickinson cria, bem como pelos conteúdos semânticos. Esses versos de Dickinson – *diz toda a verdade, mas di-la oblíqua* – aplicam-se também às suas cartas. O que deve ou o que pode ser contado ou transmitido são verdades de vida, diferentes da verdade da vida. Um processo de representação que difere, assim, do da autorrepresentação, canalizada para auditórios deslocados do auditório tradicional: o poema enviado a um só, como uma carta; a carta dirigida a muitos, como um poema. Essas verdades atingem um processo de depuração máximo nas cartas, que, tantas vezes em Dickinson, não contêm assinatura ou, outras vezes, são assinadas "Amherst", a cidade onde vivia. Tal como nos poemas deixados em manuscrito e com várias versões, também nas cartas, Emily Dickinson subverte – até por recusar autorrepresentar-se – as tradicionais noções de autoria e de autoridade.

> *This is my Letter to the World,*
> *That never wrote to Me –*
> *The simple News that Nature told –*
> *With tender Majesty*
>
> *Her Message is committed*
> *To Hands I cannot see –*
> *For love of Her – Sweet – countrymen –*
> *Judge tenderly – of Me!* [35]

É outro exemplo de um dos momentos em que Dickinson se apresenta em voz, ao mesmo tempo, humilde e orgulhosa. Poder ler a Natureza é privilégio de poucos. A carta é exibida como se fosse uma joia, algo precioso e de alto valor. Daí o pedido final aos que a leem de entenderem o preço da ausência de proteção. Na realidade, a mensagem só faz sentido se a entendermos nesta linha também de excessivo orgulho. Porquê perseverar, se é ausente a resposta? Veja-se como os dois primeiros e os dois últimos versos se anulam.

---

[35] *Eis a minha Carta ao Mundo,*
Que nunca Me escreveu –
Notícias simples que, terna e Nobre –
Contou a Natureza

Foi dada a sua Mensagem
A Mãos que eu não posso ver –
Gentis patrícios, por Seu Amor –
Dai-Me terna sentença!

> *This is my Letter to the World,*
> *That never wrote to Me –*
> *[...]*
> *For love of Her – Sweet – countrymen –*
> *Judge tenderly – of Me!*

Mas, de facto, o mundo e os concidadãos não têm necessariamente que coincidir. O mundo é mais vasto, não é só a Nova Inglaterra. Ao deslocar o destinatário, ao pretender assumir que os segundos a ouvirão mais do que o primeiro (mais do que o mundo) o faz, Dickinson parece privilegiá-los, a estes *countrymen*. Mas note-se o uso de travessões: o reverso dá-se e o sujeito poético parece colocar-se numa postura de orgulho e quase irrelacionismo, subvertendo a vastidão que inicialmente parecia ter dado ao destinatário.

O processo da leitura de uma carta reveste-se, assim, de rituais idênticos aos do processo de um poema ou as letras do alfabeto que o compõe. Dickinson escreveu:

> *A Letter is a joy of Earth –*
> *It is denied the Gods –* (P. 1639)[36]

"A Letter always feels to me like immortality because it is the mind alone without corporeal friend (C. 330)"[37], esclarece ainda, numa carta a Higginson. Sobretudo a partir de certa idade, as cartas são o local ideal para exercitar poses, para a autoironia, mas também para a exposição de angústias. Neste caso, a carta está quase completa. Compõe-se de notícias, comporta uma mensagem e está endereçada, por voz própria, a destinatários que são, nem mais nem menos, do que o próprio mundo. Cumprido parte do seu ciclo, levanta-se agora para a autora o problema da sua receção. E é aí que eu acho que o poema se afigura mais complexo e mais interessante.

A sinédoque *To Hands I cannot see* desenvolve o sentido táctil e de manuseamento, que se pode traduzir na invasão e no excesso e assim se justifica o pedido final. Mas esse pedido é, de facto, supérfluo, já que, na primeira parte do poema, se teima em ostentar este fragmento de escrita, que não se diz explicitamente poema, mas carta, e que, assim sendo, pertence ao domínio do

---

[36] *Uma carta – alegria terrena*
 E negada aos deuses.
[37] *Uma carta parece-me sempre como uma imortalidade, porque é a mente sozinha – sem o amigo corpóreo.*

privado. Em desequilíbrio dialógico – *That never wrote to Me* –, esta carta invade o espaço público com notícias que pertencem a outro domínio. A disseminação da escrita faz-se aqui pela inseminação simbólica dos leitores *(countrymen)* nesse espaço também simbólico do género feminino, que é a carta.

A sexualização da carta pelo género feminino encontra eco na ambiguidade do pronome "*Her*", que tanto se pode referir à carta e à sua mensagem, como à mensagem da Natureza, também etipicamente feminina *(tender)*. Confundem-se assim as notícias que carta e Natureza, personificadas femininamente, trazem, carregando em si a simplicidade, mas também o sublime. O pedido final torna-se um pedido também de compreensão, pelo que é considerado pela autora como uma exposição em demasia.

A carta parece estar completa e resta agora aos que a leem julgar que entendem o preço da ausência de proteção. Porque é possível que, de facto, o que existe seja de excessiva proteção por parte da autora da carta e, assim, os leitores se encontrem na mesma posição enganadora da certeza da exclusividade que possuem os destinatários das cartas de Dickinson. Destinatários a quem ela repetia poemas e cartas em situações muitas vezes opostas. Ela podia mandar o mesmo poema, por exemplo, numa situação de luto e de aniversário. E o desgraçado que recebia o poema dentro da carta ficava todo contente e achava que o poema lhe era dirigido só para si. Todavia, o poema servira tanto para saudar, dar os parabéns, como para dar os pêsames, consoante a pessoa a quem ela o dirigia.

Curiosamente, esta *Carta ao mundo* evoca uma outra carta de Dickinson, esta, endereçada a uns amigos, os Holland[38]:

> *[...] you need not stop to write me a letter. Perhaps you laugh at me. Perhaps the whole United States are laughing at me too! <u>I can't stop</u> for that! <u>My Business</u> is to love. I found a bird, this morning (...) on a litle bush at the foot of the garden, and wherefore sing, I said, since nobody hears? One sob in the throt, one flutter of bosom – "My business is to sing" – and away she rose!* [39]

---

[38] Elizabeth Luna Chapin Holland e Josiah Gilbert Holland.
[39] Carta endereçada *To Dr. and Mrs. J. G. Holland* e datada, provavelmente, do Verão de 1862. "Não precisam de parar para me escrever uma carta. Talvez se riam de mim. Talvez os Estados Unidos inteiros estejam a rir-se de mim também! Não posso parar para isso! O meu Ofício é amar. Encontrei um Pássaro, esta manhã (...) num pequeno arbusto ao fundo do jardim, e para quem cantas tu, disse eu, se ninguém te *ouve*? Um soluço na garganta, um esvoaçar no peito – "O meu Ofício é *cantar*" – e desapareceu, voando!"

Para quem recusava sair de Amherst e da sua própria casa e, nos últimos anos, até do seu próprio quarto, a utilização das expressões sublinhadas parece contrariar precisamente o sedentarismo e a contemplação estática. Com elas, penso que Dickinson revela a duplicidade que domina, de resto, a sua melhor poesia. Ou pode ainda querer denunciar, em termos de linguagem, essa atitude frenética de uma América em transição, ao tempo da escrita da carta. Uma América inspirada também pelo fervor milenário da retidão e, ao mesmo tempo, em movimento constante e acelerado pela industrialização. Mas é justamente porque esta declaração de princípio, esta espécie de projeto poético, parte em termos verbais da ideia de profunda mobilidade e investimento que me parece ser possível falar a partir de uma dinâmica de economia, relacionada com a herança puritana, feita de tensões criadas entre parcimónia e consumo. De resto, estes aspetos terão contribuído para afirmar a identidade do *self made man* e reafirmar o direito, tão profundamente enraizado no imaginário norte-americano e entendido como inalienável, à busca do sonho e da felicidade. São elas a matéria-prima e os valores que, paradoxalmente, fornecem também a Emily Dickinson os meios para subverter valores e crenças e, assim, sustentar a sua própria crença no direito à diferença. Uma diferença diferente daquela que os mecanismos do puritanismo haviam apregoado – a da eleição – e que é, como diz Berkovitch, a do americano enquanto santo ao serviço do destino nacional. Mas uma diferença e uma absoluta convicção de excecionalidade, mesmo quando se é o único canguru entre a beleza. Esta é uma outra carta a Higginson:

> *Men do not call the surgeon, to commend – the Bone, but to set it, Sir, and fracture within, is more critical. And for this, Preceptor, I shall bring you – Obedience – the Blossom from my Garden, and every gratitude I know. Perhaps you smile at me. I could not stop for that – My Business is Circumference – An ignorance, not of Customs, but if caught with the Dawn – or the Sunset see me – Myself – the only Kangaroo among the Beauty, Sir, if you please, it afflicts me, and I thought that instruction would take it away.*[40]

---

[40] Carta para Higginson, datada por este: Julho 1862.
Os homens não chamam o cirurgião para recomendar – o Osso, Senhor, mas para o reparar, e a fratura por dentro, é mais crítica. E por isto, Precetor, render-vos-ei Obediência – a Flor do meu Jardim, e toda a gratidão que conheço. Ides talvez sorrir de mim. Tal não me deteria. O meu Ofício é a Circunferência – Uma Ignorância, não de Costumes, mas se surpreendida pela Madrugada – ou me vir o Sol-pôr – a Mim – o único Canguru entre a Beleza, Senhor, com vossa licença, isso aflige-me, e eu pensava que a instrução o faria desaparecer. (...)

Reparem, reconhecemos este tom. Foi usado na carta aos Holland. Aos Holland, ela diz: *Perhaps you laugh at me!* [...] *I can't stop for that! My business is to love.* E, aqui, diz: *Perhaps you smile at me. I could not stop for that – My Business is Circumference.* É igual.

É de facto extraordinária esta declaração do "único Canguru entre a Beleza" feita por Dickinson. Porque, naturalmente, o que pode estar aqui em causa é confrontar, ou opor, a consciência da própria exclusão, a consciência de si mesma enquanto anómala, diferente, feia, relativamente ao belo. O canguru não é exatamente considerado um paradigma de elegância ou de perfeição. Então, porquê dizer-se "o único canguru entre a beleza"? Porque, ao mesmo tempo, ser o único canguru entre a beleza torna também único aquele que assim se define e se apresenta.

E dizer *My Business is Circumference* (O meu Ofício é a Circunferência) é aproveitar, em simultâneo, o transcendentalismo de Emerson e a figura do círculo, tão importante para Emerson – o círculo é uma figura geométrica com centro, ao passo que a circunferência não tem centro, é só a linha. Portanto, aproveita o transcendentalismo de Emerson, mas subvertendo-o para anunciar que se trabalha na periferia, está na mesma linha de sinais simbólicos que o vestir branco ou recusar-se a participar na vida social denunciam. A circunferência condensa ainda, simbolicamente, a poética de Dickinson, criando um centro omisso. Destrói-se a linearidade de leitura, substituindo-a por múltiplas opções que centrifugam o movimento de ler. Por isso, a circunferência não sugere um círculo ou um fechamento, mas uma extensão exterior e um movimento. Penso que, para Emily Dickinson, ela é, ao mesmo tempo, um princípio estético e uma experiência para a vida interior. A circunferência promove o sentido do inacabado e do sem-limites, mesmo no fisicamente limitado.

Tendo tentado várias vezes publicar os seus poemas, Dickinson teria acabado finalmente por desistir, provavelmente em parte devido às revisões a que eles eram sujeitos. O que é certo é que ela não necessitava economicamente de o fazer. Isto é importante porque, realmente, a publicação nunca lhe surgiu, como, por exemplo, a Poe ou Whitman ou até a Hawthorne – como uma forma de subsistência. Ironicamente, esse facto permitiu a Dickinson, não só a liberdade da pressão sempre angustiante dos trabalhos de seleção final e de edição, mas também a liberdade de exercer a poesia de uma forma eminentemente lúdica e experimental. Mas essa opção, permitindo-lhe espaço total de movimentação poética, nunca deixou de parcialmente ser factor de angústia. Este poema foi escrito já no final da vida:

> *Fame is a bee*
> *It has a song –*
> *It has a sting –*
> *Ah, too, it has a wing.*[41]

E eu creio que a angústia que, de facto, existe deriva da ambivalência de sentimentos relativamente à escrita: não querer ser diferente e marginalizada, em simultâneo com orgulho na diferença e a recusa em ser igual. O resultado é a ambivalência e penso que, aqui, interessa o sexo de Dickinson, o facto de ela ser mulher. O resultado é a ambivalência em relação à questão da publicação presente na carta a Higginson, através daquela sintaxe convoluta e da métrica que ela sabia ser considerada por ele "espasmódica", mas que orgulhosamente ela se havia de negar sempre a modificar e que foi, claramente, e ao mesmo tempo, um ponto largo de sofrimento e simultaneamente de energia criadora.

Este poema, por exemplo:

> *After great pain, a formal feeling comes –*
> *The Nerves sit ceremonious, like Tombs –*
> *The stiff Heart questions was it He, that bore,*
> *And Yesterday, or Centuries before?*
>
> *The Feet, mechanical, go round –*
> *Of Ground, or Air, or Ought –*
> *A Wooden way*
> *Regardless grown,*
> *A Quartz contentment, like a stone –*
>
> *This is the Hour of Lead –*
> *Remembered, if outlived,*
> *As Freezing persons, recollect the Snow –*
> *First – Chill – then Stupor – then the letting go –*[42]

---

[41] *A fama é uma abelha.*
Tem uma canção –
Tem um ferrão –
Ah, tem asa, também.

[42] *Após a dor imensa, a sensação formal –*
Os Nervos sentem-se solenes, como Túmulos –
O Coração tenso pergunta foi Ele, a suportar,
E Ontem, ou há Séculos?

Ou este poema, que é um dos mais conhecidos de Dickinson:

> My Life has stood – a Loaded Gun –
> In Corners – till a Day
> The Owner passed – identified –
> And carried Me away –
>
> An now We roam in Sovereign Woods –
> And now We hunt the Doe –
> And every time I speak for Him –
> The Moutains straight reply –
>
> And do I smile, such cordial light
> Upon the Valley glow –
> It is a Vesuvian face
> Had let its pleasure through –
>
> And when at Night – Our good Day gone –
> I guard My Master's Head –
> 'Tis better than the Eider – Duck's
> Deep Pillow – to have shared –
>
> To foe of His – I'm deadly foe –
> None stir the second time –
> On whom I lay a Yellow Eye –
> Or an emphatic Thumb –

Os Pés giram, mecânicos –
Fora de Chão, ou Ar, ou Nada –
Caminho de Madeira
Plantado ao acaso,
Contentamento em Quartzo, como pedra –

Esta é a Hora de Chumbo –
Quando sobrevivida, recordada,
Como o Enregelado lembra a Neve –
Primeiro – o Frio – o Estupor a seguir – depois o abandono –

> *Though I than He – may longer live*
> *He longer must – than I –*
> *For I have but the power to kill,*
> *Without – the power to die –*[43]

No manuscrito, no último verso – *Without – the power to die –*, à frente de "*power*", nós vamos encontrar um X e depois uma chamadinha, como se fosse uma variante, e então uma palavra alternativa, que Dickinson deixa em aberto, é "art". Como se o poema pudesse ser lido:

> *For I have but the power to kill,*
> *Without – the art to die* [44] *–*

---

[43] *Espingarda Carregada – a Minha Vida –*
Por Cantos – assim fora
Até passar o Dono – Me marcar –
E Me levar embora –

E agora erramos em Bosques Reais –
E perseguimos uma Corça agora –
E cada vez que falo em Sua Vez –
As Montanhas respondem sem demora –

E se eu sorrio, uma amigável luz –
No Vale se faz ver –
É como se uma face de Vesúvio
Soltasse o seu prazer –

E quando à Noite – já cumprido o Dia –
Guardo a Cabeça do Meu Amo –
Melhor do que Almofada em Penas Suaves
Partilhada – no sono –

Do inimigo Seu – sou-o, mortal –
Não se torna a agitar –
Esse em quem pouse o meu Olho Amarelo –
Ou enfático Polegar –

Embora eu possa viver mais – do que Ele
Ele mais do que eu – deve viver –
Que eu tenho só o poder de matar,
Sem – o poder de morrer –

[44] *Que eu tenho só o poder de matar,*
Sem – a arte de morrer –

Em vida, Dickinson veria publicados menos de dez poemas e, após a sua morte, a sua irmã Lavínia, em 15 de Maio 1986, encontra fechados numa caixa quase mil poemas. Alguns estavam em forma aparentemente definitiva, com sugestões de alteração, outros naquilo que se considera a fase de rascunho com diferentes variantes propostas pela poeta. Na sua maioria, os textos encontravam-se organizados em grupos, cada um entre dezoito a vinte poemas, folhas dobradas, etc., etc. E "volumes", "fascículos", "pacotes", vários têm sido os termos usados pela crítica de Dickinson para designar estas espécies de colectâneas que deixariam Lavínia Dickinson surpresa e fascinada. E porque a irmã não lhe tinha deixado qualquer pedido sobre a publicação dos poemas, Lavínia entregou-os primeiro à cunhada (Susan Gilbert Dickinson, mulher de Austin) e, depois, em 1986, foi lá buscá-los para os entregar a Mabel Loomis Todd (com quem Austin tinha um relacionamento amoroso).

Não seria, portanto, Susan Dickinson quem efectuaria esse trabalho, embora fosse ela a mais logicamente preparada para tal (até porque tinha metade do espólio dos poemas). Embora o tivesse tentado repetidamente, Mabel Loomis Todd nunca chegara a conhecer pessoalmente Emily Dickinson – esta disse sempre que não queria vê-la. Todavia, havia de ser Mable Loomis Todd, juntamente com Thomas Higginson, quem se encarregaria de levar a cabo os primeiros passos de tarefa da publicação dos poemas. A relação entre Todd e Dickinson é um factor dominante neste caso, afectando grandemente a vinda a público da obra e provocando aquilo que a crítica designa por "guerra entre as duas casas".

É que entre 1890 e 1955[45] as edições dos poemas sucedem-se e são da responsabilidade, ora da casa Dickinson (depois Bianchi: Dickinson-Bianchi, porque a sobrinha de Dickinson casa com um senhor chamado Bianchi), ora de Mable Loomis Todd e, depois, da sua filha Milicent Todd, que casa com um senhor chamado Bingham. Como cada casa, ou cada família, detém só alguns poemas, as edições vão-se sucedendo até que, em 1955, são todas reunidas.

Referirei apenas alguns aspectos curiosos desta primeira edição, que é levada a cabo por Mable Loomis Todd em parceria com o coronel Thomas Higginson, o correspondente mais famoso de Dickinson. Na primeira edição[46], de 1890, os nomes vêm ordenados: logo, o primeiro a surgir é o de

---

[45] 1890: *Poems*, edited by Manel Loomis Todd e T. W. Higginson, published by Robert Brothers of Boston. 1955: *The Poems of Emily Dickinson*, edited by Thomas H. Johnson, published by The Belknap Press of Harvard University Press.

[46] *Poems* (1890), edited by Manel Loomis Todd e T. W. Higginson, published by Robert Brothers of Boston.

Todd e depois o de Higginson. A primeira edição esgota, com um sucesso extraordinário. Na segunda edição[47], de 1891, já aparece o nome de Thomas Higginson em primeiro lugar.

Com o intuito de preparar o público para a receção de uma poeta desconhecida, Higginson tinha publicado um artigo que incorporava catorze poemas de Dickinson. E, conhecedor dos gostos literários da época, ele tinha alterado bastante os textos – as respostas críticas haveriam de confirmar que a edição dos poemas deveria sofrer igualmente alterações. Supõe-se que Higginson terá aconselhado pessoalmente Mable Loomis Todd a modificar, por exemplo, o poema n.º 333. A partir de Johnson, os poemas passam a ser designados por números, já que não têm títulos e esta é a única forma de os organizar. No poema 333, Mabel Loomis Todd vai regularizar aquilo que Johnson considerava ser inaceitável, quer do ponto de vista semântico, quer do ponto de vista gramatical. Dickinson, escrevera:

The grass so little has to do,
I wish I were a hay.

Higginson terá dito: "Não pode ir assim. Toda a gente sabe que 'hay' é substantivo coletivo e pede o artigo definido. Ninguém lhe pode chamar 'um' trigo. Mesmo assim, mal se percebe." O resultado foi a substituição do artigo indefinido pelo definido, o que, necessariamente e no mínimo, regulariza a sintaxe.

The grass so little has to do,
I wish I were the hay.

No final desse ano, Todd envia a Higginson uma colecção de bastantes poemas – 634 – todos com títulos e classificados por tema: vida, amor, natureza, tempo, eternidade. Após uma breve revisão feita por Higginson, eles são enviados ao poeta Arlo Bates[48], muito conhecido na altura. Bates aconselhou uma nova revisão na sintaxe, na dicção e na prosódia, dizendo que os poemas eram tecnicamente crus. Desta vez, o trabalho de Todd seria mais profundo e impõe aos poemas um tom ainda mais convencional, de forma a responder às exigências do gosto literário. Em primeiro lugar, os poemas surgem então

---

[47] *Poems Second Series* (1891), edited by Manel Loomis Todd e T. W. Higginson, published by Robert Brothers of Boston.
[48] Arlo Bates (1850-1918), poeta, editor e académico norte-americano.

organizados por temas, e contém títulos e, em segundo lugar, são suprimidos todos os traços considerados inaceitáveis em poesia, como os travessões – também caraterísticos de Dickinson – e as maiúsculas. Em terceiro lugar, é regularizada a sintaxe e, em quarto lugar, escolhem-se sempre as variantes mais inócuas, aquelas consideradas mais próprias para a poesia de uma mulher, ainda por cima solteira. E, finalmente, o próprio corpo semântico do poema é alterado. Através de um processo abusivo, suprime-se o que se considera desproporcionado, anormal, excessivo, restituindo-se o poema a um estado mais normal.

Surge, assim, a 12 de Novembro de 1890, o primeiro volume de poemas de Emily Dickinson[49], em edição paga por Lavínia Dickinson, comportando um total de 115 poemas. Esse volume tinha um prefácio de Higginson, onde, embora este reconhecesse ter oferecido títulos aos poemas, diz o seguinte: "São publicados tal como foram escritos, com muito poucas e superficiais alterações." Isto é mentira, claro.

A receção crítica desse primeiro volume é marcada pela ambiguidade porque os críticos não são capazes de catalogar a sua poesia. A maior parte deles faz notar a originalidade de Dickinson, mas uns falam de falhas técnicas e outros dizem que a sua poesia tem um tom gramatical, que ela é demasiado gramatical. De qualquer forma, essa primeira série de poemas esgota-se rapidamente. As pessoas aderem aos poemas, e, para a segunda edição, de 1891, aquela em que já Higginson aparece em primeiro lugar, ele defende: "Agora que o ouvido do público está aberto, podemos alterar menos." E faz um bocadinho menos alterações. Ainda nesta segunda edição, no prefácio, diz: "Volvidos trinta anos continuo a interrogar-me sobre o lugar de Dickinson na literatura. Ainda hoje o seu génio me espanta." O que levanta uma questão: então, se Higginson reconhecera de imediato o valor e o génio da poetisa, porquê a demora de trinta anos? A possível resposta está na perplexidade perante o que se reconhece como o novo, uma atitude constante manifestada por Higginson. Fazendo realçar a originalidade e o radicalismo da poesia de Dickinson na questionação mesma de um posicionamento definido dos seus textos na literatura vigente, Higginson confirma aquilo que o crítico Arthur Chamberlain, numa recensão à segunda série, diria: "Miss Dickinson nasceu para ser o desespero dos críticos."

---

[49] *Poems* (1890), edited by Manel Loomis Todd e T. W. Higginson, published by Robert Brothers of Boston.

Nesta segunda série de poemas, as correções foram menores. Vejamos o poema "Wild Nights" tal como ele aparece na edição de 1891 e, a seguir, na edição de Johnson de 1955[50].

Wild nights – Wild nights!
Were I with thee
Wild nights should be
Our luxury!

Futile – the winds –
To a heart in port –
Done with the compass –
Done with the chart!

Rowing in Eden –
Ah, the sea!
Might I but moor – tonight – in thee![51]

No manuscrito, o verso *Tonight – In Thee* surge cindido; são dois versos. Isto é muito importante, porque o destaque do advérbio de tempo não só situa temporalmente a escrita, mas ainda especifica temporalmente o desejo, acentuando o tom erótico do poema. Essa inserção de mais uma linha quebra a regularidade da estrutura. Ora, em nenhuma das duas edições surge essa

[50] *The Poems of Emily Dickinson* (1955), edited by Thomas H. Johnson, published by The Beknap Press of Harvard University Press of Cambridge, Massachusetts.

[51] Versão original:
Noites Bravias – Noites Bravias!
Estivesse eu contigo
Tais Noites o nosso
Deleite seriam!

Fúteis – os Ventos –
O Coração em porto –
Inútil a Bússola –
Como o Mapa inútil!

Remando em Éden –
Ah, o Mar!
E eu ancorar – Esta Noite –
Em Ti!

linha isolada, embora a edição de 1891 apresente, apesar de tudo, desvios mais substanciais do que a edição de Johnson.

Aquando da preparação para esta edição de 1891, Higginson escreve a Mabel Loomis Todd sobre a inclusão do poema. Diz assim: "Só um poema eu receio publicar, esse maravilhoso "Wild Nights", com receio de que os malignos leiam nele mais do que a virgem reclusa alguma vez sonhou lá pôr. Todavia, que perda omiti-lo. Decididamente, não deve ser omitido." E o que é certo é que poema não é omitido, mas é regularizado. Por exemplo, são retiradas todas as maiúsculas aos substantivos, à exceção de Eden. Até 1955, encontraremos diferentíssimos exemplos de regularizações da poesia de Dickinson.

Em 1955 surge, então, a primeira edição de poesia completa de Emily Dickinson, e, em 1981, a edição fac-similada dos manuscritos[52], editada por R. W. Franklin. Em 1998, surge finalmente uma nova edição dos poemas de Emily Dickinson, a partir dos manuscritos, por R. W. Franklin[53], em três volumes, tal como a edição de Johnson. Hoje em dia, é uma complicação trabalhar em Dickinson porque Franklin defende que Johnson não organizou bem os poemas e não respeitou a ordem dos manuscritos, o que o fez avançar para uma nova ordenação aos poemas. Através de um processo morosíssimo, Franklin consegue chegar ao que ele considera serem os caderninhos originais e, então, é como se estivéssemos perante livros. Logo, recusando a numeração de Johnson, Franklin propõe uma numeração completamente diferente.

Pela edição de Franklin se pode ver a própria matéria de que é feita a poesia de Dickinson e se pode notar que, nos manuscritos que Dickinson deixou, muitos dos poemas não apresentam uma versão única. Surgem às vezes alternativas de palavras em torno de ideias, como se a poetisa não tivesse sido capaz de se decidir, ou não tivesse querido decidir-se, sobre qual o vocábulo a utilizar. E todas as versões constituem, para mim, e afinal, diferentes versões sobre a mesma arquitetura ou arquiteturas diferentes sobre versões por sua vez também diferentes.

Há uma frase da grande poeta contemporânea americana Adrienne Rich[54], em que ela diz: "Ambos mostraram máscaras ao mundo." E ela refere-se a Walt Whitman e a Emily Dickinson.

No caso de Dickinson, é dificultada a possibilidade de se poder falar de existência clara de uma identidade sexual feminina que possa transparecer nos

---

[52] *The Manuscript Books of Emily Dickinson*, edited by R. W. Franklin, published by The Beknap Press of Harvard University Press of Cambridge, Massachusetts.

[53] *The Poems of Emily Dickinson*, edited by R. W. Franklin, published by The Beknap Press of Harvard University Press of Cambridge, Massachusetts.

[54] Adrienne Rich (n. 1929).

textos – questão que é já por si de impossível, difícil, resposta. Mais correto, talvez, é indagar da adesão ou da subversão dentro da suposta naturalidade que a tradição oferece das convenções literárias. Numa poesia intensamente pessoal como é a de Dickinson, o poeta surge muitas vezes visto como um ser que transcende o próprio sexo. Muitas vezes, os poemas de Dickinson sobre o poeta apresentam-no como um ser neutro. Mas, se a voz do poema pode aspirar à neutralidade, o mesmo não se passa com o sujeito que é responsável por essa voz e que, em última análise, mesmo servindo-se de máscaras, a enuncia, a essa voz, refletindo assim, ainda que inviamente, as tensões da sociedade e a consciência do seu próprio lugar. Não podemos esquecer o aviso feito numa das primeiras cartas que Dickinson escreve a Higginson. Este aviso a Higginson é uma fantástica declaração porque é precursora da modernidade e da modernidade estética, mais até da francesa, de Mallarmé ou Baudelaire. Aviso esse que pouco serviu, a não ser como estratégia intraliterária. Higginson sempre leria Dickinson como mulher, dentro dos moldes esperados do século XIX. O aviso de Emily Dickinson é o seguinte:

When I state myself, as the Representative of the Verse – it does not mean me, but a supposed person (C. 268).[55]

Não é por acaso que David Porter escreve um livro intitulado *Emily Dickinson: The Modern Idiom*, em que defende que Dickinson é uma precursora do modernismo, uma proto-moderna. Eu ligá-la-ia mais à questão da modernidade estética e aos franceses. Inclusivamente, em 1951 ou 1952, há um artigo lindíssimo de Mário Cesariny, que é um dos primeiros a escrever em Portugal sobre Emily Dickinson: duas colunazinhas a que tive acesso há pouco tempo e em que ele chama aos poemas de Dickinson "meteoros incombustíveis". É muito interessante porque ele conhece Emily Dickinson através de uma revista que um amigo lhe terá trazido da Colômbia. Logo, ele conhece-a primeiro traduzida em castelhano. E diz uma coisa fantástica: "Bem podem dizer os críticos americanos que a sua herança é a herança americana ou a herança inglesa. Não, ela foi roubar diretamente à fonte. Ela foi a França. Ela foi aos simbolistas franceses. Olhem para isto. Isto podia ser escrito por um dos simbolistas franceses."

E se é importante pensar Emily Dickinson enquanto norte-americana, branca, protestante, proveniente de uma classe social abastada, não é menos importante referenciá-la como ser humano do sexo feminino, ainda mais no

---

[55] *Quando me declaro como Representante do Verso – não quero dizer eu – mas uma pessoa suposta.*

século XIX, quando o acesso ao poder era mais profundamente negado às mulheres. Se são complexas as questões da relação entre o sujeito que escreve e o texto, e a deteção nesse texto de uma identidade sexual, é também complexa a questão da relação entre o texto e o sujeito que o lê. É que os poemas, a não ser quando deliberadamente camuflam a identidade sexual, têm assinatura, não são produto de um ser impossivelmente neutro. E, nesse sentido, estabelecem um contrato com quem de uma outra forma os reproduz: os leitores. Desse contrato de leitura entre texto e leitor, consta a consciência, no leitor, do sexo de quem assinou o texto. E, sobretudo, se quem assinou o texto, se quem o fez, era mulher. Penso que a receção de Dickinson, mesmo com a crítica feminista que surge depois nos anos 70, acaba sempre por ser contaminada por isto. Emily Dickinson é lida como mulher nos moldes do séc. XIX ou é lida pela crítica feminista como uma inovadora, mas as razões dessas leituras não têm necessariamente a ver com a sua poesia. Essa consciência deve-se justamente ao facto de o espaço feminino se fazer sentir pela diferença.

Vou acabar, sem comentários, com um poema que não tem a ver com Dickinson mulher, mas que é, para mim, um dos mais belos de Emily Dickinson. É um poema que identifica o amor e a poesia.

> *To pile like Thunder to its close*
> *Then crumble grand away*
> *While Everything created hid*
> *This – would be Poetry –*
>
> *Or Love – the two coeval come –*
> *We both and neither prove –*
> *Experience either and consume –*
> *For None see God and live –*[56]

---

[56] *Crescendo de Trovão até findar,*
Depois o esboroar-se, grandioso,
Quando o Tudo criado era escondido
Isto – a Poesia –

Ou o Amor – os dois vêm coevos –
Ambos, nenhum provamos –
Um qualquer experimentamos e morremos –
Ninguém vê Deus e vive –

SAUL BELLOW
(1915-2005)

EM 1993, a Fundação Luso-Americana recebeu Saul Bellow para uma palestra, organizada por Luís dos Santos Ferro e Teresa Ferreira de Almeida Alves. Com o auditório da Fundação a transbordar, Bellow falou sobre a posição do intelectual no mundo contemporâneo. Preocupava-o o ruído que o acessório nos impõe e o modo como perturba um possível acesso ao que é verdadeiramente essencial. Ali, como na sua obra, procurava uma espécie de despertar humano para esse essencial.

Salomon [Saul] Bellow, Prémio Nobel da Literatura em 1976, falecido a 5 de Abril de 2005, nasceu a 10 de Junho de 1915, em Lachine, dois anos após os seus pais, judeus ortodoxos, terem emigrado para aquela cidade do Quebec, vindos da Rússia. Aos oito anos de idade, uma infecção respiratória prendeu-o por um longo período a uma cama e prendeu-o, para toda a vida, à leitura. Aos nove, os pais mudaram-se definitivamente para Chicago, que viria a ser o epicentro da sua ficção. Chicago, a "cidade sombria", apresentada pelo escritor em entrevista ao *Le Monde*, em 1982, assim: "Nova Iorque não é uma cidade americana. É uma cidade internacional, mundial como São Francisco. Mas Chicago é a cidade americana por excelência. É uma mistura especial de indústrias pesadas, de imigrantes pouco qualificados, de acontecimentos brutais associados às lutas contra o capitalismo. As regras do jogo são a virilidade, a solidariedade, a lealdade para com a cidade. O seu código de honra? Não trair. Não denunciar os amigos. Banir as conversas irresponsáveis. Não entrar muito nas zonas protegidas. Se se tiver uma parcela de poder, manter a sua estrutura intacta. Abster-se, passar por entre os pingos da fealdade e do crime. É este o sistema de vida de Chicago." Para o miúdo Salomon, a vida nas ruas de Chicago foi um contraponto decisivo para a tradição judia observada rigorosamente na casa do pequeno comerciante Abraham, importador de cebolas. A mãe, Liza, era uma judia particularmente devota e sonhava que Saul viria a ser rabino ou violoncelista – morreu quando ele tinha 17 anos. Saul optou antes por estudar Antropologia e Sociologia e decretou muito cedo que se afastaria de uma forma radical da "sufocante ortodoxia" judaica.

O crítico Lorin Stein defende que os personagens de Saul Bellow possuem "uma excepcional combinação de autoconhecimento e falsa inocência, sendo todos eles versões reconhecíveis do próprio autor". E é precisamente de solipsismo que Bellow é mais frequentemente acusado pelos detratores da sua ficção. Considerado como um – senão o – escritor norte-americano mais importante do pós-Segunda Guerra, Saul Bellow estreou-se em 1944, com o romance *Dangling Man*[1]. Sucederam-se, entre romances, novelas e contos, cerca de quinze obras de ficção até ao ano 2000, o do último romance, *Ravelstein*[2], escrito aos 85 anos de idade e baseado na vida e personalidade do filósofo, classicista e académico americano Allan Bloom. Sendo um idealista do conhecimento, e do autoconhecimento, Saul Bellow construiu um mundo ficcional que marcaria decisivamente autores como Philip Roth ou Martin Amis, um exercício intelectual sobre verdades eternas e crimes do século XX, sobre personagens hipereducadas, mas em choque com o casamento, a paternidade, a celebridade, a boémia ou as academias (Stein). As suas reflexões introspetivas tratam de heróis em busca existencial, única e intransmissível, em dissociação espiritual, mas ainda assim à procura de uma qualquer ligação com o mundo externo que funcionasse como uma revelação.

De várias formas se pode entrar no universo de Saul Bellow. Antes de mais, pelas suas personagens, é claro, mas sobretudo pelo prazer intelectual de uma escrita mais preocupada com as ideias do que com a costura do enredo. Depois, admira-se Bellow pelo fulgor de um estilo palpável e radiante, determinante para a literatura norte-americana durante seis décadas. Ou admiramo-lo pelas permanentes remissões da obra à sua vastíssima – e canónica – cultura literária, fundada numa paixão precoce pela *Bíblia*, por Shakespeare ou pelos grandes romancistas russos do século XIX.

Bellow preferiria qualquer uma destas portas de entrada à da sua condição de autor de sangue judeu. No entanto, quer seja por formação intelectual, cultural ou religiosa, Saul Bellow escreve sobre o homem moderno de uma forma não-naturalista, altiva, autocentrada, mas humilde relativamente ao erro e às falhas humanas. O que recolhemos da sua obra são retratos desse homem moderno, enquanto ser solitário, em permanente autocrítica, deslocado e condoídamente irónico.

FILIPA MELO

---

[1] Saul Bellow, *Na Corda Bamba* [*Dangling Man*, 1944], trad. Maria Adélia Silva Melo. Publicações D. Quixote/Círculo de Leitores, 1976-1977.
[2] Saul Bellow, *Ravelstein* [2000], trad. Rui Zink. Teorema, 2001; Quetzal, 2011.

Rui Zink – Nasceu em Lisboa em 1961. É escritor e professor auxiliar no departamento de Estudos Portugueses da Universidade Nova de Lisboa, onde se doutorou em Literatura Portuguesa, em 1997. Estreou-se como ficcionista em 1986 e desde então publicou mais de duas dezenas de obras, entre ficção, ensaio, literatura para a infância, BD e teatro. Alguns dos seus livros encontram-se traduzidos para inglês, alemão, hebraico, japonês, romeno, sérvio, croata e francês. Traduziu para português os seguintes romances de Saul Bellow: *A Autêntica* (Teorema, 2000), *Ravelstein* (Teorema, 2001; Quetzal, 2011) e *Uma Recordação Minha* (Teorema, 2005). Coordena a coleção Portugal na América da Editora Edel. Entre outras simpáticas distinções, recebeu o Prémio Pen Club 2005 e foi 2009 Hélio and Amélia Pedroso/FLAD Visiting Endowed Chair in Portugueses Studies na Universidade de Massachusetts Darmouth. Um texto seu integra o volume *Best European Fiction 2012* (Dalkey Press). *O Amante é Sempre o Último a Saber* (Planeta Portugal) é o seu mais recente romance.

O planeta do senhor Bellow

RUI ZINK

> Saul Bellow começa por ser uma voz, uma grande voz, que conversa comigo. E me faz aceitar um bocadinho mais o humano terno e ridículo e vivo que há em mim. (Nem sempre é fácil.)

ESTA CONFERÊNCIA está escrita mas isso não impede, espero que estejam de acordo, que seja contaminada por algumas "marcas de oralidade" e, sobretudo, que o meu quotidiano interfira com o meu pensamento – eu bem gostaria que isso não acontecesse, um quotidiano interferir com o pensamento, mas é mais forte que eu, é uma força mais forte que as forças que trago dentro de mim, e o resto batatas. Ontem estava na fila do supermercado, "ontem" é obviamente uma forma de dizer, porque na verdade foi há uma semana, a conferência está escrita já há alguns dias, deixei-a a arrefecer em cima do parapeito como antigamente se fazia às tartes de maçã nas casas de campo, antes de haver lobos com garras retrácteis e braços eretos capazes de as açambarcarem e se lambuzarem com elas, depois de todo o nosso esforço, o esforço das nossas egrégias avós, "egrégias" é um adjetivo que tem o duvidoso mérito de convocar de imediato o hino nacional português, e o que aconteceu foi que nem sequer se pode chamar supermercado ao sítio onde eu estava, porque não estava "num Super Mercado", mas sim no Minipreço, que é um minissupermercado, ou seja, um oximoro com prateleiras e produtos alimentares nas prateleiras. Eu sei, podia omitir o nome do Minipreço para não fazer publicidade encapotada ao Minipreço, mas quem vai a correr consumir perecíveis e enlatados para o Minipreço por causa de uma conferência sobre um escritor morto – embora, é verdade, americano?

Portanto, ali estava eu na fila do Minipreço, eles geralmente só têm uma caixa a funcionar, nunca mais de duas, porque o princípio da economia marcha nos dois sentidos, o de reduzir o pessoal para reduzir o preço, a maior parte dos clientes (pelo menos naquela zona) também nunca compra mais do que duas ou três coisas, às vezes dá quase dó ver o baixo poder de compra que muitas pessoas têm – uma embalagem de lixívia aqui, duas minis ali, mais um pacote de bolachas, ou um pacote de leite, ou um pacote de arroz carolino que calculo deva durar para uma semana, e há também muitos brasileiros, a minha zona agora está cheia de brasileiros, e eu destoava ali, **primeiro** porque não sou assim tão pobre, esta conferência por exemplo vai render-me cerca de -----, não, não vou cometer a deselegância de dizer a quantia (deselegância em Portugal, bem entendido), eu sei que não fica bem eu dizer quantias exatas porque nós somos um país que tem vergonha de falar de dinheiro, e fazemos todos segredo do que ganhamos, ou porque ganhamos muito pouco, ou porque os nossos empregadores querem pagar menos a outros que fazem o mesmo trabalho que nós e nos pedem sigilo, fazendo-nos assim de uma só mão cúmplices (do patronato) e traidores (da classe assalariada); **segundo**, eu destoava porque tinha o carrinho cheio: seis litros de leite; uma dúzia de ovos; vários conjuntos de quatro iogurtes (*stracciatella*, aroma a coco, com frutos silvestres, com cereais); dois pacotes de sumo (papaia-limão, frutos silvestres); várias sopas em pó; maçãs e kiwis; meio quilo de camarão descascado (só miolo); uma garrafa de vinho da região; e cominhos. Ah, e alguns chocolates, que a minha mulher é muito dada a gulodices – comida para amansar o dragão, costuma um amigo meu dizer.

E foi nesse momento que, talvez por não ter muito mais que fazer do que esperar na fila, e não me apetecia entreter-me atentando nos pormenores faciais de quem estava à minha frente, até porque estavam de costas e tentar ler nucas é ainda mais patético do que tentar ler rostos, dei por mim a olhar para os pacotes, as latas, e a substituir, lentamente, os rótulos corriqueiros por outros mais, por assim dizer, significativos: e num pacote de sumo de laranja estava escrito: *O Planeta do Sr. Sammler*, e noutro mais atarracado ao lado, com ar de conter chocolate líquido, podia ler-se *A Vítima*, e, na página de uma revista com uma atriz televisiva grávida (parece uma epidemia, já não é a caixinha que mudou o mundo, agora é a caixinha que engravidou o mundo) a legenda não era "Flávia Luz de novo grávida", mas sim *As Aventuras de Augie March*[1], e a frase eufórica que a atriz grávida dizia não era "Agora sim, com o Pedro estou disponível para assumir a felicidade", mas sim:

I am an American, Chicago Born – Chicago, that sombre city – and go at things as I have taught myself, free-style, and will make the record in my own way!

E junto à caixa, no lugar onde geralmente estão as últimas tentações de Cristo, as chicletes e os bombons e os cigarros, lá estavam *A Conspiração Bellarosa*[2], *Henderson o Rei da Chuva*[3], *Herzog*[4], *O Planeta do Senhor Sammler*[5], *Agarra o Dia*[6], *Ravelstein*[7]...

Foi então que aconteceu uma coisa engraçada: quer dizer, eu sabia – eu *sabia* – que isto era apenas um jogo comigo mesmo; digo, não sou propriamente um homem dado a alucinações, não sobretudo quando estou a fazer compras no Minipreço. Mas pronto, isso vai de si, como dizem os franceses, *ça va de soi*. O que aconteceu, ou melhor, não aconteceu, mas vamos supor que aconteceu (se acordarem comigo neste contrato ficcional que consiste em fingirem que acreditam nisto que estou a contar), **o que aconteceu foi que**, a dada altura, a uma alucinação se sobrepôs outra alucinação, e já não eram só os títulos dos livros de Saul Bellow que eu lia nas embalagens, mas os temas que ele tratava, ou tocava, ou pelos ele quais estava obcecado, ou que lhe interessaram nalgum momento da sua vida literária. E os temas eram:

- O que é ser americano
- Filosofia e existência
- Memória e fidelidade
- Memória e memória
- Identidade e essência

---

[1] Saul Bellow, *As Aventuras de Augie March* [*The Adventures of Augie March*, 1949], trad. Salvato Telles de Menezes. Quetzal, 2010.
[2] Saul Bellow, *A Organização Bellarosa* [*The Bellarosa Connection*, 1989], incluído em *Uma Recordação Minha* [*Something to Remember Me By*, 2001], trad. Rui Zink. Teorema, 2005.
[3] Saul Bellow, *Henderson o Rei da Chuva* [*Henderson the Rain King*, 1959]: trad. João Palma Ferreira, Livros do Brasil, 1962; trad. Sofia Gomes, Texto, 2006.
[4] Saul Bellow, *Herzog* [1964], trad. Luísa Ducla Soares. Relógio D'Água, 1988 (2ª ed.).
[5] Saul Bellow, *O Planeta do Sr. Sammler* [*Mr. Sammler's Planet*, 1970], trad. Sofia Gomes. Texto Editores, 2007.
[6] Saul Bellow, *Aproveita o Dia* [*Seize the Day*, 1956], trad. Sofia Gomes. Texto Editores, 2007.
[7] Saul Bellow, *Ravelstein* [2000], trad. Rui Zink. Teorema, 2001; Quetzal, 2011.

- A condição humana
- A condição humana
- A condição humana
- O adultério
- O declínio do Ocidente
- A impotência da erudição num tempo bárbaro

E uma das questões bellowianas essenciais:

- Como ter valores (e que valores ter) num mundo onde os únicos valores são os que cabem no minicofre de um quarto de hotel?

Acrescente-se a isto:

- O humor
- A América
- A essência feminina
- O Todo e o Tudo

E a ronda está feita. Ah, claro, falta:

- O judaísmo. Mas não há judaísmo nos livros de Bellow. É um detalhe. É o que ele é. Não há escapatória. Bellow é um escritor americano – e talvez o facto de não ter nascido americano nem ser filho de americanos faça dele ainda mais americano. É uma coisa a pensar.

Omnívoro

SAUL BELLOW é, acima de tudo, um omnívoro. Isso reflete-se no estilo. O que dizer? O homem interessa-se por tudo! Tudo é interessante. Por isso, o narrador de *A Conspiração Bellarosa* é um mnemocrata. Ele recorda-se de tudo – sem critério, como o Funés de Borges. Enfim, com um pouco mais de critério do que o pobre *Funés el memorioso*[8], que, ao recordar-se de tudo, não se recordava de nada. O "pouco mais de critério" que dá, aos heróis de Bellow, a sua estrutura moral: a sua sempre em crise – ora eufórica como no caso do menino Bellow, perdão, do jovem Augie March ou do magnífico Henderson, ora disfórica, como no caso de Herzog, Sammler, Corde, Humboldt. O facto

---

[8] Jorge Luis Borges, "Funés el memorioso", *Prosa Completa*. Bruguera, 1980.

é que é sempre difícil, a Bellow, separar o acessório do essencial, até porque – aqui vai uma verdade cósmica – **não há** essencial nem acessório. Ou por outra, há: Bellow brinca aos conservadores, brinca aos "no meu tempo". Mas, para começar, o tempo dele é o agora – sempre o aqui e o agora. Depois, essas verdades essenciais – esses *Essentials*, como ele gosta de dizer – são categorias, e a vida humana esgueira-se por entre essas categorias. É tarefa do romancista (e nem Bellow nem eu somos os primeiros a dizer isto) captar os interstícios das Grandes Narrativas. O indivíduo que até pode cotejar os grandes líderes, até pode ele próprio ser um intelectual respeitável – o deão Albert Corde, o sr. Sammler, Ravelstein – mas sabe que não é o centro do mundo, que passa ao lado das grandes decisões e, se não se põe a pau, ao lado das decisões que verdadeiramente importam. O amor, no caso de Harry Trellman (*A Autêntica*[9]), a vida no caso de tantos outros. Mas, pensando bem, amor e vida são intercambiáveis, emblemas que se iluminam mutuamente. E não, o amor não é um tema bellowiano de preferência. É no entanto uma força a respeitar – e, se houver razão para isso, a obedecer. Acrescente-se que as mulheres de Bellow não são seres perfeitos nem ideais. Pelo contrário. Estão lá não para conquistar o leitor – "Oh, como era bela a bela Helena" –, antes com energia própria e quota parte de qualidades e defeitos.

Chicago
O LOCAL PREFERIDO para a ação – ou inação – dos seus livros é Chicago. **Porquê Chicago?** Porque o homem vive em Chicago. E não é parvo. Para escrever sobre tudo, temos de escrever a partir de onde estamos, de quem somos, do que somos.

Mesmo sem descrições de exteriores, um escritor faz um diálogo mais rico e dinâmico se puder visualizar claramente o contexto da cidade. Por exemplo, uma conversa num apartamento. A Borges ajuda-o dizer "Um apartamento na Calle Florida". A Cavafy[10] falar de "um quarto em Alexandria". A Bellow basta dizer: "Um apartamento com vista para o lago Michigan." A máquina imaginativa começa logo a andar.

É que, imaginação em literatura não é pôr asas mágicas num frango mas, *tão só*, conseguir pôr em marcha um edifício musical composto de palavras. Sim, um Golem também não está mal visto. Um tosco boneco de barro (um Rosa Ramalho) em cuja testa rabiscamos umas palavras que, esperamos, terão poder

---

[9] Saul Bellow, *A Autêntica* [*The Actual*, 1997], trad. Rui Zink. Teorema, 2000.
[10] Constantine P. Kavafy (1863-1933), poeta grego.

alquímico de acordar no leitor aquilo que não está lá: nem nele nem em nós nem no texto. Em 1975, o 1º ministro Pinheiro de Azevedo disse no Terreiro do Paço as imortais palavras: "É só fumaça! É só fumaça!" Pois podemos dizer o mesmo de um romance, qualquer romance: "É só linguagem! É só linguagem!"

Nada mais que linguagem.

Ou há encantamento, ritmo, melodia – ou não há. Tão simples, tão complicado, quanto isso.

E depois há outra coisa: mais americano que a *apple pie* só um escritor *nascido* em Chicago. Os europeus mais snobes e cosmopolitas têm tendência a dizer que Nova Iorque não é a América. Talvez sim, talvez não. Pois eu tenho uma novidade: Chicago *é* a América. Chicago, no Midwest industrial, corrupta, feia, desproporcional, esta Chicago que tem em Al Capone o seu maior trunfo turístico, Chicago com vista para o lago Michigan e para o Canadá onde o filho de imigrantes russos terá talvez nascido em 1915 – não vou discutir ninharias. Mas o escritor, esse, nasceu sem dúvida em Chicago, e ali ficou.

Estilo

O ESTILO DE BELLOW é abundante – fácil de ler para alguém alimentado a literatura mundial, mas pouco próximo do chamado "estilo americano", mais exato, mais jornalístico, mais *straight to the point*, como em Roth, Capote, Mailer. As frases nem sempre seguem a fórmula do sujeito predicado complemento direto, digo, nem sempre as frases a fórmula seguem do sujeito predicado complemento direto. Também não têm a grandiloquência escancaradamente irónica de Gore Vidal nem a desmesura sulista de Faulkner.

Desde logo, a prosódia: Bellow não receia frases longas nem grandes parágrafos; manipula a vírgula, o ponto e vírgula, o travessão, os parênteses, como quem fala connosco. Não há *straight lines*, há arabescos – porque, à exceção de Clint Eastwood, aqueles de nós que pensamos fazemo-lo – pensar, falar – em arabesco. Bellow foge tanto quanto pode do "narrador heterodiegético omnisciente". Tal como tantos dos seus livros têm nome de pessoa – Sammler, Herzog, Humboldt, Ravelstein, Henderson, Augie March –, também o narrador tende a ser uma pessoa, o próprio ou um amigo, um observador participante, como diriam os antropólogos, que Bellow de resto frequentou.

Há anos tive oportunidade de dizer, numa conversa com Lúcia Lepecki[11], que o estilo de Cardoso Pires me lembrava o de um caranguejo às arrecuas, a

---

[11] Maria Lúcia Lepecki (1940-2011), ensaísta e crítica literária de origem brasileira, professora catedrática da Faculdade de Letras da Universidade de Lisboa, onde ensinou entre 1970 e 2008.

andar de esguelha. Depois, num depoimento sobre Raymond Carver, que ele gagueja em nome de personagens que nem gaguejar sabem, tão pouco conseguem exprimir o mal-estar que lhes vai por dentro. Por isso não me custa por aí além dizer que o texto bellowiano é um texto-alforreca, que se abre e fecha como uma alforreca. Talvez seja melhor dizer, uma anémona. Não, alforreca. O texto que se abre e fecha, ondula, vai e vem, como uma alforreca flanando ao sabor das correntes, tanto as mais visíveis como as outras, as invisíveis.

O estilo de Bellow é oral no sentido de uma boa conversa entre gente civilizada e sossegada mas que não dispensa uma boa piada, ou mesmo uma boa bojarda, e com frequência os parágrafos, ou mesmo as frases, estão enxertados de ramificações, notas de rodapé, desvios, anotações à margem.

O narrador está contínua e deliberadamente *a desviar-se* do assunto, a perder o fio à meada, e nisto aproxima-se mais do professor que introduz elementos dialógicos no seu monólogo, que finge que se perde para não dar logo tudo de bandeja ao leitor, para nos tornar parceiros – e não meros assistentes – do raciocínio. *If we didn't knew better*, poderíamos pensar que estávamos perante uma pessoa com a capacidade de concentração de um passarinho. Os mais viciados no pão-pão, queijo-queijo ficam a perguntar-se: "Mas onde é que o gajo quer chegar?"

Essa irascibilidade imaginária só faz que Bellow se divirta ainda mais, protelando a entrega das joias da coroa; se o leitor está com pressa, que apanhe um autocarro – ou um Paulo Coelho/Sidney Sheldon.

Evidentemente, não se trata só disso: num romance, e sobretudo nos romances de Bellow, o percurso é essencial. Não é fácil chegar ao âmago, por isso é preciso paciência – se soubermos deixar-nos embalar, o narrador promete levar-nos a bom porto, e até está disposto a salpicar o texto com duas ou três boas anedotas, no duplo sentido da palavra anedota. É que não é fácil chegar ao que se quer dizer. É todo um processo, de aproximação e erro, aproximação e erro. Um processo *tentative*, adjetivo que em inglês é mais feliz que em português, porque *tentative* implica a um só tempo tentativa, esperança e hesitação, que é uma bela santíssima trindade: tentativa, esperança e hesitação.

Romance

Para que serve o romance, segundo Bellow? Bem, parafraseando Kundera, para "dizer o que não pode ser dito de outra forma"[12]. Para dizer, em forma de romance, aquilo que só pode ser dito pela forma do romance.

---

[12] Milan Kundera, *A Arte do Romance* [*The Art of the Novel*, 1986], trad. Luísa Feijó e Maria João Delgado. Publicações D. Quixote, 1988.

A vida é movimento, é turbilhão; numa palavra, é confusa. A filosofia é excelente (e, de certo modo, *superior* à literatura – já para não falar da poesia, essa literatura superior à literatura) mas, a gerência lamenta, ele há coisas que só podem ser ditas (ou só podem aspirar a ser ditas) através da arte narrativa que, não sendo a única (há o teatro, a BD, o cinema, etc.), trabalha a linguagem e as ideias e com o mesmo instrumento que usamos para pedir indicações, um café, dizer uma banalidade, trocar uma amabilidade, uma promessa ou uma ameaça.

Bellow oscila assim as suas personagens, entre as grandes questões e as pequenas questões. Apesar dos três maridos, a fortuna, a ascensão triunfante em Nova Iorque, uma czarina da moda pode ver a sua vida ser posta em causa – devido à sua fixação no ex-namorado com quem, vinte anos depois, ainda precisa de falar, de *estar*, como de água um peixe. E o catalisador dessa crise existencial não passa de um assunto sem importância: o pequeno roubo de uma pequena joia resultado da incúria inocente (mas não inocente como ela imagina) de uma jovem *au pair* austríaca, que (tal como ela vinte anos antes) decidiu dar uma voltinha pelo *wild side* antes de regressar à segura Salzburgo, e levou ao apartamento da Quinta Avenida um rapaz das barracas.

– Sete casamentos entre nós, e ainda nos amamos!
Dez anos antes, teria sido uma coisa arriscada de dizer, tê-lo-ia feito estremecer. Agora ela estava certa de que ele concordaria, como aliás fez.
– *É verdade.*
– *Como interpretas o anel, então?*
– *Não interpreto* – disse Ithiel. – *Não é boa ideia espremer tudo o que acontece para lhe sacar gotas de sentido. Não podemos levar a sério o modo como as pessoas lavam a sua roupa suja emocional. Não sinto que me tenhas feito mal ao perderes o anel. Disseste que o tinhas no seguro?*

Todos os romances se fazem de pessoas, mas Bellow inscreve-se claramente na linha das narrativas com nome de pessoa, como *Madame Bovary*, *Anna Karenina*, *Os Irmãos Karamazov*. Nada é mais importante que o indivíduo, as personagens de Bellow não são agentes, não têm uma missão – ou, se a têm, ela não é desfuselar a bomba nos próximos 14 minutos antes que ela rebente.

Até porque, e esta é a marca do pessimismo bellowiano, a bomba já rebentou. Por outro lado isso é um alívio, que a bomba já tenha rebentado, e é esta, também, a marca do optimismo bellowiano.

Eros & Thanatos

É NOS PORMENORES que estaria Deus, se Deus existisse – é também nos pormenores que está a fragrância do indivíduo, e se pode tentar *ler a sina* ao nosso tempo. Esses pormenores podem parecer o mais das vezes – o mais das vezes parecem, e se calhar até são – inúteis, desnecessários, acessórios. Mas como pode o garimpeiro garimpar se não quiser recolher areia na sua peneira? Deitar fora sujidades, poeiras, areias e outras excrecências pode implicar deitar fora o menino com a água do banho – e Bellow não quer deitar fora o menino com a água do banho. Ele acha até, oh escândalo, que o menino é mais importante que a água do banho. Por isso o detalhe é tão importante, porque é lá que está o entalhe *humano*.

A esta atenção ao detalhe eu chamaria "força erótica". Essa capacidade panóptica que, nos seus melhores momentos, faz do romancista o único homem que não tem inveja dos famosos orgasmos múltiplos femininos.

O outro lado, o das Grandes Questões, não irei ao ponto de dizer que é "a feição tanática", mas o pendor metafísico, melancólico, imóvel de Bellow é inequívoco. Não por acaso o herói de *The Actual/A Autêntica* está parado – passou toda a vida parado, como um homem-estátua na Rua Augusta – incapaz de verter para o exterior a paixão que, desde a adolescência, se mantinha firme (e, sim, hirta) pela mesma mulher de sempre, mulher essa que por acaso casara com o melhor amigo. Ao longo de mais de quarenta anos, a chama do amor consumiu Harry Trellman: Ou melhor, não consumiu. Deus nos valha, ele não estava *a morrer de amor*, longe disso. Ele estava simplesmente enamorado pela mesma mulher, vendo-a desabrochar e, depois, amadurecer, e nada – nem o casamento com o melhor amigo, nem os casos amorosos que ela teve, nem o facto de em pleno tribunal, num processo de divórcio particularmente sórdido, uma gravação feita por um detetive com ela a gritar obscenidades na cama com um desconhecido – abalou esse memoravelmente duradouro sentimento.

Falando de amor e morte, de Eros e Thanatos, há de resto nessa novela um típico jogo bellowiano de justaposição de antagónicos: ele pede-a, enfim, em casamento, na trasladação das ossadas do marido do qual ela se divorciara com uma violência que (quem quiser vá ler uma biografiazinha de Saul Bellow) tem ecos autobiográficos.[13] De um lado a vida, do outro a morte – e, no meio, apanhados que nem ratos, nós, ansiando sempre pela primeira mas só *A Outra* sendo de confiança. Entalados como um homem dividido entre a luxúria da amante e a lealdade da esposa. Em mais de um sentido, a nossa esposa é a

---

[13] Tanto quanto me lembro, pelo menos em *Humboldt's Gift* (1975) e em *The Actual* (1997). [N. Autor]

morte. Pode ser insuportável, pode ser o horror encarnado, mas é tão, tão de confiança. E tão, tão cruelmente fiel.

Até porque, para Bellow, não há questão maior do que a de como lidar com a morte; como lidar com a morte num tempo que, embora mate à fartazana, já não sabe lidar com a morte, nem com a mortalidade humana.

Nos livros de Bellow, os mortos não deixam os vivos em paz, mas os vivos também não deixam os mortos em paz. Nada de chocante, portanto, que uma declaração de casamento seja feita num cemitério, enquanto uma grua metálica soergue no ar as ossadas do ex-marido. Um escritor mais grosseiro (eu, por exemplo) seria capaz de introduzir uma piada grosseira: *Does it give you a boner, baby?*

Dor

ACONTECEM COISAS extraordinariamente dolorosas a algumas, muitas, personagens. O senhor Sammler, em cujo planeta vivemos, esteve num cemitério refugiado dos nazis – escondido numa cripta, quase insano de frio e fome (e a sanidade mental, diz-nos Bellow, nunca está garantida, dá trabalho, é um esforço de *todos* os dias) – e, por fim, o senhor Sammler viu-se mesmo obrigado a matar um homem. Mas como o seu segundo (e ainda dispensável)[14] romance de Bellow já sugeria, *ser vítima* não nos explica – e também não nos redime. Harry Fonstein, o marido coxo de *A Conspiração Bellarosa*, fugiu a Hitler por meia Europa, saltitando em cima da sua perna mais curta que a outra (o que fazia dele um duplo candidato aos fornos), suportando uma bota ortopédica de má qualidade (fabrico polaco de antes da guerra). *So what?* E daí? Em que torna isso essas pessoas "mais ricas", mais profundas que as outras?

Bellow não acredita. Ou melhor, acredita que, sim, as vicissitudes podem endurecer-nos, as provações podem testar-nos a capacidade de sobreviver, mas não nos fazem melhores, não nos asseguram uma personalidade, não é isso sequer que faz de nós pessoas – *pessoas humanas*[15]. Quando muito, acentua um traço de caráter que já estava *lá*.

A garra do quotidiano

NÃO, A DOR NÃO NOS EXPLICA. O que nos explica, então? A autoavaliação. Um processo interior que dá trabalho, exige vigilância – e, sim, se arrisca severamente a roçar a paranoia. Herzog, Sammler, Humboldt, e tantos outros

---

[14] *The Victim* (1947). [N. Autor]
[15] Aqui o pleonasmo tem toda a razão de Ser. [N. Autor]

– quem quer que se dê ao trabalho de tentar dar sentido ao mundo, de tentar literalmente salvar o mundo, arrisca-se sempre a dar *demasiado sentido* a esse mesmo mundo. É um equilíbrio complicado, este: se nos inclinamos para um lado o mais provável é morrermos estúpidos, se nos inclinamos para o outro enlouquecemos de excessiva lucidez.

O que nos explica? Olhem, não se riam, mas um dos indicadores é a vida conjugal. As pessoas com quem jantamos. Os nossos interesses. Numa palavra, o quotidiano. Sim, no fim é o quotidiano que nos trama: nos reduz, nos amesquinha, humilha, destrói. Por que não então, já que está com a mão na massa (ou na passa) não nos há-de também explicar, revelar, desvelar?

Com franqueza, é o mínimo.

É da experiência que nasce a imaginação – imaginação de linguagem, de exploração do quotidiano. Bellow é *o escritor do quotidiano*.

Fases

A PROPÓSITO de *The Dean's December* (1982), o primeiro romance pós-Nobel de Bellow, Martin Amis[16] sugere que o Bellow outonal e crepuscular iria ser mais sombrio, lúgubre, sério:

"KKKKKKK"[17]

É bem visto. E brilhante. E errado. Quatro dos mais divertidos e *livres* textos de Bellow são escritos depois do Nobel – *A Conspiração Bellarosa, Um Furto*[18], *A Autêntica* e, claro, *Ravelstein*. O que Bellow fez foi abandonar o gosto pantagruélico pelos mastodontes na corrida ao título da *Greatest American Novel*.

(Claro que o facto de ter ganho a corrida é um factor a considerar. O nosso próprio José Saramago se tornou muito mais humilde e convivial depois do Nobel. É caso para dizer: assim também eu.)

Como qualquer artista cuja carreira se prolonga por mais de cinquenta anos, Bellow tem o seu período azul, o seu período rosa... Mas a grande dife-

---

[16] Martin Amis, *The Moronic Inferno*. Penguin, 1985.
[17] Ups! Quando fui a reler o belo texto de Amis reparei que ele não diz exatamente isso. Pelo contrário, diz algo com que eu concordo: "The vision has widened but also become narrower; most noticeably, the fluid musicality of Bellow's epics – the laughter, the didactic generosity, the beguiling switches of register – has disciplined itself, in the interests of literaty *form*. This, it seems to me, is what Late Bellow is going to be like. It is all very interesting." (Amis, 1985: 2) Mas eu já tinha escrito o que se segue e fica sempre melhor, na fluência oral, discordar do que bovinamente concordar. Mesmo se o autor que detratamos tem razão. [N. Autor]
[18] Saul Bellow, *Um Furto* [*A Theft*, 1989], incluído em *Uma Recordação Minha* [*Something to Remember Me By*, 2001], trad. Rui Zink. Teorema, 2005.

rença, para mim, é mesmo no crescente interesse de Bellow pela novela – ou romance curto, dizer "novela curta" é pleonasmo – no último quartel da sua vida. Os seus livros navegam à vista, ou seja, acompanham as vicissitudes e os interesses do autor.

Há textos mais amargos e dramáticos, mais "existenciais", e outros mais cómicos. Um anglosaxónico poderia discutir se se trata de um *comic writer*, o que mais uma vez não tem equivalente em português, porque no planeta deles um escritor cómico pode escrever dramas, *deve* escrever dramas – mas não tragédias. Nesse sentido, sim, Bellow é um *comic writer*, porque a comédia se sobrepõe sempre à tragédia – talvez por uma ser da ordem do humano e a outra da ordem do divino, e a Bellow, não me canso de o repetir, interessa a pessoa humana, não a divindade nem quaisquer outras forças do destino. Certo, somos apenas corpos à deriva num oceano que nos transcende e eventualmente sufoca, mas, se não temos controlo sobre quase nada, porque não concentrarmos a nossa atenção naquele pequeníssimo aspeto onde podemos almejar alguma influência?

Ensino

Bellow foi professor universitário – a maravilhosa sensatez das universidades americanas. Mas não é um *scholar*, não no sentido clássico do termo. Não vive mergulhado em livros, não sobretudo a partir do momento em que começou a escrever. Até lá leu bastante, e leu mesmo, como qualquer escritor que se preza, bastante. O problema é que escrever – sobretudo quando isso corresponde a publicar – tem essa maldição: ficamos com menos tempo para ler.

Bellow é um autodidata[19]; um homem que leu muito em jovem. Há uma história dele – "Something to remember me by"/"Uma recordação minha" – que me lembra uma personagem real da minha infância. O Zézinho, filho do carvoeiro galego em frente da casa dos meus avós, na Calçada de Sant'Ana. O Zézinho, embora já adulto e casado (tinha até um dente de ouro), fazia os recados para o pai como se ainda fosse um miúdo. E eu dava com ele muitas vezes nas escadinhas da Barroca, entre um e outro recado, sentado num degrau aproveitando a efémera liberdade a ler livros que decerto comprava às escondidas no alfarrabista, ou alugava até – na minha infância alugavam-se livros, e uma das melhores livrarias que conheci não era mais que um vão-de--escada ao lado do Coliseu, precisamente na porta ocupada pelos Cidadãos por

---

[19] Ver a referência atrás, no início do texto, ao primeiro parágrafo de *Augie March*. [N. Autor]

Lisboa para a sua campanha autárquica. Ficou-me na memória, aquele homem adulto, submetido a um pai tão avaro como severo (o sr. Bento era igualzinho ao galego das caricaturas), cuja suave e metafísica rebelião consistia no gosto de ler – e no subsequente ato. Ler, como pensar, é uma atividade que se faz – se age, se atua – na mais perfeita imobilidade. De certo modo, embora seja porventura o ato mais humano de todos, na postura letárgica aproxima-nos dos lagartos, dos sáurios. Ironia dos extremos que se tocam, pelo menos na aparência. As personagens de Bellow agem pouco, pensam muito. E o Zézinho, já com mais de trinta anos, sentado nas escadinhas da Barroca, ali mesmo por cima do Rossio, na continuação da rampa que sobe ao lado do Palácio da Independência, a regalar-se com o livro entre uma e outra entrega de carvão, faz-me pensar na Chicago da infância de Saul Bellow.

A felicidade

Em 1953, Saul Bellow publica a sua primeira obra-prima: *As Aventuras de Augie March*. Quarenta e sete anos depois, sai *Ravelstein*, talvez o mais fresco (em todos os sentidos da palavra fresco) romance de Bellow, apenas igualado pelo grito à campeão de Augie: "I am an American!" *I am an American, não pago e não tenho medo de ninguém!*

Pois se o jovem Augie é um americano, um Americano no México, os velhos compinchas Chick e Ravelstein são não um, mas dois Americanos em Paris. Dois velhos americanos (Bellow tinha por esta altura a bonita idade de 85 anos), gozando que nem cabindas, que nem putos, o luxo disneylândico da Paris *fin de* siècle. Passo a ler, como fecho desta parte monotónica da sessão, um trecho da abertura de *Ravelstein*:

> *Sempre tive uma fraqueza por notas de rodapé. Para mim, uma inteligente nota de rodapé tem redimido mais de um texto. E eu dou-me conta de como estou agora a usar uma longa nota de rodapé para abrir um assunto sério – mudando num movimento rápido para Paris, para uma suite do Hotel Crillon. Princípios de Junho. Hora do pequeno-almoço. O anfitrião é o meu bom amigo Professor Ravelstein, Abe Ravelstein. A minha mulher e eu, também hóspedes no Crillon, temos um quarto por baixo, no sexto piso. Ela ainda está a dormir. O andar inteiro por baixo do nosso (isto é absolutamente irrelevante, mas de algum modo não consigo deixar de o mencionar) está ocupado neste mesmo momento por Michael Jackson e a sua entourage. Ele atua à noite num qualquer vasto auditório parisiense. Dentro em pouco chegarão os seus fãs franceses e uma multitude de rostos ficará voltada para cima, gritando em uníssono, Mikell Jack-soune. Uma barreira de polícia mantém os fãs à distância. Cá dentro, do sexto piso, quando olhamos para baixo*

pelas escadas de mármore vemos os guarda-costas de Michael. Um dele está a fazer as palavras cruzadas no Paris Herald.
– Fantástico, não é, este circo pop? – disse Ravelstein. Esta manhã o Professor estava muito satisfeito. Tinha convencido a gerência a pô-lo nesta desejada suite. Estar em Paris – e no Crillon. Estar aqui por uma vez com montes de dinheiro. Não mais quartos modestos no Dragon Volant, ou como quer que lhe chamavam, na Rue du Dragon; ou no Hotel de l'Académie na Rue des Saints Pères em frente à faculdade de Medicina. Não se fazem hotéis mais grandiosos ou luxuosos do que o Crillon, onde as altas patentes americanas ficaram instaladas durante as negociações de paz depois da Primeira Guerra Mundial.
– É óptimo, não é? – insistiu Ravelstein, com um dos seus gestos rápidos.
Confirmei que sim.

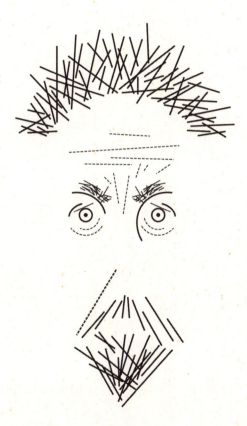

EZRA POUND
(1885-1972)

EZRA WESTON LOOMIS POUND nasceu a 30 de Outubro de 1885 em Hailey, no estado de Idaho, e faleceu em Veneza a 1 de Novembro de 1972. Pound, o modernista. Pound, o controverso – antiamericanista, anticapitalista, antissemita, simpatizante fascista. Pound foi provavelmente o menos americano de todos os autores norte-americanos. Poeta, músico, teórico, ensaísta, crítico, consumou a sua visão estética sobretudo em "Os Cantos"[1], a obra-maior, uma espécie de autobiografia intelectual e versão moderna da *Divina Comédia* de Dante. "Os Cantos", iniciada em 1915 e jamais concluída, é hoje considerada um dos mais controversos mas decisivos legados poéticos do Modernismo para a história da literatura do século XX. Sempre ao serviço dos poetas (como crítico ou defendendo-os junto dos editores), motor de diversos movimentos modernistas como o Imagismo e o Vorticismo, Pound defendia: "Toda a arte começa na insatisfação física (ou na tortura) da solidão e da parcialidade."

Epígono de Flaubert, seguiu com fúria a sua distinção radical entre literatura "nacional" e literatura "individual". Esta última, defendia o autor francês, funda-se na liberdade e é produzida por escritores talentosos: "Vivam como burgueses, e pensem como semi-deuses..." E procurem uma literatura "com a precisão de uma ciência exata". Pound tentará fazê-lo. Para ser livre, e após viajar por Espanha, Itália e França, muda-se, em 1908, para Londres, onde conhece e influencia de modo radical Yeats, T. S. Eliot – que o descreve como *il miglior fabbro* (o melhor artífice) – e James Joyce.

Pound formou-se em Filosofia e aplicou-se depois no estudo de várias línguas, das literaturas orientais e, em profundidade, da gramática e da literatura em língua inglesa. Tal como salientou John Updike, a erudição multilinguística de Pound, como a de Eliot, inseria-se "numa procura, pelo mundo inteiro, de uma autenticidade que pudesse ajudar à inovação da linguagem e das tradições nativas". Por isso se torna excecional a atitude teórico-crítica do poeta perante a "tradição" literária ou a hipótese de ele mesmo a instituir. Desde cedo obcecado pela relação com os leitores e com o seu tempo, a questão da influência estará sempre no centro das reflexões de Pound, tal como a insistência constante no estudo dos clássicos. A aplicação crítica ao conhecimento teórico e prático das técnicas e formas que lhe são anteriores está na raiz de qualquer possibilidade de inovação.

Nas tradições clássicas da poesia chinesa e japonesa, da poesia latina, da poesia provençal e dos poemas da tradição medieval inglesa, Pound recolhe a defesa incondicional

---

[1] Ezra Pound, *Os Cantos* [*The Cantos*], trad. e introd. José Lino Grunewald. Assírio & Alvim, 2005.

da clareza e da economia da linguagem. O poeta irá ocupar-se da criação de novos ritmos sonoros a partir da métrica, da procura de imagens exatas para traduzir detalhes precisos. Pound desejou aquilo a que chamou "compor na sequência da frase musical, e não na sequência do metrónomo" – o desejo teorizado pelo Imagismo, a escola estética de vanguarda que liderará entre 1912 e 1914.

A busca de uma poesia eficaz, sem excessos, que diga o máximo através do mínimo, encaminhou-o depois para as teorias vorticistas (expressas em dois números da revista *BLAST*) e para a estilização gráfica dos poemas. Essa arte que Pound pretende "intensiva", condensada num turbilhão de perspetivas, antecipará a poesia concreta.

Em 1924, Pound instala-se em Itália, onde vive um exílio voluntário durante vinte e um anos. A 30 de Janeiro de 1933, encontra-se com Benito Mussolini. O encontro, breve, traduz o lado mais negro da biografia do poeta: a sua adesão ao fascismo, por via inicial das teorias económicas, e as consequências devastadoras dessa opção política. Em 1945 é encarcerado, durante semanas, numa cela de ferro, exposta ao sol e ao frio, num centro de detenção em Pisa. Aos 60 anos, Pound é expatriado para os Estados Unidos, acusado de traição por ter divulgado propaganda fascista aos microfones de uma rádio de Roma durante a Guerra. Tido por paranoico, mentalmente incapaz, viverá os treze anos seguintes internado num hospital psiquiátrico, em Washington D. C. Em 1958, retiradas as acusações, Pound regressa a Itália, onde virá a falecer, num silêncio autoimposto, na sua amada Veneza, em 1972.

FILIPA MELO

MANUEL ANTÓNIO PINA – É autor de mais de quatro dezenas de livros de poesia, ficção, crónica e literatura infanto-juvenil e ainda de duas dezenas de peças de teatro. Obras suas foram levadas ao cinema, TV e BD, bem como coreografadas ou musicadas e editadas em disco. A sua poesia encontra-se publicada em França (francês e corso), Brasil, Estados Unidos, Espanha (castelhano, galego e catalão), Dinamarca, Alemanha, Holanda, Rússia, Croácia e Bulgária, e a sua obra infanto-juvenil na Dinamarca, Espanha e Alemanha. Recebeu os principais prémios de poesia portugueses, entre eles o Grande Prémio da Associação Portuguesa de Escritores/CTT, Prémio Luís Miguel Nava e Prémio da Secção Portuguesa da Associação Internacional de Críticos Literários. No domínio infanto-juvenil, *O Inventão* recebeu em 1987 o Prémio Gulbenkian de Literatura Infantil e a Menção do Júri do Prémio Europeu Pier Paolo Vergerio da Universidade de Pádua (Itália). Em 1988, Manuel António Pina recebeu o Prémio do Centro Português de Teatro para a Infância e Juventude pelo conjunto da sua obra neste domínio. Em 2011, foi-lhe atribuído o Prémio Camões, o maior prémio literário de língua portuguesa.

Mais do que *influência*, afluência

MANUEL ANTÓNIO PINA

Ezra Pound encontra-se de forma manifesta em alguns poemas que escrevi, mas tenho razões para suspeitar que está presente em muitos mais sem ser visível em parte nenhuma deles.

ANTES DE MAIS, *permita-se-me um pequeno exórdio justificativo. No quadro do presente ciclo de colóquios "Asas sobre a América", centrado nas relações da literatura norte-americana com alguma da literatura portuguesa contemporânea, vistas através do testemunho, sempre problemático, de alguns escritores portugueses, sou convidado a fazer hoje aqui, brevemente, uma evocação do diálogo de Pound e da sua poesia com a minha própria poesia. Não será decerto um assunto particularmente interessante; além disso, para mim implica uma dificuldade: sou um leitor bissexto da minha poesia (o que quer que isso de "a minha poesia" seja). E, embora pense, às vezes obsessivamente, a génese de cada poema no instável território de luzes e sombras entre pensamento e impensamento, não tenho por hábito pensar a minha poesia (na verdade, tenho outras coisas, mais instantes, em que pensar...). Engendrei mesmo uma fórmula para me furtar a fazê-lo quando calha de ser solicitado para isso: "A minha poesia é tudo o que tenho a dizer sobre ela." E se aceitei agora imprudentemente o generoso convite da FLAD foi porque não me foi possível deixar de corresponder-lhe e porque admiti que o testemunho da minha experiência particular de fazedor de versos possa não ser (não é certamente) muito distinta de outras, e que talvez esse facto possa, quem sabe?, de algum modo iluminar as perplexas consanguinidades que podem estabelecer-se entre uma poesia concreta e particular e a Poesia e evidenciar a natureza da escrita como leitura e do escritor como leitor lendo por escrito.*

1.
DE FACTO, mais ansiosamente ou menos ansiosamente, escreve-se sempre com o passado e contra o passado. Ninguém escreve *ex-nihilo*[1], do modo controverso como o Deus hebraico terá escrito o mundo. O que escrevemos é, inevitavelmente, uma *misreading*, uma desleitura ou uma tresleitura, de outras escritas, e nem as nossas próprias palavras – e nós somos as nossas palavras – nos pertencem. Quando escrevemos, nunca estamos sós (antes estivéssemos!); uma infinitude caótica de rostos espreita sobre os nossos ombros, uma infinitude de mãos pega na nossa mão, vozes inúmeras atropelam-se na nossa memória e no nosso coração. Alguns desses rostos podemos divisá-los, e é natural que procuremos, temerosos, desviar os olhos deles; de outros só nos é possível suspeitar que eles ou a sua sombra hão-de necessariamente estar por ali, em parte nenhuma.

Isto é, nenhuma escrita é inocente, a inocência de que formos capazes havemos de conquistá-la contra tudo o que lemos e contra tudo o que leram aqueles que nos leem, certos de que mesmo essa inocência é decerto, como Blanchot[2] diria, ilusão. Para essa improvável "segunda e mais perigosa inocência" (Nietzsche) literária, teríamos que desenterrar e voltar a enterrar (Pound diria "reassimilar") passado de mais. Mas como, se até para nos calarmos precisamos das nossas (ou lá de quem são) palavras?

Atrevo-me a impertinência de ler um poema do meu último livro, *Os livros*[3], que talvez explique melhor (porque esta é, acho eu, uma interrogação central) o que quero dizer:

ARTE POÉTICA

*Vai pois, poema, procura
a voz literal
que desocultamente fala
sob tanta literatura.*

---

[1] *Ex nihilo*: do nada.
[2] Maurice Blanchot (1907-2003), escritor, filósofo e teórico da literatura francês.
[3] Manuel António Pina, *Os livros*. Assírio & Alvim, 2003.

> *Se a escutares, porém, tapa os ouvidos,*
> *porque pela primeira vez estás sozinho.*
> *Regressa então, se puderes, pelo caminho*
> *das interpretações e dos sentidos.*
>
> *Mas não olhes para trás, não olhes para trás,*
> *ou jamais te perderás;*
> *e teu canto, insensato, será feito*
> *só de melancolia e de despeito.*
>
> *E de discórdia. E todavia*
> *sob tanto passado insepulto*
> *o que encontraste senão tumulto,*
> *senão de novo ressentimento e ironia?*

É possível decerto a um escritor nomear incompletamente algum do "passado insepulto" presente na sua escrita. Mas, se calhar, aquilo que, desse passado, lhe não é dado ver é o essencial dela, pois não se pode ver diretamente o próprio rosto. Porque, provavelmente, o verdadeiro rosto de uma obra literária (se tal coisa existe) pertence aos outros e não ao escritor.

Talvez faça, por isso, algum sentido que convoque aqui um ensaio de 2007 de Fernando J. B. Martinho sobre a presença de Pound na poesia portuguesa contemporânea, que abre com uma citação de Eliot – "Não consigo pensar numa única escrita poética da nossa geração e da seguinte (se de qualidade) que não tenha sido melhorada pelo estudo da de Pound" – e uma outra, muitas vezes referida, de Hemingway: "Um poeta nascido neste século [Hemingway refere-se, naturalmente, ao século XX] ou nos últimos dez anos do século passado que possa, honestamente, dizer que não foi influenciado pela obra de Pound, ou não aprendeu muito com ela, merece mais piedade do que reprovação."[4]

O que Eliot e Hemingway dizem de Pound pode, em geral, dizer-se de todos os grandes poetas do passado. Não precisamos de os ter lido para eles, necessariamente, estarem, de uma forma ou de outra, presentes naquilo que escrevemos. Se não os tivermos lido diretamente, lemos decerto outros que os leram. Além de que a marca da sua voz faz parte mais do que do acervo histórico cultural comum, do "espírito do tempo" em que escrevemos, ou

---

[4] Fernando J. B. Martinho, "Pound e a poesia portuguesa contemporânea", in *Diacrítica, Ciências da Literatura*, nº 21.3/2007, pp. 145-162.

em que se *inscreve* aquilo que escrevemos, o nosso "contrato com o tempo"[5], como diz Steiner, nem que esse tempo não seja o nosso (estou, por exemplo, a pensar, e desculpe-se-me a ironia, em alguns poetas do século XIX que por aí continuam ainda hoje a escrever e a publicar poesia ...)

Há uns anos, no Salão do Livro de Paris, participei numa mesa redonda com um tema inquietante: "Faut-il oublier Pessoa?" Mas como "esquecer" Pessoa? Pessoa é, de facto, algo irremediável; não é de todo em todo possível escrever hoje como se Pessoa não tivesse existido, "esquecê-lo". Como também diz Steiner, e a observação parece aqui particularmente pertinente, "só o homem dispõe de meios que lhe permitem transformar o seu mundo através de cláusulas condicionais, formular frases do tipo: "Se César não tivesse ido ao Capitólio nesse dia..."[6] Podemos recalcar o facto de César não ter ouvido Artemidoro[7] e ter continuado em direção aos conjurados, mas não nos é possível apagá-lo.

Eugénio de Andrade, por exemplo, parecia estar convencido de que não foi influenciado por Pessoa. Mas, se o esforço da sua poesia para evitar a poesia de Pessoa (para, voltando ao assunto da mesa-redonda de Paris, tentar "esquecer Pessoa") não é influência, vou ali e venho já...

2.

TODO O POEMA contém a sua poética específica, ou, na formulação de Jakobson[8], "toda a obra de arte digna desse nome fala da génese da sua própria criação". Trata-se, quase sempre, de uma fala muda, ou de uma fala fracassada, que, quando rompe o silêncio, instaura mais a suspeita que a convicção.

Neste sentido, é talvez mais revelador aquilo que, numa perspetiva de "teoria da receção", a leitura, em particular a leitura crítica, pode inseguramente e historicamente ouvir desse silêncio (ou a voz que pode dar a esse silêncio) do que o próprio poeta possa eventualmente dizer sobre ele.

Fernando J. B. Martinho procede no já referido ensaio a um exaustivo inventário da presença múltipla e díspar de Pound (já que, como observa, ele é o

---

[5] *In* Georges Steiner, *Gramáticas da Criação* [*Grammars of Creation*, 2001], trad. Miguel Serras Pereira. Relógio d'Água, 2001.
[6] Id., ibid.
[7] Segundo Plutarco, a 15 de Julho de 44 a.C., o dia do assassinato de Júlio César, o erudito grego Artemidoro terá tentado alertar o imperador para a conspiração entregando-lhe um bilhete perto do Senado. O episódio é referido em *Júlio Cesar*, de William Shakespeare, Acto II, Cena III.
[8] Roman Jakobson (1896-1982), linguista russo, pioneiro da análise estrutural da linguagem, da poesia e da arte.

"poeta proteiforme por excelência") na poesia portuguesa contemporânea ao longo de quase meio século, desde alguns dos poetas dos "Cadernos de Poesia" (Ruy Cinatti, José Blanc de Portugal e Jorge de Sena) até poetas revelados nos anos 80, como Paulo Teixeira e Luís Filipe Castro Mendes. No que diz respeito à minha poesia, afirma (bem) que, desde o meu primeiro livro, publicado no já distante ano de 1974, "[reservo] a Pound um lugar entre os poetas com que [tenho] trato mais íntimo"[9]. E, no entanto, eu seria tentado a dizer que, no que toca à poesia norte-americana, a minha está talvez tão próxima daquilo que Marjorie Perloff[10] chama de tradição *stevensiana* quanto da tradição especificamente *poundiana*[11], não só em virtude das raízes românticas de que, apesar de tudo, julgo que ela se alimenta, como também porque ela se mantém, no essencial, no quadro do "paradigma lírico"[12], ao mesmo tempo que, por outro lado, insistentemente, convoca e incorpora em si poesias alheias, convicta, como Pound, da tradição poética enquanto "beleza que preservamos e não grilhetas a que estamos amarrados"[13], mas também, e sobretudo, convicta de que aquele que escreve é sempre outro, um outro de si ou um outro de outros. No meu caso, Pound foi, desde sempre, dos outros de outros dela.

Num poema de 1991[14], onde Fernando J. B. Martinho mais demoradamente vê o diálogo da minha poesia com a de Pound ("Numa estação de metro", título de um poema de Pound de 1913, "In a station of the Metro", por muitos considerado típico do imagismo), a presença do poeta norte-americano repete-se, de facto, depois de no título, no segundo hemistíquio do último verso, que é a tradução do segundo, e também último, verso do poema "In a station of the Metro". Mas, se o imagismo pode provavelmente filiar-se no "projeto vastíssimo" que Barthes atribui ao haiku, o de "fazer parar a linguagem"[15], desencadeando um *flash* (uma "aparição", no poema de Pound) e projetando uma *imagem* na mente, é fácil de ver (basta lê-lo) quão longe está o meu poema do imagismo poundiano e antes perto do paradigma lírico, entendido este num sentido próximo do conceito de Harold Bloom da própria poesia: uma fala consigo mesmo que, furtivamente, a si se escuta. Ao mesmo tempo,

---

[9] Fernando J. B. Martinho, op. cit., p. 157.
[10] Marjorie Perloff (n. 1931), crítica de poesia austríaca, naturalizada norte-americana.
[11] Id., ibid., p. 145.
[12] Id., ibid., p. 146.
[13] *Literary Essays of Ezra Pound*, edited with an Introduction by T. S. Eliot, Faber and Faber, London, 1985, p. 91.
[14] Fernando J. B. Martinho atribui, por lapso, o poema a "O caminho de casa", de 1989. (N. Autor)
[15] Roland Barthes, *L'Empire des Signes*, 1970.

deve sublinhar-se que vários *outros de outros*, que não apenas Pound, nele expressamente convivem; entre eles, pelo menos, Shakespeare (no 4º verso, que alude a um verso de "Romeu e Julieta"), Wagner (no 5º e no 7º) e ainda, muito discretamente, o Pessoa de "Em horas inda louras, lindas,/Clorindas e Belindas, brandas,/brincam no tempo das berlindas,/as vindas vendo das varandas" (no 5º). Neste último verso, "Belinda" começou por ser "Belisa", como na peça de Garcia Lorca[16], mas a relação fonética com "Brunilda" e "Cremilda" acabou por se impor. A todos haveria talvez de acrescentar-se, ainda mais distantemente, Milton, já que o poema em causa (e nesta matéria haverá que fazer fé em mim) parte de um terceto retirado de um poema que excluí, por incoerente com o resto do conjunto, de um ciclo publicado no ano seguinte sob um título retirado de "Paradise Lost": "Fareweel happy fields".

Mas talvez valha mais experimentá-lo que julgá-lo, ao poema em causa:

NUMA ESTAÇÃO DE METRO

A minha juventude passou e eu não estava lá.
Pensava em outra coisa, olhava noutra direção.
Os melhores anos da minha vida perdidos por distração!

Rosalinda, a das róseas coxas, onde está?
Belinda, Brunilda, Cremilda, quem serão?
Provavelmente professoras de Alemão
em colégios fora do tempo e do espa-

ço! Hoje, antigamente, ele tê-las-ia
amado de um amor imprudente e impudente,
como num sujo sonho adolescente
de que alguém, no outro dia, acordaria.

Pois tudo era memória, acontecia
há muitos anos, e quem se lembrava
era também memória que passava,
um rosto que entre os outros rostos se perdia.

---

[16] *Amor de Dom Perlimplim com Belisa em Seu Jardim* (1928), Federico García Lorca, trad. Eugénio de Andrade. Campo das Letras, 1998 (4ª ed.).

> *Agora, vista daqui, da recordação,*
> *a minha vida é uma multidão*
> *onde, não sei quem, em vão procuro*
> *o meu rosto*, pétala dum ramo húmido, escuro.

As citações da poesia de Pound (e de outras) na minha poesia surgem, não por devolução ou ostentação erudita, mas quase sempre por *imposição* (digamos assim) do próprio poema, como se essas poesias estivessem nele latentes desde o início e, a certa altura, emergissem à luz da consciência tornando-se verso.

Há, porém, formas (tantas vezes *informes*) menos evidentes da sombra de uma poesia noutra além da citação ou da alusão, seja na génese do poema, seja na *palavra poética*, tomada esta expressão no sentido lato de construção e ética poéticas.

Tentarei ilustrar o quero dizer socorrendo-me do "método da ciência que é 'o método da poesia', distinto do método da discussão filosófica"[17], que Pound recupera do ensaio de Fenollosa[18] "*The Chinese Written Character as a Medium for Poetry*"[19], e exemplifica com o trabalho do biólogo comparando uma lamela ou espécime com outra. As duas lamelas, no caso, são um poema de Pound, "Sandálias negras: Belloti", e um poema meu de *Atropelamento e fuga* (2001), "Curso de Verão", onde não existe qualquer referência a Pound, salvo, se calhar, a alusão a umas sandálias, mas onde eu julgo pressentir uma subtil *entoação* comum. O conceito de entoação é invocado várias vezes por Pound, quando aborda as relações da poesia com a música; e Borges vai mesmo mais longe, considerando a entoação a marca distintiva da própria poesia: "A poesia está essencialmente na entoação, numa certa respiração da frase"[20].

Acho que não será preciso ter um ouvido excepcional para nos apercebermos, independentemente das diferenças formais e materiais entre os dois poemas, da similitude de "tom" entre eles.

---

[17] *In* Ezra Pound, *ABC da Literatura* (*ABC of Reading*) tradução de Augusto de Campos e José Paulo Pães, Cultrix, São Paulo, 2ª ed. 1973, p. 26.
[18] Ernest Francisco Fenollosa (1853-1908), professor de Filosofia em Tóquio, cujos cadernos de notas, após a sua morte, foram dados a Pound pela sua mulher.
[19] Ernest Fenollosa, *The Chinese Written Character as a Medium for Poetry*, edited by Ezra Pound, City Lights Books, S. Francisco, Califórnia, s/d.
[20] Jorge Luis Borges, *Prólogos*, p. 66. [N. do Autor]

Eis o poema de Pound (a tradução é minha):

SANDÁLIAS NEGRAS: BELLOTI

Numa mesa perto de nós
Com as pequenas sandálias descalças
Os pés, de meias brancas,
Cuidadosamente isolados do solo por um guardanapo.
Ela conversa:
"Connaissez-vous Ostende?"
A faladora senhora italiana, no outro lado do restaurante,
Responde com uma certa "hauteur",
Mas eu espero pacientemente
A ver como volta ela a calçar as sandálias.
Volta a calçá-las com um queixume.

Agora o meu poema:

CURSO DE VERÃO

É falso que tenha sido tudo dito,
que o espírito tenha regressado ao espírito,
a memória à memória e a existência
consumado a existência, literal e suspensa,

disse o conferencista, menos convicto do que
seria de supor dadas as circunstâncias;
e a verdade é que, se o dissera alguém
antes, já ninguém se lembrava...

Pousou as folhas dos apontamentos
sobre a mesa, enquanto eu seguia
cuidadosamente os movimentos
dos pés da rapariga inglesa fora das sandálias,

as unhas cor-de-rosa; e quando ela
afastou ligeiramente as pernas
na tarde morna, sobressaltou-se o meu espírito
de frases feitas, ideias ternas.

Há, parece-me, várias coisas em comum nos dois poemas: uma certa *ligeireza* de tom; o "eu" do poema observando um pormenor, enquanto, "distraído" do que ocorre em fundo (uma conversa num caso, uma conferência noutro, num caso e noutro referidas com ironia distante); a natureza visual (imagismo descritivo, "phanopeia", ausência de verbos de ligação nos quatro primeiros versos do poema de Pound e, no meu, idem nos versos 12 e 13, aqui a imagem visual logo transportada em emoção erótica); etc.

Obviamente não estava a pensar no poema de Pound ao escrever o meu poema. Talvez, no entanto, o poema o tenha feito por mim. Quando se escreve um poema pensa-se exclusivamente no poema e nos seus problemas, problemas que, às vezes, se resolvem espontaneamente convocando outros poemas (um verso, uma palavra, uma expressão...; no meu caso, tanto alheias como próprias, pois em várias ocasiões tenho citado, ou citam-se eles entre si, outros poemas meus). A maior parte das vezes, porém, a génese de um poema é um momento de solidão do poeta e dos seus fantasmas e poeta e poema estão entregues apenas a si próprios, sem nenhum serviço de emergência literária a quem telefonar a pedir ajuda.

Obviamente também (pelo menos para mim), ao contrário decerto de Pound (e esta também não é uma diferença irrelevante entre os dois poemas), o meu poema não tem qualquer referencialidade. Nunca estive num curso de Verão e nunca vi, senão na imaginação, a cena descrita; ela é, provavelmente, um mosaico confuso de episódios *outros*, vividos e sentidos em diferentes circunstâncias. Tenho, de facto, assistido a muitas conferências fastidiosas (como esta, digo eu) e passado ociosamente muitas tardes em, por exemplo, esplanadas de café... Escreve-se, mais do que com sentimentos ou acontecimentos, com a memória deles. E, como Blake diz, é fácil "[tomarmos] como filhos da imaginação o que são filhos da memória".

*
* *

O imagismo ou o "make it new" de Pound nunca me seduziram especialmente, nem, do mesmo modo, o experimentalismo e a erudição de *Os Cantos*. A presença de Pound na minha poesia é, julgo, mais profunda e menos contabilizável (embora, para mim, como no exemplo dado, tangível) do que a que pode concluir-se de uma inventariação de citações; e resulta talvez mais do paideuma poundiano (foi Pound quem me introduziu em poetas como Li T'ai Po, Catulo, Guido Cavalcanti, Arnaut Daniel, Robert Browning, Tristan Corbière, Jules Laforgue e muitos outros) e do meu próprio paideuma da obra poética de Pound (que inclui vinte ou trinta poemas onde, por qualquer motivo, pressinto algo como uma consanguinidade comum, mas que, dos *Cantos*, por exemplo, inclui pouco mais que o XLV), a presença de Pound na minha poesia resulta mais, dizia eu, dessas indiretas "presenças reais" – a de alguma da poesia de Pound e a de poetas a que cheguei através de Pound – do que da sua teorização.

E no entanto...

3.

E, NO ENTANTO, MUITO DO POUCO que sei sobre poesia e sobre o seu *fazer* aprendi-o lendo alvoroçadamente, e muito, muito criticamente, "ABC of Reading" [21] aos 20 e poucos anos. Falei há pouco em *ética poética*. É decerto uma expressão equívoca. Com ela pretendi impropriamente referir-me, não a qualquer espécie de *dever ser* da poesia (ou, porque da poesia talvez só possa dizer-se o que não é, um *não dever ser*), da ordem da adequação ou da moral, isto é, da dogmática, mas antes a algo da ordem da problematização e da interrogação.

Com efeito, a importância de "ABC of Reading" para mim foi, ou é, crítica, e não dogmática. E suporto bem o seu didatismo classificatório, frequentemente irritante, em nome daquilo que nele é exigência radical e inteligência da poesia e do trabalho poético. Há coisas que não se ensinam, mas se aprendem. A advertência final das "Notes sur la Technique Poétique"[22] de Georges Duhamel[23] e Charles Vildrac[24] (que Pound cita em "A few dont's"[25]), que "d'abord il faut être un poète", não pode servir de álibi para dispensar a leitura das setenta páginas precedentes sobre o verso livre. Como melhor do que eu diz Pound no ensaio "Tratado de Métrica", que encerra a segunda parte de "ABC of Reading", "o povo amou o homem que disse: 'Olha dentro do teu coração e escreve'. E aprovou Uc St. Circ ou qualquer outro que escreveu: 'Ele fez canções porque tinha vontade de fazer canções (...)'. Tudo isto está [no entanto] infinitamente longe da superstição de que a poesia não é uma arte ou de que a prosódia não é uma arte COM LEIS", mesmo que, "como as leis de qualquer arte, não se [trate] de normas fixadas por decreto".

---

[21] "ABC of Reading", Ezra Pound, ensaio de teoria estética, publicado em 1934.
[22] *Notes sur la Technique Poetique* (1910), Georges Duhamel e Charles Vildrac.
[23] Georges Duhamel (1884-1966): médico, editor e escritor francês.
[24] Charles Vildrac, (1882-1971): pseudónimo de Charles Messager, poeta e dramaturgo francês.
[25] "A Few Don't's by an Imagiste", by Ezra Pound, in *Poetry*, Março 1913.

Isso aprendeu então com Pound o perplexo candidato a poeta que eu era. E a ler poesia. E a comparar, tentando perceber diferenças e similitudes de entoação. E a reconhecer o poema como um *fazer* feito de si mesmo (um *fazer* feito do seu próprio fazer, como observa Jean-Luc Nancy[26]) e da matéria viva das palavras (do seu som, do seu sentido e associações de sentidos, e das misteriosas e hesitantes relações tudo isso). E a saber que não vale a pena invocar as Musas porque elas não responderão à chamada. E, por fim, algo essencial, a verdade, ou, como o próprio Pound canta em "Dum Capitolium Scandet", "(a dizer) a pura verdade/ como os ensinei a dizer"[27]. E, já agora, mais ainda (mas isso só o aprendi mais tarde, e à própria custa): que um poema é sempre uma frustração e uma derrota e que, como Anaximandro diz do homem, "mais lhe valia não ser".

Tantos anos depois, tenho ainda hoje a cabeça cheia das passagens, carateristicamente aforísticas, de "ABC of Reading", tanto quanto alguns poemas de Pound, e é improvável, por isso, que, com outros, eles não presidam também, algures, mais distantemente ou menos distantemente, à poesia que escrevo, mesmo que apenas a espaços irrompam por algumas das suas brechas e se tornem visíveis. É certo que posso dizer também isso de outros poetas. De nenhum porém, talvez com exceção de Eliot, ao mesmo tempo e do mesmo modo da sua poesia e da sua crítica.

4.

DIZ ALGURES BORGES que o leitor é um cisne mais tenebroso que o escritor. As fronteiras entre um e outro são, porém, matéria incerta. Diante da obra literária, o leitor está principalmente diante de si mesmo, vendo-se num espelho incerto e inconcreto. Mas também o escritor tem o leitor diante de si. A língua, como escreve Roland Barthes, é a familiaridade social do poeta. O facto de a literatura ser uma arte escrita, de existir na língua comum, implica necessariamente um leitor, atual ou potencial; ninguém escreve apenas para si mesmo, a assim ser, não escreveria, ou então escreveria numa língua que apenas ele conhecesse (Eliot diz algo parecido num dos seus ensaios).

É por isso que sou frequentemente tentado a pensar que um escritor é um leitor que lê, *e se lê*, por escrito; e que o leitor é um escritor escrevendo-se, ou *inscrevendo-se*, naquilo que lê.

---

[26] Jean-Luc Nancy (n. 1940), filósofo francês.
[27] *Quantos depois de mim virão cantando tão bem como eu,/ nenhum deles melhor; dizendo a pura verdade/ como os ensinei a dizer;/ Fruto da minha semente,/ ó meus inomináveis filhos./ Sabei que já antes vos amava,/ oradores claros, nus ao Sol, livres* (*Lustra*, 1916). [N. Autor]

Ganha talvez assim mais sentido aquilo que antes disse sobre as sombrias relações de umas poesias com outras poesias. Não se trata, a meu ver, de "influências", com o significado de algo – no caso uma obra literária – que forma ou modifica o caráter de outra obra, mas antes de *afluências*, da matéria constituinte e original da própria obra, do mesmo modo que um mar ou um lago são constituídos, em maior ou menor medida, pelos seus afluentes, e quantos mais e maiores eles forem maiores serão, e uma rocha pela acumulação de sedimentos. Escrever, tal como o entendo, é uma forma de *ser*. E nós somos, confusamente, também os livros que lemos. Dito por outras palavras, somos memória. Memória individual, memória social, e também memória biológica (o que é o ADN, se não memória?). Tivéssemos lido outros livros e vivido outra vida e seríamos decerto outros e escreveríamos então coisas diferentes. Se somos *nós* quem escreve, como haveremos de escrever sem *nós*, ou desapossarmo-nos de nós para escrever?

Também isso aprendi há muitos anos (acho que em "ABC of Reading", ou talvez em "How to Read", já não me lembro) com Pound, a não temer "influências" (eu, como disse, prefiro "afluências"), literárias ou outras, antes abrir-me ao maior número possível delas e deixar-me *ser sido* por todas.

*
* *

Talvez agora se compreenda melhor por que sinto algum desconforto ao falar da minha relação com Pound. Porque, por tudo o que fica dito, sempre hei-de de falar mais de mim (ou de uma parte, em larga medida desconhecida, de mim mesmo) do que de Pound. E quem não tem pudor de falar de si? Falo excessivamente de mim na minha poesia (e de quem poderia falar?), e de coisas de mim que não conheço nem tenho qualquer curiosidade de conhecer, mas que, a certa altura, querem insistentemente transformar-se, como Claudel diz, em palavras. Na verdade, a minha voz é a voz de Pound como a de todos e de tudo aquilo de que sou feito e desfeito, todas falando ao mesmo tempo, de tal modo que já não é possível distingui-las umas das outras; eu sou essa indistinção e, escrevendo[-me], apenas lhe empresto a mão.

RAYMOND CHANDLER
(1888-1959)

RAYMOND CHANDLER nasceu em Chicago a 23 de Julho de 1888. O pai, Maurice Chandler, engenheiro dos caminhos-de-ferro e alcoólatra, conheceu e casou com Florence Thornton durante uma deslocação ao Nebraska. Florence descendia de uma família abastada da rigorosa comunidade quaker de Waterford, na Irlanda (de onde, no século XVII, haviam partido os antepassados de Maurice, em fuga à perseguição de Cromwell). Era uma mulher pequena e muito bonita e seguira a irmã mais velha até aos Estados Unidos. Pouco tempo depois de o casal se instalar em Chicago e de nascer Raymond, Maurice abandona a família. Florence regressa ao Nebraska, onde Raymond cresce até aos seis anos de idade, quando a mãe, já divorciada, decide regressar à Irlanda. Raymond Chandler dirá do seu destino se os pais se tivessem entendido e ele permanecido em Chicago: "[...] teria acabado com o cérebro como uma saca de cimento de Portland."

Raymond recebe uma formação eclética, primeiro em Waterford, depois ao cuidado de um tio advogado, nos subúrbios de Londres, por fim no conservador Dulwich College (onde lê os clássicos greco-latinos no original), a que se segue, não a universidade, mas um ano de estadia em França e na Alemanha com o objetivo de aprender línguas. Aos 20 anos, após uma curta passagem pela marinha, torna-se cidadão britânico, trabalha como *free-lancer* para alguns jornais e escreve poemas românticos, alguns deles publicados, sem qualquer sucesso. Quatro anos mais tarde, Raymond visita os tios americanos e decide instalar-se em Los Angeles (será o primeiro escritor a utilizar esta cidade como cenário realista). Em 1917, regressado de um ano nas trincheiras francesas (integrado no Exército do Canadá), apaixona-se por Cissy Pascal, uma mulher casada e dezoito anos mais velha, com quem viverá até à morte dela, cerca de quatro décadas depois. Durante a Grande Depressão, trabalha para uma companhia de petróleo, onde ascende de contabilista a vice-presidente, até ser demitido, em 1932, acusado de alcoolismo e assédio sexual. Em 1933, com a mulher doente e os bolsos vazios, Raymond Chandler publica a sua primeira história policial num *pulp magazine*[1]. Tem 44 anos e está decidido a aperfeiçoar-se num género literário estimulante e que, para mais, lhe garante a subsistência.

A milhas da obsessão inglesa com a dedução e explorando todas as capacidades da linguagem realista, Chandler irá consumar os passos de Dashiel Hammett (1894-1961) no apuramento da ficção policial *hard-boiled*, tornando-a, talvez, a única escola literária

---

[1] Raymond Chandler, "Blackmailers Don't Shoot", *Black Mask*, Dezembro/1933.

de origem exclusivamente norte-americana. Perfecionista, é o típico escritor bilingue: apura lentamente o seu inglês-americano, refina a verosimilhança do discurso e mistura estereótipos e lugares-comuns com metáforas e hipérboles que aproximam a prosa da rapidez e eficácia da oralidade. Explicará: "Há um momento em que é preciso optar entre velocidade e profundidade de foco, entre ação e personagem, *suspense* e sagacidade. Hoje, escolho sempre as segundas opções."[2]

Na época, a violência está nas ruas e, para a enfrentar, é necessário um novo herói. O detetive privado torna-se o catalisador da história, sem existência na vida real, mas construído como se nela existisse. Philip Marlowe será esse homem comum, com tudo o que de incomum nele possa existir. Luta contra as emoções, mas sente-as, e são elas o seu elemento distintivo. Possui um sentido de inevitabilidade tipicamente americano e um código de honra que poderia ter herdado de um velho *cowboy*. Figura de repouso (que usa a palavra como antes o *cowboy* usava a ação), invulnerável ao nervosismo do *gansgster*, ele reconhece que a vida é tragicamente séria. A sua melancolia de urbanita está na fronteira entre "o cinismo empedernido e o idealismo romântico".[3]

Para Raymond Chandler, num enredo policial o verdadeiro mistério não é quem matou, mas em que situação precisa aconteceu o crime. O crime é as suas circunstâncias, descritas com o máximo detalhe e vivacidade. Afinal, o crime é a natureza humana, tão incerta e tão confusa como Chandler e Marlowe assumirão sê-lo. O moderno escritor de policiais como Chandler o inaugura e aperfeiçoa é aquele a quem compete a investigação literária de uma verdade obscura: nem uma verdade extraída de exaustiva concatenação de pequenos detalhes significativos, nem uma verdade moralizadora, mas antes, pelo contrário, uma verdade realista, por mais brutal que ela se nos apresente. Raymond Chandler faleceu, vítima de pneumonia, a 26 de Março de 1956, em La Jolla, na Califórnia.

FILIPA MELO

---

[2] D. Gardiner & K. Walker, *Raymond Chandler Speaking* [1962]. University of California Press, 1997.
[3] Cynthia S. Hamilton, *Western and Hard-Boiled Detective Fiction in America*. University of Iowa Press, 1987.

Francisco José Viegas – Nasceu em 1962. Foi professor universitário, jornalista, diretor da Casa Fernando Pessoa, editor na Quetzal Editores e diretor da revista *Ler*. É o atual Secretário de Estado da Cultura. Autor de diversos livros de poesia, de livros de viagem e de romances, entre os quais *As Duas Águas do Mar*, *Um Céu Demasiado Azul*, *Morte no Estádio*, *Um Crime na Exposição*, *Um Crime Capital*, *Lourenço Marques* e, o mais recente, *O Mar em Casablanca*, publicado pela Porto Editora em 2009. Em 2005 foi distinguido com o Grande Prémio APE de Romance com o livro *Longe de Manaus*. Tem livros publicados na Alemanha, em Itália, no Brasil e em França.

Raymond Chandler.
Uma solidão criadora, como de costume

FRANCISCO JOSÉ VIEGAS

Philip Marlowe é o grande herói contemporâneo. Todos nós, autores, leitores, editores, críticos, curiosos, cinéfilos, somos de alguma maneira descendentes e devedores de Marlowe, herdeiros da criação e da criatura. Porque não é apenas uma criação; é uma criatura com biografia.

Vários autores foram tema do ciclo "Asas Sobre a América", representados, comentados e tratados por outros escritores portugueses. Chandler é o último deles. Não é a "chave de ouro" da história da literatura americana do século XX mas *é a minha asa sobre a América*. É o meu único retrato da América, aquele que eu gosto de revisitar mais vezes.

Jacinto do Prado Coelho, um dos mestres do meu tempo de faculdade, dizia que, geralmente, falar sobre um autor será sempre falar sobre nós mesmos a propósito de um autor ou falar da impressão que esse autor causa em nós. Neste caso, o mais gratificante é precisamente partilhar convosco a minha experiência como leitor de Raymond Chandler. Ou seja, partilhar convosco o Chandler que eu li e que está na minha memória como *reinventor* de *todo* o romance policial e de grande parte da forma como eu próprio escrevo ficção.

Queria avisar-vos: não é fácil falar de Raymond Chandler. Não há muito de novo a dizer sobre ele. Não deixou cartas desaparecidas, misteriosos espólios, arcas cheias de manuscritos, um rasto de mistério na literatura americana.

Chandler escreveu o que escreveu e publicou quase tudo o que escreveu. De entre todos os autores de policiais, ele é aquele que mais o *quis ser*. Esse foi o fator que o levou a querer mudar o estatuto da própria literatura policial.

Em certa medida, acho que todos nós – ou quase todos nós – que um dia ficámos presos à *asa da literatura* somos *chandlerianos* em algum ponto da nossa memória e do nosso gosto literário. Ou seja, de uma forma ou outra, todos nos ressentimos da herança ficcional da sua arte e do seu talento, sobretudo porque ela teve a sorte de ser prolongada e popularizada no cinema. Chandler, que também foi um guionista exemplar, teve essa enorme sorte de ter os seus romances adaptados ao cinema e, pormenor nada desprezível, adaptados por grandes mestres e interpretados pelos grandes atores de Hollywood. Uma sorte que nenhum de nós terá, mesmo que seja absolutamente genial, em primeiro lugar porque esses atores já não podem interpretar nada do que possamos vir a escrever: Humphrey Bogart, Robert Mitchum ou Elliot Gould.

A tradição manda que identifiquemos a figura de Philip Marlowe como o *homem melancólico* transportando o lado sombrio de Bogart ou com o ar ausente de Mitchum, e, depois, a figura burlesca de Elliot Gould, o seu lado mais absurdo. De alguma maneira, o Marlowe de Elliot Gould é o anti-Marlowe. O filme, *The Long Goodbye*, de Robert Altman, é uma pequena obra-prima do humor e da melancolia em simultâneo. Philip Marlowe aparece, do princípio ao fim, sempre a fumar – não larga os cigarros nem por um segundo, o que obriga aos *raccords* mais absurdos, em que não condiz o tamanho do cigarro que traz sempre pendurado da boca. Depois, vive rodeado de meninas em biquíni. Permanentemente. Ou seja, desce uma escada a meio de uma investigação e para a meio a fim de saudar as meninas. O Marlowe de Altman e Gould é um Marlowe cuja existência é basicamente impossível e está cheia de contrassensos. É absolutamente deliciosa a versão áudio em que o Elliot Gould lê *The Long Goodbye*[1]. É uma leitura fantástica, não só porque se trata do grande livro de Raymond Chandler, mas também porque é a interpretação sóbria, e severa até, de um ator que o interpretou de uma maneira absurda.

Mas, observando bem a biografia deste homem que nasce no século XIX, em 1888, e morre em 1959, é útil recordar que Chandler escreve sobretudo entre guerras. *The Big Sleep*[2], o primeiro romance, é publicado em 1939, no

---

[1] Raymond Chandler, *O Imenso Adeus* [*The Long Goodbye*, 1953], trad. Carlos Grifo Babo. Editorial Presença, 2008.
[2] Raymond Chandler, *À Beira do Abismo* [*The Big Sleep*, 1939], trad. Fernanda Pinto Rodrigues. Livros do Brasil/Círculo de Leitores, 1987.

início da Segunda Guerra. Questão de pontaria: esse será um dos grandes livros de leitura durante a guerra. E é precisamente nesse *universo de guerra* que nasce aquilo que eu podia designar como *um novo tipo de herói na literatura*. Esse novo tipo de herói – lamento desiludir-vos – não é o detetive, que já existia, quer na vida real, quer na literatura. O *novo tipo de herói* é o *autor de romances policiais*, uma categoria realmente nova. E porque é que nasce nessa altura este fascínio pelo autor de romances policiais? Em primeiro lugar, porque esse autor de romances policiais, desclassificado e desvalorizado no pódio dos valores sociais da literatura, lida com a morte. Ou seja, num mundo em que a morte fica impune e o crime cada vez mais sem castigo, o autor de romances policiais é o único que realmente se encarrega de castigar os criminosos. A noção de que ele *substitui* uma espécie de justiça impossível, ou de investigação infalível, vai tomar conta (e iluminar) da própria figura do autor de romances policiais. Depois, sublinhe-se que esse escritor de romances policiais não é um escritor qualquer. Ele é, pela primeira vez, um escritor claramente profissional, que tem de respeitar prazos de entrega do romance e que alimenta a indústria da própria ficção policial – dos *pulp magazines*: dos *Dime Detective* ou dos *Black Mask* –, a ficção mais popular e com mais procura nas bancas e nas livrarias. Por outro lado, o escritor de policiais vai negociar mais além do que era hábito para o escritor de ficção: os seus romances são também argumentos para cinema, o que abre e transforma ainda mais esta categoria.

Se retomarmos as duas categorias anteriores, as categorias de *crime* e de *castigo*, ou seja, *da vítima* e *do criminoso*, é bom sugerir-vos que este escritor acaba por substituir um Deus ausente para poder castigar os criminosos. Talvez seja uma leitura exagerada, mas é uma categoria interessante na América daquela época, num mundo em que o crime já não é um *divertimento superior* e o seu tratamento ficcional tem cada vez mais importância para os sociólogos da literatura.

Quando falo do crime como *divertimento superior*, refiro-me naturalmente à narrativa policial clássica. Falo de Stanley Gardner[3], que hoje é já da pré-história, e falo, ainda com mais convicção, de Lord Peter Wimsey, o herói da passagem do século, criado por Dorothy L. Sayers[4], uma das autoras mais notáveis da língua inglesa. Lord Peter Wimsey tem mordomo, está rodeado de criados; quando acorda, pela manhã, limita-se a pedir: "Por favor, vistam-me,

---

[3] Erle Stanley Gardner (1889-1970), advogado e autor de romances policiais norte-americano, sobretudo conhecido pela criação do detetive Perry Mason.
[4] Dorothy L. Sayers (1893-1957), escritora policial, poeta, dramaturga, tradutora e ensaísta inglesa.

que eu vou investigar." E um criado traz-lhe os sapatos e outro o pequeno-
-almoço e permitir-se-lhe uma vida dedicada à criminologia e à luta contra
o tédio. Este é o herói do romance policial clássico, o herói que trata o crime
como um *divertimento superior*. É o caso também de Ellery Queen[5], uma figura
espantosa, pelo seu dandismo. Ellery Queen é filho de um investigador policial
e dedica-se à investigação, como um *dandy* a faria. Não só veste muito bem
– aliás, o seu guarda-roupa é detalhadamente analisado num dos romances,
O Mistério da Laranja Chinesa –, como, além disso, tem direito *a estados de alma*.
O pai trabalha, tem de cumprir horários e de aturar as exigências do *mayor* de
Nova Iorque, que lhe exige o nome do criminoso. Já Ellery Queen é concebido como um artista que analisa o crime como um crítico de arte ou como
um cirurgião do crime, interessado pelo fenómeno (o objeto da cirurgia) mas
não pelo paciente real (o doente, anestesiado e prestes a ser devolvido à *vida
real*). Quando se trata de *divertimento superior*, todos nos lembramos – ainda e
sobretudo – das *celulazinhas cinzentas* de Hercule Poirot, o belga mais famoso
da literatura policial, o génio imune a qualquer interferência política ou social
e que, com essas *celulazinhas*, vai reconstruir *puzzles* e revelar aquilo que só a
sua *inteligência* deteta – uma *inteligência* conformada com os mecanismos da
justiça, a ordem social, o modo como as classes se organizam em pirâmide.

Portanto, a literatura policial encarada como uma espécie de suplemento
lúdico das secções de palavras cruzadas dos jornais da época. Por um lado,
pressupondo um exercício de *inteligência superior*, a do próprio detetive, mas
que também visa constituir um desafio para os leitores que acompanham as
suas deambulações e os seus desafios à lógica e à capacidade de detetar um
fio explicativo dos mistérios que rodeiam os crimes. Por outro lado, estamos
a falar de uma época – esse princípio do século passado – crucial em termos
científicos, e em que a grande palavra da moda para tudo, para a filosofia e para
toda a epistemologia, é o que podemos chamar de operações lógico-dedutivas.
É disso também que nos falam todos os detetives mais clássicos, de Poirot a
Nero Wolfe[6]. Na esteira de quem? Obviamente, na esteira de Sherlock Holmes,
o mestre do método científico e da lógica dedutiva.

Vale a pena determo-nos neste modelo clássico da literatura policial. Um
dos grandes exemplos que sempre gosto de mencionar é o de John Dickson

---

[5] Ellery Queen é, em simultâneo, um personagem de ficção e o pseudónimo usado por dois autores
de policial: os primos Frederic Dannay (1905-1982) e Manfred Bennington Lee (1905-1971).
A personagem Ellery Queen, criada por Dannay e Lee, é, por sua vez, um detetive amador e um
escritor de policiais nova-iorquino.

[6] Nero Wolfe é um detetive criado pelo escritor de policiais norte-americano Rex Stout em 1934.

Carr, que é também Carter Dickson, Carr Dickson ou Roger Fairbairn [pseudónimos do primeiro]. Dickson é americano, *mas é inglês*, curiosamente como T. S. Eliot: viveu muitos anos em Inglaterra, casou com uma inglesa e, provavelmente, cruzou-se com Raymond Chandler quando este viveu em Inglaterra. Foi por isso também que o escolhi e por ele ter escrito dois livros exemplares, divertidíssimos e, no fundo, emblemáticos para este retrato da literatura policial: *Desafio ao Leitor*, assinado Carter Dickson, e *Os Crimes da Viúva Vermelha*, assinado por John Dickson Carr, ambos publicados na coleção Vampiro, que fez as delícias da minha adolescência. Em *Os Crimes da Viúva Vermelha* o personagem principal é o Doutor Gideon Fell, um investigador criminal cuja profissão principal é a de lexicógrafo. Em *Desafio ao Leitor*, o detetive é um funcionário superior e inadequado – tanto quanto misterioso – do governo britânico, Sir Henry Merrivale. Ninguém sabe exatamente o que ele faz, a não ser que vive num sótão em Whitehall. Vamos aos factos: em *Os Crimes da Viúva Vermelha*, há um quarto fechado. Ninguém entra e ninguém sai daquele quarto, mas quem ficar lá fechado, imaginemos, por mais de uma hora, morre. Como é que morre? É o clássico *enigma do quarto fechado*. Toda a literatura policial está cheia destes exemplos de *crimes em quartos fechados*. Há sempre uma caixa envenenada, uma seta embebida em *curare* para ser soprada por uma fenda. Neste caso, o de *Os Crimes da Viúva Vermelha*, não há nada dentro do quarto, que está rigorosamente fechado: um homem é desafiado a permanecer um certo tempo no seu interior; naturalmente, é assassinado. *Desafio ao Leitor* dá-nos um exemplo ainda mais cativante: o de um cavalheiro que ameaça matar outro, X, por telepatia – é a vantagem da literatura policial, onde, como sabem, o autor pode matar quem quiser. Ora, o que acontece é que X aparece morto. E o cavalheiro, que parece ter gostado da experiência, diz que, em seguida, irá matar uma mulher. E a mulher aparece morta. E o cavalheiro afirma que mata por telepatia e propõe um desafio – que é o tal desafio do título – a todos os investigadores, incluindo a Sir Henry Merrivale, para que eles expliquem como consegue matá-los, como se desenrola esta operação e como ele adquiriu esse poder.

Todas estas derivações do policial clássico estão cristalizadas nas célebres "Dez Regras para Escrever Histórias Policiais", de S. S. Van Dine[7], um autor importante na época. O modelo é o do próprio detetive criado por Van Dine,

---

[7] S. S. Van Dine, pseudónimo de Willard Huntington Wright (1888-1939), crítico de arte e escritor norte-americano, criador do famoso detetive Philo Vance. O artigo "Twenty rules for writing detective stories" foi primeiro publicado no *The American Magazine*, em 1928, e incluído em *Philo Vance Investigates* (*omnibus edition*), de 1936.

Philo Vance, um investigador que apenas valoriza a sua própria inteligência. Philo Vance é vaidoso, veste bem, tem um cozinheiro, aprecia esses atributos de classe. As investigações de Philo Vance são o exemplo mais claro da designação de *divertimento superior*, interpretadas por um talento irritante, classista, neurótico, misantropo, que segue como ninguém as regras fundamentais dessa arte destinada a preencher o ócio dos leitores. Primeiro: o detetive *nunca* sabe mais do que o leitor. O detetive não tem conhecimento de nenhum dado que não esteja no livro. Não tem achaques, problemas sentimentais. É um ser puramente matemático que, quando investiga, se dedica em exclusivo ao enigma. Não tem opiniões políticas, raramente emite uma opinião sobre a organização da sociedade e os seus defeitos, e não tem qualquer tipo de arrebatamento metafísico. Na verdade, o seu objetivo, tanto prático como lúdico, é descobrir o criminoso, ou seja, *resolver o enigma*. Preencher as lacunas de um processo, ou seja, jogar um jogo em que, à semelhança do xadrez, cada peça tem um valor determinado e um conjunto de possibilidades, e não mais do que essas.

Sendo muito valorizada e muito popular – estes livros são *bestsellers* absolutos –, esta literatura é desvalorizada por Raymond Chandler, que acha que ela não passa de um jogo que pratica todas as regras do antijogo. Num ensaio "Sobre a arte de matar" ("The Simple Art of Murder") que publica pela primeira vez na *The Atlantic Monthly*[8], Chandler ameaça o cânone sem discrição nem paciência: "Eu conheço a natureza do jogo; é possível descobri-la." Pura verdade.

Chandler trabalhara na indústria petrolífera, tinha uma vida conjugal tão tranquila como agonizante. Teve problemas de alcoolismo. E foi por causa destes problemas que acabou por ser despedido de todos os empregos da indústria petrolífera. Restaram-lhe, sobretudo, três coisas essenciais: ambição, método e tempo. É neste quadro que começa a escrever livros – e a escrever para o cinema. Mais do que tudo isso, prepara-se para *um combate pela literatura* no interior da literatura policial. É neste quadro que ele se torna um dos autores mais meticulosos, mais cuidadosos, mais minuciosos – e mais dedicados ao seu ofício e às suas regras. Durante algum tempo diverte-se a ler histórias policiais clássicas e a encontrar nelas falhas e incoerências. Quando começa a escrever contos, contos igualmente populares, baratos, mas tudo menos banais, sabe que isso é que lhe vai garantir a sobrevivência: ser pago pelas suas histórias.

---

[8] "The Simple Art of Murder" é um ensaio crítico sobre literatura escrito por Raymond Chandler e primeiro publicado na revista *The Atlantic Monthly*, em Dezembro de 1944, depois incluído numa antologia homónima, editada em 1950 e que incluía seis narrativas anteriores ao seu primeiro romance, *The Big Sleep*, de 1939.

Mais do que *atenção aos pormenores:* ele conhece, de facto, a natureza do jogo. E, por isso, desvia a atenção do leitor daquilo que parecia fundamental na narrativa policial (o enigma e a descoberta da solução do *puzzle*) e encontra uma nova arma para defender as suas histórias: *o tom*. O tom vai ser a grande revolução na literatura policial e ele quem a provoca. O tom é tudo.

Hoje mencionamos o *tom*, em termos literários, relativamente ao modo como a obra, o romance, respira. Mas, na literatura policial, Chandler afirma a necessidade de encontrar *um tom* para uma história que transporta o retrato de um difícil equilíbrio entre a vida e a ameaça permanente da morte e do crime. Porque não há mais nada na literatura senão vida e morte, e mistério, perguntas, indagação, desaparecimento, precipícios. E isto vale não apenas para a literatura policial, *mas para toda a literatura*. Na leitura da *Bíblia* ou de Shakespeare, encontramos exatamente esta mesma tensão, valorizada na literatura policial; mas essa tensão é socialmente desvalorizada como *não adequada*, imprópria, suja, pouco recomendável.

Será esse o grande trabalho de Raymond Chandler: escrever livros que *combatem a desvalorização social da literatura policial*. Transformá-la em literatura, dar-lhe dignidade. Elevá-la da base das prateleiras das livrarias e levá-la ao primeiro plano. Essa conquista foi fundamental e, além do mais, partiu de objetivos muito práticos e de um trabalho sindical e corporativo. Foi preciso, de facto, um grande trabalho até um autor como Raymond Chandler aparecer nas coleções de prestígio. Um autor de policiais não podia sobreviver escrevendo só para os *dime magazines*; ele devia escrever "grandes livros" para merecer um lugar ao sol do prestígio e do reconhecimento culturais dessa Grande América do pós-guerra. E, se eram *grandes livros* escritos para editoras de romances policiais populares, clássicos, baratos, os direitos de autor eram muito baixos. Ou seja, era preciso valorizar, dar dignidade ao próprio trabalho do escritor de policiais. Esta leitura do mercado cultural é central para o trabalho de Raymond Chandler.

Raymond Chandler passou anos a investigar o modo como chegaria *a esse tom*, ao tom certo. Atingiu-o com *O Imenso Adeus*, publicado em 1953, seis anos antes das viagens finais, terminais, a Inglaterra – e da morte. *O Imenso Adeus* é, na verdade, um livro sobre a amizade e sobre a perdição. Tudo começa quando Philip Marlowe encontra, pela primeira vez, um homem chamado Terry Lennox. Encontra-o bêbado, caído junto a um Rolls Royce, à porta de um bar. Marlowe declara que ele precisa de ajuda. E num mundo tão competitivo como o dessa época do pós-guerra, dos anos 50, sentir que *alguém precisa de ajuda* é um sinal de uma *extrema humanidade* por parte de um investigador policial. Essa é também uma marca única de Chandler, uma descoberta que só ele transforma e valoriza – basta comparar Marlowe com os grandes heróis da literatura policial daquela época: Mike Hammer[9], os personagens de James Hadley Chase[10] ou de Ross Macdonald[11] e tantos outros. Como Van Dine diria: um detetive não tem nem arrebatamentos, nem amizades; deve dedicar-se apenas à investigação. À exceção de Marlowe. *O Imenso Adeus* é um livro sobre essa humanidade e sobre uma amizade sem sentido. Marlowe ajuda um homem que nem sequer conhece, e acaba por ser preso, acusado de homicídio e moído de pancada – ainda que não seja este o livro em que ele *leva mais pancada*, que é *Perdeu-se uma Mulher*[12]. Em *O Imenso Adeus*, como em todos os outros livros de Chandler, a perdição é inevitável, porque é sempre esse o destino dos personagens destinados a comover os leitores que procuram uma história sobre as suas próprias vidas.

E, se *O Imenso Adeus* é um livro sobre a amizade e a perdição, *A Dama do Lago*[13] é um romance sobre o desamor e sobre o desencontro. É um dos livros mais românticos e mais sentimentais do percurso de Marlowe e do próprio Chandler que transporta, para o campo da literatura policial, cenários absolutamente deslumbrantes, violando o princípio de que a descrição pura e simples é um dos *interditos* do género. Podemos recordar-nos, por exemplo, da chegada crepuscular a Puma Point e de como era aquela casa à beira do lago, iluminada pelo luar da Califórnia. Essa é também uma grande revolução de Chandler: o poder da *descrição exata* que não dispensa a *rêverie*. Documentar-se era muito fácil para ele, que vivia em São Francisco, a sessenta quilómetros de Puma Point – mas são sessenta quilómetros que causam uma revolução. Porquê? Chandler descreve as espécies botânicas que existiam à beira do lago. Como é as nuvens se formam. Como a ondulação se ouve a meio da noite. Como é que o perfume da terra. Como os homens e as mulheres enfrentam

---

[9] Michael "Mike" Hammer, detetive criado pelo escritor de policiais norte-americano Mickey Spillane (1918-2006).
[10] James Hadley Chase, pseudónimo mais conhecido do escritor de policiais inglês Rene Brabazon Raymond (1906-1985), que também escreveu sob os pseudónimos James L. Docherty, Ambrose Grant e Raymond Marshall.
[11] Ross Macdonald, pseudónimo do escritor de policiais norte-americano Keneth Millar (1915-1983).
[12] Raymond Chandler, *Perdeu-se uma Mulher* [*Playback*, 1958], trad. Paula Reis. Círculo de Leitores, 1987.
[13] Raymond Chandler, *A Dama do Lago* [*The Lady in the Lake*, 1943], trad. Manuel João Gomes. Círculo de Leitores, 1987.

a natureza e a solidão. Como são sujos os motéis à beira da estrada. Chandler está, pela primeira vez, a fazer aquilo que estava *vedado aos autores de literatura policial*. Ele está a fazer literatura. Sem regras, sem limites. Sem nada. Está a escrever. A única diferença é que há um rasto de cadáveres nas páginas, porque a vida é assim. Não está a fazer sociologia; está a falar dos mortos, porque a vida é assim. E é justamente esta inovação que me impede de, a propósito de Chandler, falar da sociologia do crime ou dessa sociologia da América de que as pessoas gostam de falar – é habitual misturar as duas coisas. Acho absolutamente deselegante fazê-lo. Mais, é justamente contra isso que eu acho que vale a pena centrar, ou recentrar, a avaliação da obra de Raymond Chandler: apenas do ponto de vista literário. Porque, na verdade, *aquilo é só literatura*.

Podemos falar de vários Chandlers. Podemos, por exemplo, falar do Chandler britânico, aquele que levou o biógrafo Frank MacShane[14] a chamar--lhe *"gentleman* da Califórnia". Ou falar do Chandler poeta, revelado pelo próprio MacShane nos anos 70. Ou podemos falar do Chandler que mais me interessa: o criador de Philip Marlowe, em 1939, *à beira do abismo*. A imagem mais forte de *À Beira do Abismo* vem-nos do cinema. E traz-nos aquele calor insuportável daquelas estufas onde o velho coronel Sternwood recebia Marlowe, envolvido em casacos e mantas. Marlowe transpirava, transpirava – lembram-se certamente da versão do Robert Mitchum[15], quando sai da mansão de Sternwood com a camisa completamente manchada de suor. E, depois, lembramo-nos das duas jovens que o velho general não pode controlar. Esta é a origem de Marlowe: estar rodeado de gente que a América não pôde controlar.

Mas, se eu gosto tanto de Marlowe, em contrapartida, não sou um leitor dos contos de Chandler. São demasiado *diretos ao assunto*. Ele, de facto, não é um profissional da *pequena narrativa* e não consegue em nenhuma dessas histórias magazinescas o alcance, a profundidade de *O Imenso Adeus* ou *À Beira do Abismo*, paisagens que não têm fim, como as pradarias filmadas por John Ford. Os contos de Chandler não têm esse tempo e Marlowe, para viver, precisa de tempo. Precisa de tom. Por isso mesmo, ele é, na verdade, o pormenor mais significativo de toda a obra de Raymond Chandler, a sua grande criação.

---

[14] Frank MacShane (1927-1999), académico e crítico literário norte-americano, autor da principal biografia de Raymond Chandler, *The Life of Raymond Chandler* (1976), na qual comparou o talento do escritor ao de grandes autores universais como James Joyce, Geoffrey Chaucer, Mark Twain ou Joseph Conrad.
[15] O ator norte-americano Robert Mitchum (1917-1997) interpretou Philip Marlowe na segunda adaptação ao cinema de *The Big Spleep/À Beira do Abismo*, realizada por Michael Winner, em 1978.

Chandler é um autor destinado ao romance. Toda a obra de Chandler, todo o seu percurso literário, todo o seu trabalho como narrador em permanente interrogação estão destinados à realização de dois monumentos: *O Imenso Adeus* e *A Dama do Lago*.

Do ponto de vista operativo, técnico, literário, Marlowe é absolutamente notável, o exemplo do trabalhador incansável. É ele que permite que, nessa primeira metade do século XX, inventariemos, pela primeira vez, a vida de um personagem. Marlowe tem uma biografia própria. Chandler redescobre o conceito de livro de aventuras, mas moderniza-o, substituindo o herói absoluto pelo herói solitário, sem o lado fragmentário das histórias de Dashiell Hammett. Em Chandler, *é o herói quem perde as batalhas*. O que me lembra sempre Álvaro de Campos e o poema em que ele diz: "Nunca conheci quem tivesse levado porrada/ Todos os meus conhecidos têm sido campeões em tudo."[16] O que acontece é que Philip Marlowe perde bastantes batalhas e Chandler nunca esconde, por exemplo, as cenas de pancadaria em que o herói é humilhado, o que só acontece apenas com dois outros talentosíssimos personagens, também sempre à beira do perigo: Sam Spade, de Dashiell Hammett, e Lew Archer, de Ross Macdonald.

No caso dos livros de Raymond Chandler, não há esse espetáculo dos heróis valentes de Hollywood. Não há bocas de fumo, não há holofotes, não há música de *suspense*. Tudo é muito lento, muito melancólico. Tudo é feito muito à medida do próprio herói. Marlowe é, mesmo para a época, um herói que vai contra a corrente; numa América em busca de heróis intocáveis, exemplos de coragem física e de imunidade em relação à violência, Marlowe é o homem banal, apesar da sua solidão. Entre todos os detetives, Marlowe é dos poucos que não tem problemas de alcoolismo. Mesmo sendo fumador, não há muitas referências ao facto e, por exemplo, em *Perdeu-se uma Mulher*, opta por um cachimbo, que usa num comboio, muito tranquilamente – ao contrário do que acontece no filme de Robert Altman, com Elliott Gould absolutamente transformado em carvão.

Foi esta melancolia de Chandler que fez que tanto André Gide como Hemingway chegassem à conclusão de que estava descoberta a forma de transformar a *literatura policial* em *literatura*.

---

[16] "Nunca conheci quem tivesse levado porrada", Álvaro de Campos/Fernando Pessoa, in *Sê Plural como o Universo* (antologia), Ambar, 2008.

Chandler é o homem que cria, através dos seus romances, e pela primeira vez, a figura do detetive que *não maltrata mentalmente nenhuma mulher*. Marlowe tem uma relação com Linda Loring. Casa com ela em *Poodle Springs*[17], o livro que Chandler começa a escrever em 1958, deixa incompleto quando morre, em 1959, e que é concluído por Robert B. Parker[18] e publicado, na versão completa, em 1989[19]. É Parker quem os casa. Mas, o casamento com Linda não funciona em ligação com o próprio espírito de Philip Marlowe, que é concebido sempre à imagem do *último romântico* e do *grande solitário*. Marlowe cruza a figura do *desperado* – o homem que sabe que a vida não tem sentido – com a figura do homem que sabe que tem de dar satisfações porque vive numa sociedade desregulada pela guerra e em busca de uma organização assente na justiça e na lei. Ele não tem de dar satisfações apenas ao seu cliente; tem satisfazer a sua "consciência" e a relação entre a consciência e a justiça. E tem de dar satisfações porque assume uma responsabilidade social, mesmo se é mal paga, mal gerida, entregue a si mesma. Ou seja, tem de estar *do lado dos bons*, para *castigar os maus*, mas sem que esse combate – que é banal – lhe dê o direito a ser considerado herói. E mesmo quando o cliente já liquidou a factura e lhe pede para desistir, ele continua. Continua porquê? Porque o próprio Marlowe tem uma consciência literária do tempo.

O que é uma consciência literária? É a consciência de que estamos sempre diante de uma *never ending story*. Isto não acaba. Aliás, lanço-vos um desafio. Para quem ainda não leu os romances de Chandler que aqui menciono: leiam-nos primeiro e, depois, comparem os vários finais. Vão concluir que os romances são sempre incompletos, fica sempre uma história à espera de ser escrita. No policial clássico seria impossível deixar esta *coisa* que fica em suspenso. Porque no policial clássico – à maneira dos contos tradicionais onde todos casam e são felizes – o criminoso é castigado e, portanto, há uma recompensa para o investigador e essa recompensa é uma certa vaidade. No caso de Nero Wolfe é a vaidade absoluta, no caso de Sherlock Holmes é a super-vaidade, ainda mais porque, para além de ter descoberto o criminoso,

---

[17] Raymond Chandler e Robert B. Parker, *A Morte Veste de Seda* [*Poodle Springs*, 1958-1989], trad. Eduardo Saló. Edições 70, 1989.
[18] Robert B. (Brown) Parker (1932-2010), escritor de policiais norte-americano.
[19] Em 1988, no centenário do nascimento de Raymond Chandler, Robert B. Parker foi convidado pelo Estate of Raymond Chandler a criar uma continuação para os quatro capítulos que o escritor deixara concluídos com o título *The Poodle Springs Story*. A versão completa, *Poodle Springs*, por Chandler e Parker, seria adaptada para telefilme, pela cadeia de televisão HBO, em 1998, com James Caan no papel de Philip Marlowe.

ele tem o bónus de poder humilhar tanto Moriartry como Watson. Ora, em Philip Marlowe não há nem bónus, nem vaidade. Mais, pode até acontecer simpatizar com o próprio criminoso e estabelecer com ele uma relação de afinidade temperamental. Ao ponto de ser capaz de uma completa amoralidade, como acontece no princípio de *À Beira do Abismo*, onde há uma adesão pessoal do próprio Marlowe a algumas personagens e uma profunda antipatia por outras, que são completamente inocentes.

Há pequenos truques afetuosos que um autor pode usar, em busca de soluções pouco coerentes ou *nada realistas*. No caso de Marlowe, Chandler não os usa porque não pode. Não porque sejam truques *irrealistas*; não os usa porque tem um *compromisso literário*. Tem um compromisso *de gosto*. E é a primeira vez que a noção de bom gosto entra no capítulo da literatura policial. Por exemplo, em *A Dama do Lago*, quando Marlowe está nos bairros de Bel Air a investigar a casa de um médico, ele toma posição sobre a decoração das casas. Critica os tapetes, as obras de arte, a luz filtrada pelos cortinados – como um elemento de identidade social, o que marca a sua posição do lado da consciência, do lado da literatura.

Philip Marlowe é também um homem que, na verdade, inventa um novo tipo de masculinidade, de temperamento masculino, presente na literatura policial. Em *O Imenso Adeus*: ele apaixona-se, de facto. Encontra-se com Linda e entre os dois nasce uma cumplicidade que o leitor de romances policiais está habituado a relacionar apenas com *sexo puro e simples*. Mais tarde, no final da investigação, ele telefona-lhe. Ela está em Paris, onde vive, e convida-o a visitá-la. Ele diz-lhe que não pode ir a Paris porque os bilhetes são muito caros. Ela diz que lhe manda o dinheiro necessário. Mas o velho solitário, o homem que enfrenta a maturidade como um fardo sem peso, recusa em nome da independência. É uma novidade esta noção difícil no relacionamento entre um homem e uma mulher, ainda mais no caso da literatura americana, em que a propriedade dos bens e o poder na relação é sempre masculina.

Philip Marlowe é o grande herói contemporâneo. Todos nós, autores, leitores, editores, críticos, curiosos, cinéfilos, somos de alguma maneira devedores de Marlowe, herdeiros da criação e da criatura. Porque não é apenas uma criação; é uma criatura com biografia. Ao ponto de sabermos hoje qual é o café que ele usava naquele moinho, quando preparava o café na cozinha, enquanto a Linda Loring esperava por ele na sala. Podemos reconstruir passo a passo a biografia de Philip Marlowe. O que pode acontecer com outros personagens literários, mas que – insisto – acontece pela primeira vez com uma dimensão literária, de curiosidade literária, justamente em Raymond Chandler.

O facto de ser um herói contemporâneo tem uma outra peculiaridade. Quando falamos em heróis contemporâneos, atribuímos-lhes sempre uma dimensão trágica, a de alguém que está condenado a morrer ou a ser vencido. Hoje, no mundo dos heróis, já não há propriamente heróis intactos ou imunes. James Bond já sangra. Ora, Philip Marlowe é, justamente, o primeiro destes heróis. Ele não é o primeiro a estar ferido, mas é o primeiro a tratar das suas feridas. Não é vítima nem algoz. Ao contrário de Sam Spade, que assume o papel de vítima, Marlowe não se queixa: "É a vida." Em *A Dama do Lago*, há uma frase absolutamente genial, depois de uma cena em que é agredido por dois polícias e abandonado na serra. Diz: "Levantei-me, estava esmurrado, o fato estava roto. Tinha os ossos todos no sítio. Embora me doessem, as acácias floriam." Este é um novo tipo de homem que não se queixa do seu destino e não valoriza nenhum aspeto trágico da existência. São estas coisas notáveis que me fizeram gostar sempre de Raymond Chandler e, por empréstimo, de Philip Marlowe.

ÍNDICE

Prefácio – Um encontro transatlântico entre irmãos em universo   5
   Filipa Melo

Imagens da América   13
   Eduardo Lourenço

Fernando Dança com Walt: O encontro de Pessoa com Whitman   29
   Richard Zenith

Sobre Roth   47
   Gonçalo M. Tavares

Carson McCullers e a eternidade da adolescência   65
   Inês Pedrosa

Um percurso de leitura   83
   Lídia Jorge

Os caminhos ínvios   103
   Pedro Mexia

Habito a possibilidade, a poesia e a poética de Emily Dickinson   115
   Ana Luísa Amaral

O planeta do senhor Bellow   157
   Rui Zink

Mais do que *influência, afluência*   177
   Manuel António Pina

Raymond Chandler. Uma solidão criadora, como de costume   195
   Francisco José Viegas